U0839472

微男时代

田陌作品

译林出版社

目　录

一、你的婚礼我做主

1

大厅很大，领奖台很高，奖杯像是白金的，很长、很精致、很漂亮，熠熠发光。田迹墨踩着咚咚的心跳，沿着奢华的红地毯走过去，在无数长枪短炮的摄影机、照相机前，小心翼翼地走上一级、一级又一级的台阶。满场鸦雀无声，人人屏息凝视，闪光灯不停明灭。近了，近了，近了！诺贝尔文学奖，我来了！临近最后几步，田迹墨终于按捺不住迫切的心情，双足顿地，奋力一跳。他展开双臂，以拥抱的姿态蹦了过去——不，是飞！他像一只鸟——不，是插上了翅膀的猪一样，歪歪斜斜地飞向了他一生的梦想。他看到了露胳膊、露大腿的礼仪小姐半露不露的酥胸，听到了骤然响起的雷鸣般的掌声，甚至闻到了白金奖杯散发出的金属气息……突然，一件不明物体砸了过来，正中他的脑袋。他迅速跌落，重重摔倒在地……

田迹墨吃力地睁开眼，发现裸睡的自己正呈“大”字形趴在地板上。悲哀，又是场梦！他很不死心，又闭上眼，试图重新入梦却徒劳无功。他感觉头痛欲裂，一面咬牙切齿地爬起来，一面后悔昨夜不该喝那么多，并且第一万次下决心要戒酒。

这里是田迹墨家的辅卧室兼书房，二十平方米左右的样子，一面小窗，三面大墙。中间的那面墙上挂着他和妻子张丹妃中式风格的巨幅结婚照，另外两面墙全钉上了鸽子窝式的白色书架，一垂及地，整整齐齐地堆满了书，视觉压迫感极强，空间显得略微局促。阳光钻过薄纱窗帘的缝隙洒进来，刚好照到正中央那张古香古色的大床。床上没人，在经历了他昨夜一番挣扎搏斗后，床上的大红色被褥凌乱不堪。两边的床头柜上放着台灯、笔记本电脑、闹钟、手机、手表、眼镜、烟和烟缸。值得一提的是，电脑、台灯、闹钟等物都穿了漂亮合体的“衣服”，就连烟缸都是纯手工制作——这都是张丹妃的得意作品。床头柜上虽然杂物很多，却摆放整齐，显然是被整理过了。一个简易的电脑桌和一台液晶电脑挤在靠窗的角落，桌子上依次叠放着田迹墨那身最贵重的亮色西服、内衣裤、衬衣裤、袜子、领带。

田迹墨戴好眼镜，看了眼闹钟，“哦，快十点了啊。”他自言自语地叨咕着，点了根烟，趿拉着拖鞋走进紧挨着书房的卫生间。他一边方便一边喊：“老婆！老婆！”见没动静，又往主卧室里看了一眼，果然不在。他倒也不急，不紧不慢地走到大厅，在米黄色的布艺沙发上躺倒，双腿架着沙发靠背悠闲地晃荡着。

三十平方米的大厅铺设着大尺寸的白色地板砖，举架很高，吊顶精致，新婚时候的拉花还在，平添了很多喜气。这套房子采用的是时下整个城市里流行的格局设计：正前方是浅绿色的背景墙，中间是一个玻璃质地的大茶几，右侧是落地一体式阳台，极目远眺，能看见淡蓝的天海；左侧一个博古架作为隔断，上面依旧是满架的图书；穿过隔断就是餐厅、厨房。房间内液晶电视、空调等家电一应俱全。比较特别的是角落里的电动缝纫机，纯进口的日本“BROTHER”品牌，这在现代年轻人的家里很少见，显示着女主人的独特爱好。整个大厅一尘不染，整洁明亮，依然随处可见张丹妃的手工作品：布艺的圣诞树、纸抽盒、纸质的盆景、中国结、点缀电视墙的小饰物……

抽完了烟，田迹墨走到餐桌旁坐下，认真地盯着对面的墙。那里横向钉着一个一米左右的小木牌，上书“生活真理报”五个字——明显是后写上去的毛笔字。木牌上一串花花绿绿的塑料夹子夹着一小摞 A2 大小的纸张。最上面那张纸中间一条明显的黑色分割线，左侧密密麻麻地写了半页小字，右侧字体大了三四倍，只有八九行，最下面写着：“我去洗澡，顺便做头。冰箱有奶，热过再喝。婚礼勿忘，不许喝酒！！！”字迹娟秀工整，后面的三个感叹号加粗加重，异常醒目。

这是田迹墨开办的家庭刊物，名曰《生活真理报》。最初定为一周一期，后来改为一月一期，再后来一个季度也无法更新一次。结婚之初，田迹墨满怀对未来的憧憬，精心设计版面，开设了诸如“我爱我家、‘妻’人太甚、‘夫’可敌国”等构思精妙的专栏，连写带画地大书特书两人婚姻生活的美妙琐事。对丈夫的浪漫举动，张丹妃一开始是支持的，严格按照田迹墨的安排认真撰写自己的专栏。因此，在前面几期的《生活真理报》上，张丹妃的稿件质量还是不错的。如“迹墨，有我你永远不寂寞”“我们的家园像花园”等文，述不尽夫妻恩爱、浓情蜜意，均得到了田大主编的夸奖，并推荐给每一位登门访客赏阅。可时间一长，并不喜欢文学的张丹妃难免词穷，柴米油盐的生活也让她对这些形而上的东西兴趣大减，稿件质量和数量明显下降。内容越发言之无物，后来干脆数周不写一字，木牌上，只剩下田迹墨的那半边依旧洋洋洒洒。为此，田迹墨曾多次表达不满，在他那一面的版图上书写了各种软硬兼施的抗议书和恐吓信，有一次甚至连“如果你还想榨干我生命的精华，就要让我榨干你肚子里所有的墨水”这样的语言都用上了。迫于田老师的“淫”威，张丹妃只好另辟蹊径。于是“今天缴电费 120 元，比上月多 18 元，同比增加 16.7%”“大葱涨价了，过去一块钱三根，现在三块钱一根”“你已连续三晚说梦话，每次都说新书出版了，获奖了，然后笑醒，吓死我了”“穿黑色西服不要总是穿白色袜子好吗？请自觉维护我老公的绅士形象！”之类奇文新鲜出炉，《生活真理报》的女版成了张丹妃记账和写便笺、留言的作业本。

田迹墨浏览完过去的几期报纸后心生感慨，对这个数学系毕业的妻子怒其不争，对苦心经营的自己哀其不幸。唉，女人！你一本正经，她怪你不解风情；你浪漫满怀，她怨你老没正经。婚姻真的就把浪漫戒了？这难道就是生活的真理？当我们一起变老以后，再一起看这伟大的《生活真理报》，本该多么、多么、多么感动呀！一想到这些，田迹墨的眼角都会禁不住湿润。他哼着“最浪漫的事”，发了一小会儿呆。

2

闹钟急切地响了，他猛然想起今天还有工作，连忙洗漱穿衣。打扮完毕，他打了个电话：“喂，是我。啊，对不起，对不起，才开机。兰花酒店是吧？知道，知道！几楼？知道，知道！不用急，不用急，放心，放心，绝不会耽误你的事。——对了，新郎新娘名字再重复一遍好吗？麻烦你等我记一下……钱？钱还是田？有钱能使鬼推磨的钱是吧？钱大中，王丽。好嘞！嗯，知道，知道！OK，五分钟到！”——忘了介绍，我们的男主人公不但是一位天真执着的文学青年，还是滨海市小有名气的主持人。

喝牛奶是肯定没时间了。田迹墨急三火四地跑下楼，发动了他刚购买不久的二手捷达，赶往兰花酒店。

“逍遥的魂儿啊，假不正经啊，嘻嘻哈哈我们穷开心……”刚到酒店楼下，手机唱上了，是条陌生的外地号码短信：

“田，是你吗？”

“你是？”

“你猜？”

“男女？”

“你猜？”

“你到底是谁？”

“你猜？”

“滚！”

田迹墨一边上楼一边发短信，到正厅的时候，一脚踏空，一个跟头摔得气急败坏，再也没那么好的耐性了。

他喘了口气，把手机设成静音装好，在门口站定，看了看表：10点51分。还好，10点58分才是正时。人早就坐满了，三四十桌的样子，人声喧哗，满眼红色的大厅喜气洋洋。

不时有半熟半生的面孔跟他搭讪：“哥们，你也来啦。”

“啊，我主持！”

“哎呀，又是你主持呀！你主持得挺逗。对了，你都不记得我了吧，我是那谁家的小谁啊，上次……”

田迹墨哼哼哈哈地应付着，环视了一圈，也没能找到跟他联系的那个人。他只好直奔舞台旁边那一排穿着旗袍的礼仪小姐，道：“我是司仪，赶紧给我个胸花！快点，快点美女！”美女神情错愕地看着他，递过“司仪”胸花的手有些迟疑。

“喂？喂？啊！啊！喂？啊！嗯，请大家安静一下。还有五分钟，我们的庆典仪式就要开始了。新郎新娘、男女双方嘉宾、DJ老师……场内全体运动员请听我口令，各就各位，预备——”田迹墨擦好汗水，戴好胸花，试过话筒，踏上了舞台。

他是个比赛型选手，无论是当年读书还是如今工作，越是临场越能发挥。一踏上舞台，那个慌乱无章的田迹墨就不见了，取而代之的是一个自信、幽默、具有亲和力和统治力的优秀主持人。果然，一阵短暂的笑声过后，场内很快安静了下来，众人的目光聚焦到这个身材适中、皮肤白嫩、五官端正、英气勃勃的斯文书生身上。

“很好，非常感谢大家的配合。在场的贵宾都来自五湖四海，大家为了一个共同的革命目标走到了一起。这个革命目标是什么呢？就是祝福——”他到底还是忘记了新郎新娘的名字，稍微卡了一下壳。不过这对于身经百战的他根本不是问题，像过去的数十次一样，他半转身，斜45度望了一下舞台正上方，贴着双方新人名字的红牌：“刘凤禄”“黄桂兰”——等等！不对！肯定不是这个名字啊！他不死心，干脆转过身又仔细看了一眼：刘凤禄、黄桂兰。再往下看，“金婚庆典”。金婚？分明是新婚啊，怎么变金婚了？这怎么回事？

“田哥，田哥！这儿呢，这儿呢！我，李小川，小李子！”忽然舞台一旁的角落里有人喊他。田迹墨认得，那是他的同行，才刚入行不久。

“错了！错了田哥！”小李子干脆冲上了台，走到田迹墨身旁耳语，“我是主持人啊，你怎么跑来了？人家没跟我说换你了啊！”

“这是几楼？”

“二！”

“二楼！错了，真错了！真‘二’了！”田迹墨恨不得掐自己一下。他想起来了，自己的工作地点在三楼！小李子急得满脸通红，汗珠子啪嗒啪嗒地掉，嘴唇都咬紫了，田迹墨却看着小李子手足无措的样子直乐。小李子死的心都有了，台下的人们大眼瞪小眼看着俩人窃窃私语，在远处候场的二位金婚老人更是莫名其妙。“眼看着压不住台了，砸场子了，这王八蛋还能笑得出来？刚出道就碰这么一蛮不讲理的主儿，这分明是要断送我的主持生涯啊！”小李子心里暗骂。

别急，蛮不讲理的田迹墨总有办法。他拍拍小李子的肩，搂着他一同转过身来，继续着刚才的话，只是声调更高了：“我们共同的革命目标就是祝福刘凤禄、黄桂兰二位老人金婚快乐！”台下一片热烈的掌声。

“首先请允许我做个简单的自我介绍。鄙人姓田，田迹墨，痕迹的迹，墨水的墨。你看，下边那位帅气的小伙子笑话我了。怎么还有叫‘寂寞’的？叫‘田孤单’得了呗。兄弟，你说对了，我就是害怕寂寞，害怕孤单，所以选择婚庆主持这个职业。这样我就总能和大家在一起，和世界上最幸福、最恩爱的夫妻、爱人在一起，这么热闹，还能寂寞吗？大家说对不对啊？”

“对！”还真有捧臭脚的。

田迹墨转向声音来处说：“你喊得这么响亮，你肯定一辈子都不会寂寞。”接着又转过身来，神情肃穆地道，“我呢，是楼上婚礼的主持人。在我身边这位器宇轩昂的小伙子才是本场金婚庆典的主持人。来，我们掌声隆重欢迎一下！”田迹墨一边说着，一边轻轻捅了小李子一下。

“各位来宾朋友们，大家好！”小李子忙鞠躬行礼。大家机械地拍了两下巴掌，津津有味地继续看戏。

“大家可能要问了，人家是正牌主持，你来干什么啊？我可不是喧宾夺主啊！我是带着任务来的。楼上的二位新人马上要举行新婚仪式了，忽然听说楼下有二老金婚，特意派遣我来送上祝福。半个世纪相濡以沫，五十载风雨同舟，纵然时光飞逝，爱却永在心头。这样的姻缘当接受所有人的赞美，这样的老人会得到所有人的敬慕。这才是人世间最浪漫的事！我代表楼上五百位嘉宾、二位新人，祝愿二老和谐恩爱，美满幸福，青春常驻，百年如初！革命人永远年轻。二位新人同时表示，他们一定要追随着二老革命的脚步，生命不息，相爱不止！”场内掌声如潮，两位鹤发童颜的老人激动得热泪盈眶。

“好了，我的祝福已经圆满送到，我得赶紧回去交差了。等二位老人钻石婚的时候，记得通知我，我一定再来！下面，舞台交给著名金牌主持人——MUSIC！”

气氛一下达到了高潮。田迹墨凛然下台，临走和两位老人热烈拥抱，接着一路小跑，匆忙中还没忘包个三百块的红包，硬是塞到百般推却的老人儿子手里。

3

三楼那儿人声鼎沸，眼看着开锅了。管事的看到田迹墨眼泪都要下来了，恨不得上去捅他两刀。

“哎呀活爹啊，你可来了，你跑哪里去了？电话还不接，这都过了时间了，你说怎么办吧！”

田迹墨也不跟人家解释，直奔舞台。

“不好意思，晚了5分钟。这5分钟，可是大有来头！楼下有两位老人在举办金婚庆典，有人知道吧？对。我刚才特意去了那里，是替新郎新娘沾一沾金婚老人的财气、瑞气、喜气、福气，所以，你们可不能再对我有什么脾气、怨气、怒气，咱们得满腔豪气、处事大气、一团和气，这样婚宴才能牛气，不然我可就当场哭泣了。”台下一片笑声。

“呵呵，二位老人还托我带来了他们对二位新人的美好祝福……用这迟到的5分钟，争取到了二位新人今后50年的幸福……”田迹墨慷慨陈词，振臂高呼，“我这双手，可是拥抱过金婚老人的，那相当于开了光了！想要幸福美满的，赶紧跟我握一握。”他一边说着一边走下台去，跟前排嘉宾一一握手。大家早被他忽悠得晕头转向，握手都很积极踊跃。

总算糊弄过去了，庆典圆满结束，新人家人对他的表现还算满意，强留他吃饭。饭桌上田迹墨更是纵横捭阖，上论孔孟之道，下谈明星八卦，耳边尽是众人恭维之声。一顿饭吃得风生水起，热闹非凡。

“嘿，人生难得一错再错，我田迹墨不但能将功补过，还能点石成金。这样的牛人，离诺贝尔文学奖还会远吗？”开车回家的路上，田迹墨沾沾自喜。

进了家门，发现张丹妃还没有回来。女人真是磨叽啊！田迹墨掏出手机，想给她打个电话，却看到又有好多条未读信息。

“怎么让人家滚呀？这就气急败坏了？”

“怎么不说话了？又去主持婚礼了？”

“真的猜不到我是谁？这么多年，你就从没想起过我吗？”

……

“到底是谁呢？”田迹墨百思不得其解。出于好奇，他给发信人回拨了过去，却发现对方已经关机了。正在纳闷，忽然电话响了：“老田，快来，我撞车了。”

挂了电话，田迹墨连忙到《生活真理报》上留言：“丹妃，齐兵有事，我过去一下。吃饭别等我。”

眼看天色不好，田迹墨翻箱倒柜地找了件厚衣服换上。穿好了鞋出门的刹那又折回来补充：“今日婚礼，走错屋子，险酿大祸。幸亏我应变极强。过程曲折，结局圆满。你老公是干什么的？！他们的婚礼得我做主！”

去找齐兵的路上，田迹墨一直得意扬扬。有那么几秒钟，内心无比膨胀，觉得自己都要从车窗里溢出来了。想了想又打了个电话：“菅子，在哪儿呢？齐兵出事了，我马上去接你，咱俩过去看看。”

二、哥是相亲极品男

1

最近的一年中总有那么几天，菅鹏举的头发是油光锃亮的，脚上是穿有袜子的，打车是不用找零的，状态是神经兮兮的。那就是相亲的日子。

当然，对于一见女人就不会讲话的他来说，爱情，是遥不可及的，失败，是在所难免的。在哪里跌倒，就要在哪里再次跌倒，绝对屡试不爽。

这又将是一个波澜壮阔的周末。要去相亲了，三十岁的小光棍菅鹏举一如既往地激动。他用了半个下午的时间对着镜子反复梳理着脑袋上为数不多的几绺头发，每一根的使用都吹毛求疵，以确保四六分的汉奸头两边不多不少，比例精准、造型独特。接着，他又忍着剧痛挤出了大鼻子上的几个黑头，认认真真地刷了一遍牙，刮了两遍胡子，洗了三遍脸，换上“超人”牌的新内裤和一双白色袜子，穿好西服和牛仔裤，擦亮皮鞋，再花半个小时以红领巾的扎法把领带勉强拴在了脖子上，这才慢吞吞地迈着八字步，人模狗样地出了门。

他一贯慢吞吞，四平八稳是他的性格。就算还差几分钟就迟到，他也快不起来。今天的天气很反常，上午还挺好，下午就开始变态，晴了阴，阴了晴，几朵乌云聚了散，散了聚，像是在做老鹰抓小鸡的游戏。此刻更是诡异，那边太阳还欲拒还迎地挂着，可这边细细碎碎的雨加冰雹却若有若无地飘了起来。菅鹏举有点后悔穿得太少，要知道，他身上的西服还是夏季款的，而现在却已是北方的十月下旬。

唉，没办法，为了爱情！“只要荷尔蒙依旧在飞，就要为爱做好一切准备。”他的精神导师、知己、文化流氓田迹墨曾在诗里这样说。平心而论，田迹墨无病呻吟的诗风已经不太吻合这个时代有病呻吟的节奏，但至少还可以欺骗个别无知少女的感情，激发一下小处男们的亢奋。就是这一句，激发了菅鹏举之前九次相亲的勇气，并在无一例外的失败之后，抚慰了他脆弱不堪的心灵，坚定了他继续“燃烧”的斗志。记得上一次相亲的时候，那女的公然讽刺他长得像《乡村爱情故事》里的刘大脑袋，这种不分场合瞎说实话的异性最讨厌！烦人！缺德！田哥说过：“这个世界上没有真相，只有印象。”这话真有道理。刘大脑袋怎么了？大屁股粗脖子圆脸，小矮个蒜头鼻腿短，没准就是明年流行款。我还没嫌弃你长得像拿硫酸洗过脸的凤姐呢！以貌取人也得看看自己有没有资本啊。哼哼，我承认我很丑，可你也得肯定我大部分时候很温柔。我跟田哥站在一起，谁敢否认我更能带给女人安全感？菅鹏举不停地拿自己开涮，终于又一次用“精神胜利法”成功地战胜了内心的恐惧。善于自欺欺人，这也是他的性格。

2

雨加冰雹渐成规模，路面很滑。菅鹏举竖起衣领，瑟缩着身子，小心翼翼地躲着坑坑洼洼，紧贴着墙根溜出了胡同。风渐渐大起来，他的“红领巾”迎风招展，像一面冲锋的旗帜。拐个弯就是大街，眼看约会的时间就过了，菅鹏举决定打个出租。他正攥着领带向远处的的士热情挥舞，忽然不知从哪里冒出来一辆电动自行车，毫无预兆地撞在了他身上。菅鹏举趔趄了一下，向前迈了一大步，晃了两晃气沉丹田拿桩站稳，刚要回头，忽然被失去平衡的骑车人用力地拽了下胳膊，强弩之末的肥胖身体这回再也把持不住，以一记标准的"狗啃泥"姿势狠狠摔倒，身上又被重重地压了一下。等他明白过来，身上那人已经手脚利落地站起来，在一边噼噼啪啪地拍打着身上的泥污。菅鹏举艰难地匍匐了两下，摇摇晃晃地爬起身来，发现左眼的镜片已经裂了，身上一片狼藉：鞋袜早脏了，西服扣子少了一个，胸口还粘上了一片白菜叶。最严重的是裤子，裆部被扯开了一条口子，冷风见缝插针地钻进来，不遗余力地提醒他某个部位的存在。什么出口转内销，还商铺到期才贱卖，事实证明，便宜果然没好货。什么破裤子！菅鹏举肺都快气炸了。他按捺着心中的怒气，无声地瞪着眼前的肇事者。这个人戴着大口罩，穿着厚厚的长身羽绒服，浑身上下包裹得严严实实。"大口罩"扶起倒在一边的自行车，把散落一地的蔬菜捡回来，站定了冷冷地看着菅鹏举。等了半天不见他有什么动静，"大口罩"语气冰冷又略微犹豫地问道："没咋的吧？"地道的东北口音，听起来是个四十多岁的妇女。

"没……没咋的……"菅鹏举摸摸屁股，揉揉肚子，都没什么感觉。他有点迷糊，"咋的"是个什么概念？——"我裤子，裤子那个……"他边说边下意识地捂着，"裤子坏了。"

"你裤子？我腿都骨折了！""大口罩"的声音猛地尖厉起来，"你眼睛长肚脐眼上去了?！也不知道看着点！我不爱骂人，要不搁谁都得说你瞎！你说你瞎不瞎?！我是看你年纪不大，不愿意跟你计较。说实在的，我还真不是爱讹人的人，要不我跟你说，就今天这事，咱俩没完！上医院？上医院算轻的，我得拽着你上法院！你看我那车，新买没两天，瞅瞅让你撞的，都啥样了？你看看这些菜，还能吃吗？还怎么吃？现在菜多贵了，你知道不知道？三头大蒜好几块钱。你说你什么玩意！……”“大口罩”脑门上都喊出汗了，越说越起劲，越说嗓门越高，越说越理直气壮，恨不得让全滨海市的人都来看看她遭受的不白之冤，替她伸张正义。

菅鹏举彻底被骂糊涂了。他苦苦思索也没个头绪，自己到底是怎么就“撞”了她的车？物价也不是他给涨起来的啊？他木头似的杵着，脑袋里一片空白，一时之间无言以对。好在这时候之前招呼的那台出租车过来了。其实司机已经围观半天了，看这一边倒的架吵得实在无聊，于是摇下车窗，冲两位小品演员不屑地“哼”了一声，接着道：“哎呀，行啦行啦，都没什么事，就算啦。大冷天的，赶紧回家吧。”

3

飞天广场的大钟洪亮地响了四下，像是给这场小型战争鸣金，又像是提醒菅鹏举：现在比约定时间晚了整整半个小时。菅鹏举可怜巴巴地看着“大口罩”，满眼的求饶和投降，似乎在问：“我可以离开吗？”“大口罩”总算是发泄够了，又启动了电动车，一副随时重新上路的模样。菅鹏举像是得了皇帝的特赦，一个箭步冲上车，忙不迭地关上车门，几乎是哀求着对司机说：“大哥，快走！”

“去哪儿？”

“凯伦咖啡，我的爱情呀！”

司机没听明白：“什么？”此时此刻，菅鹏举依然牢记着他的爱情，他的使命，他绝不是个因小失大的人。不过，对个傻大黑粗的爷们儿使用“爱情”这种高尚字眼显得有点滑稽，他忙改口：“我还得去相亲呢，大哥，迟到了！麻烦你快点。”司机轻轻“哦”了一声，突然像打了鸡血似的吼了起来：“看清楚，老娘是女的！真瞎啊你！”

临下车，怒气难平的“女李逵”还在喋喋不休，接过菅鹏举多给的5块钱，这才大病初愈似的感叹：“这小伙心还是挺善的，就是太毛愣了。心还是挺善的，挺善的，挺善的……哎，等等，我想起来了，你是不是鸿达广告公司的老板呀？”她为菅鹏举的懦弱下了“善良”的定义，真是世间自有公道，付出总有回报啊！

更年期提前的中年女人真是猛！菅鹏举连吓带冻，哆嗦了一路。直到进了凯伦，还是惊魂未定。今天兆头很不好，种种际遇都有着“出师未捷身先死”的味道。他一边用袖子擦眼镜片上的水雾，一边眯着小眼，在一片迷茫中寻找着他的爱情。

“先生几位？”

“两位。”

“有预订吗？”

“嗯……好像是6号。”

“这边请。”

人家已经等在那里了。菅鹏举跌跌撞撞地走到桌前，本想先解释一下迟到的理由，可刚弯下腰，却先声夺人地打了个喷嚏，并准确地击中目标。“阿嚏！”这绝对是几次相亲以来最直接的一次问候语。菅鹏举忙抄起桌上的纸巾想帮对方擦一擦，又怕唐突了佳人，只好缩回手，就势擤了把鼻涕，然后规规矩矩地坐好，背着双手，端正身姿，像逃课被老师抓住的小学生，耷拉着脑袋，不敢抬头。沉寂了一会，对面终于忍不住说道：“给我呀！纸巾！”

“对……对不起。”菅鹏举赶忙递过去，“我迟到了。对……对不起，我好像还感冒了……”

“呃……没事，没事。你……怎么穿这么点衣服，冷吧？”

菅鹏举立刻就不冷了。他在那一瞬间忽然就明白了一个特别抽象的词：如坐春风。这声音，这语气，以及其中透出的关切，真是醉人心脾。他这才敢抬起头，戴好高度近视镜，满怀感激地看了看这个善解人意的女人——哦，My Lady Gaga！绝对是个美女！她有他最喜欢的披肩长发、白皙面颊、含情双眸、挺拔鼻梁、樱桃小口，还有单纯温暖的羞涩和笑意。一身红色的欧式风衣就像团炙热的火焰，把这档次一般的西餐厅映衬得蓬荜生辉。对美女——事实上是对任何女人——毫无免疫力的菅鹏举马上旧病复发，再一次重演历次相亲中的悲剧：浑身上下瘫软如泥，语言系统严重崩溃。他又“你”……“我”地支吾了半天，满脸通红，抓耳挠腮，憋得快脑血栓了，才终于说出来：“冷？是有点。裤子不坏的话，本来是不那么冷的……事情很复杂，我撞了一辆自行车，但其实不是我撞的，真不是我撞的……你信不信？”

美女强作淡定。她不是个很有耐心的人，第一次约会就迟到这么久的相亲对象，基本上不用看人就可以直接PASS了。可这个人实在太特别了——不怕没特长，就怕没特点。事实上，从菅鹏举走进屋子那一刻起，他就已经变成了凯伦咖啡全体客人的焦点。这样一个着装怪异、衣衫不整、满身污渍的“武当派”弟子，在西餐厅里并不多见。她向上天祈祷了无数次：“可千万别是他呀！”却还是眼见着他朝自己走来了。事已至此，没有退路。出于对介绍人的尊重，还是得走一遍流程。于是她看着这个神经错乱、不知所云的“怪物”假装宽容地笑笑，直入主题地说：“我叫才才。人才的才。”

菅鹏举这才回到正常思维的轨道上来，磕磕巴巴地说：“我叫菅鹏举。鹏举，岳飞。岳飞知道吧？嗯，对对。菅，是草菅人命的那个菅。

这个姓很特别的，百家姓里都不知道有没有呢？呵呵呵呵呵呵……草菅人命的那个‘菅’，知道吧？嗯，对对，可不是强奸的‘奸’。”

听完菅鹏举的一番话，才才一口温热的咖啡全喷到了姓草菅人命那个“菅”的人的脸上。菅鹏举真想给自己俩嘴巴。他一边擦着脸，一边自责不已：狗尾续貂！为什么一跟女人独处，就立刻大脑短路呢？才才一个劲地道歉，他也一个劲地道歉。俩人互相“对不起”了好一会儿，菅鹏举慌乱之中又碰倒了自己面前的那杯咖啡，一股暖流单刀直入地钻进了菅鹏举新换的内裤。他后知后觉地想，这个牌子的内裤也许更适合穿在外面……

正在气氛不太和谐，场面比较尴尬的时候，田迹墨那不合时宜却又恰到好处的电话响了。

三、有缘千里来相撞

1

菅鹏举还没想好怎么和才才解释，田迹墨就神兵天降般地出现了。他自作主张地结了账，不由分说地把菅鹏举拽上了他的破捷达——这符合田迹墨的一贯作风，他喜欢发号施令，喜欢别人无条件听命于他。菅鹏举温软的性格刚好满足了他强烈的控制欲，所以只要有点什么事情，田迹墨一般都会拽上菅鹏举这个小跟屁虫。

“兄弟，你这是怎么弄的？不会让人抢了吧？”田迹墨也看出菅鹏举不对劲。

“说来话长。我倒也没什么大事，不过大兵到底怎么了？”总算见着亲人了，菅鹏举眼泪都快掉下来了。

“撞了。这小子隔三岔五就得惹点乱子出来。具体什么情况不知道，就是喊咱们过去，听声音应该没什么大事。后座上有个大衣，你先凑合披上！”

车子开出去几百米了，菅鹏举突然凄惨地大喊：“我女朋友，我女朋友啊！”

田迹墨很吃惊：“女朋友？”

“她刚才上卫生间了。”

“你反射弧够长的，怎么不早说！什么时候天上掉下来个女朋友啊？”

菅鹏举一脸的小人得志：“田哥，那句话怎么说来着？庄稼不收咱年年种，常走夜路总能撞着鬼嘛……凯子给我介绍的，回头跟你细说。”

“你可拉倒吧，哪次相亲你都能撞着鬼。人家答应了吗，就‘女朋友’？”田迹墨还是很了解他这个兄弟的。

“赶紧倒车呀！门口那个红衣服的就是，看到没有？长得还可以吧？嗯，这么看好像有点瘦，是不是？”

“喂！”田迹墨摇下了车窗，冲东张西望、一脸茫然的才才挥手，“林妹妹，快上车！看什么看，喊的就是你！”

才才迟疑了一下，难怪这个胖子这么不正常，他朋友都这样啊！不过，这个瘦子看起来还好，至少五官端正，还挺斯文白净的。那好吧，上就上，谁怕谁？

冷不丁跟美女坐得这么近，菅鹏举有点心跳过速。他连忙从车后座起身去了副驾驶位，还此地无银地解释着："那个……领导，领导都是坐后面，后面是最安全的。对不对？田哥。"

才才没领这情，劈头就冲田迹墨来了一句："你《红楼梦》看多了吧，哥哥，逮谁都叫林妹妹？！"

“田哥，人家叫才才，人才的才。”菅鹏举连忙介绍，“才才，这叫田哥。我……我就不用再介绍了吧。”

“不用了，不用了。菅岳飞，草菅人命的菅嘛。”才才“咯咯”地笑着。

“田迹墨。墨迹的迹，墨迹的墨。”田迹墨扶了扶观后镜，顺势瞄了几眼镜子里的才才，心想菅子这小子这次真踩着狗屎了。

一路上菅鹏举颠三倒四地总算说明白了自己的遭遇。田迹墨和才才恍然大悟，异口同声地埋怨菅鹏举太软弱。菅鹏举也不介意，“嘿嘿”地干笑两声不反驳。田迹墨最后总结了一句："也是，你这么大的老板，犯不上跟一个女流氓较劲。"

菅鹏举深以为然地感叹："生我者父母，知我者田哥呀！"

之后田迹墨就开始了“单口相声”表演。他先是大肆吹捧菅鹏举，说他年轻有为，是滨海商界不世出的奇才，市里所有出租车的广告，都是鸿达公司做的。才才听得一愣一愣的，心想：真是人不可貌相，烂泥也能上墙啊！不由对这位第一印象极差的相亲对象高看了一眼。紧接着田迹墨又“循循善诱”地引导菅鹏举说出自己是个作家。狗屁的作家，最多就是在网络里发了些帖子，写过一些不知名的期刊，出过一本卖不动的破书。作家？不是婚礼主持吗？菅鹏举“嗯嗯啊啊”地承认，对，对，作家。不过才才对此倒表现出了浓厚的兴趣，不时插两句嘴问询究竟，就田作家的出版作品、文学的终极意义、世界名著的读书心得等做了深入交流，并得到了满意的回答。

才才是个随遇而安的人，大学毕业本可以留在上海，父亲要她回来，那便回来；三姐安排她相亲，那便相亲，尽管自己并不急于找对象；田迹墨和菅鹏举忽悠她上车，那便上车，车去哪里，去干什么，管它呢，反正闲来无事，就当探险，何况两个小男人貌似不是强盗。

有了才才的配合，田迹墨更加唾沫横飞，巧舌如簧，历数自己三十年来的光辉事迹。当然，大部分都是诸如：小学就被夺去了初吻，初中帮同学给校长写情书，大学泡上了非洲黑人女友差点生出个混血儿之类。内容有真有假，情节跌宕起伏，绝对叫人拍案惊奇。张艺谋要是早听了田编剧的故事，《三枪》也不至于让人骂得狗血淋头。

“我一直喜欢文学呢！过去总觉得作家很崇高，很遥远，这回总算见到活的了！”开了眼的才才喜不自禁，恨不能把田作家搬进恐龙博物馆展览。

在田迹墨的极力斡旋下，三个人的关系融洽了许多。宾主双方相谈甚欢，才才刚上车时的疑虑一扫而光了。观后镜里田迹墨和才才的目光不时聚焦，看来两个文学青年还很有点惺惺相惜，相见恨晚。菅鹏举忽然觉得挺不是滋味。今天我到底是来相亲的，还是拉皮条的啊？这关系有点乱，得重新捋捋。他悠悠地长叹一声，瞅准个空当问了田迹墨一句："唉，田哥，我嫂子挺好的吧，上班了没？"

车内顿时安静了下来，只剩下田迹墨"咯吱咯吱"的咬牙声。别看菅鹏举不善言辞，人又老实，干什么都要慢半拍，但关键时刻还是能一鸣惊人的。

2

车子七拐八拐绕了半晌，开进一片楼群间的马路。菅鹏举突然喊了一声："过了，过了，快停车！刚才，好像是大兵。"

"不早说！"田迹墨赶忙急刹车。

俩人口里的"大兵"真名叫齐兵，其父是滨海市人民银行行长，连续十余年的省人大代表。齐兵打小酷爱音乐，初中就开始组建乐队，在遭到各方的严厉打击之后干脆退了学，死活不肯读书了。为了彻底改造这个浪子，齐父送他去当了兵，回来理所当然地分配到银行系统。在父亲的英明领导下，齐兵进步神速，不出几年光景，刚满二十八岁的他已经从叛逆的摇滚青年摇身变为滨海市商业银行龙港分行的副行长了。

可这会儿少年得志的齐大行长却威风不再，他被一群大爷大妈围在中间，正脸红脖子粗地与人争论着什么。雪停了，天色越来越暗，要不是他有着一米八五的身高和头上那一卷狗尾巴似的黄毛，还真不好被发现。停在十米开外那辆属于他的车，可就显眼多了。这里显然不是城市的主干道，一排临街的门市都是依托住宅楼而建，规模不大。为首的那家挂着老年人健康体验馆的牌子，顶配的奥迪 A6 前半部分车身挤在体验馆门里，俩前轮都瘪了。另一半悬在门口的台阶上，后面雪地上有两条清晰的车轮痕迹。卷帘门被硬生生撕开几个大口子，门框严重变形，四周的玻璃大面积碎裂。各种损坏的汽车部件藕断丝连地耷拉在车体上，不知是机油汽油还是防冻水的液体流了一地，扭曲的车盖上方冒着不知是烟还是雾的气体。现场凌乱不堪，不过没有丝毫血迹，车内气囊也没有弹出，看样子没有人员伤亡。

田迹墨绕着车转了好几圈，对齐兵的壮举赞不绝口。“大兵真行啊，奥迪底盘这么低，这么高的台阶究竟是怎么上去的呢？菅子，赶紧用手机拍下来，发微博上去。肯定有很多人围观！”信息时代必须嗅觉灵敏，田迹墨不失时机地怂恿菅鹏举。

“快去看看大兵吧。”

俩人穿过层层人群，总算挤进了包围圈，发现不知道什么时候才才已经站在齐兵身边了——她好像比他们还积极，这世界需要热心肠啊！菅鹏举目测了一下，发现才才比自己至少高出小半个脑袋，不由得有点自卑，下意识地挺了挺腰板。

“一个卷帘门一万五，一共坏了三个；光谱治疗仪坏了两个，一万八千八百八一个。一共不到九万，我要六万还多？我跟你说，少一分钱也不行！不行？不行就报警！”一个面目狰狞的鞋拔子脸老头踮着脚揪着齐兵脖领子不放，一副拼命的架势。

齐兵无力地反抗着，估计已经反抗了许久，但没什么效果。他嗓子十分沙哑，音调十分低沉，口气十分委屈：“你别拽着我，我又不跑。别拽了，行不行？我这皮衣顶你十个防盗门，你信吗？我这手表顶你十个治疗仪，你信吗？我再说一遍，别碰我！我再说一遍……我靠！你还拽……”

“别激动，别激动。各位大爷大妈、叔叔阿姨，都别激动。我是凶手的好朋友，容我们先商量一下。”田迹墨使出了吃奶的劲儿，这才掰开鞋拔子脸老头的“大力金刚爪”，把齐兵拉到一旁，菅鹏举和才才也都跟了过来。

“我怎么还凶手了？我又没杀人。”齐兵五官都堆成窦娥状了。

“没杀人就不是凶手了？你这至少是私闯民宅！”田迹墨很严肃，紧接着压低声音问，“喝酒了？”

“绝对没喝！还真就今天没喝，你闻闻。”齐兵捶胸顿足地保证，弯下腰大张着嘴就往田迹墨鼻子上贴。

“你还不如喝点，这口太臭了。”田迹墨夸张地躲闪了一下，又正色道，“看你活蹦乱跳的，人没事吧？报保险了没？”

“没。”齐兵沮丧了起来，“人是没事，可保险没报。车刚提没两天，牌子是套的，没来得及上保险呢！”

“交强呢，交强也没上吗？”菅鹏举轻声轻语地追问。

“都说了没上！听不懂普通话啊？上保险我还用喊你们吗？”估计齐兵刚才让“夕阳红代表队”的选手和亲友团折磨得够呛，大行长颜面尽失，憋屈了半天，这会儿气全撒菅鹏举身上了。也不管他的“女朋友”就在一边站着，半点面子没留。

菅鹏举“哦”了一声，低下头小声嘀咕着：“交强交强，就是强制你交，不交也得交。怎么还能不交呢？”他偷眼瞄了瞄才才，发现才才脸色不太好看，手不知道什么时候已经掐在了腰上，正怒气冲冲地瞪着齐兵，摆出了一个随时准备战斗的架势。菅鹏举脸一红，很有些小得意。他忍不住自作多情地想：到底是一家人啊，知道应该偏向谁。好女人哪！

既然人没事，田迹墨悬着的心就放下了一大半。“你冲菅子发什么火？该上保险你不上，你还有理啦？行了，这事回头再批斗你，咱先把眼前的事处理了。依我看，被讹一笔肯定是跑不掉了。人家一看你这车，这五根棍的车牌，再看你这武装到牙齿的一身名牌，换我我都得寻思，不讹你就是浪费资源，不讹你都对不起列祖列宗！现在咱就得想办法把损失降到最低。你跟人家吵，吵有用吗？冷静，千万要冷静。事情已经出了，想办法解决就是了，是不是？冲动什么嘛，冲动能解决问题吗？春节晚会都教育我们说，冲动是魔鬼呀！”田迹墨语重心长。

“就是就是，阿嚏！别冲——阿嚏——动。”菅鹏举擤了一把鼻涕，裹紧田迹墨的大衣，插嘴道，“齐兵，我就纳闷了，你到底是怎么开上去的呢？对了，你当兵的时候是不是陆军？”

“陆军陆军，二炮后面那个部队的！”田迹墨接道。

“二炮后面？哦，三——三炮啊！”扮演捧哏的菅鹏举又让田迹墨当枪使。

“我海军啊。怎么？”齐兵莫名其妙。

“啊——我以为你开坦克开习惯了。”菅鹏举一本正经。

“滚！”齐兵恼羞成怒了。才才“扑哧”一声笑了出来。

“你有点正经的！”田迹墨突然板起面孔，“这个时候还有心情扯淡！瞧把齐大行长急成什么样了？想采访你也等完事了啊，这个时候说这些有用吗？——不过说真的，大兵，我也挺好奇，你偷偷告诉哥，到底怎么把车开上三级半台阶的？”

“喂，我说田作家，你们就这么商量，商量到世界末日也商量不出结果。到底怎么办，能拿出个方案来吗？”看这三个男人没一个靠谱的，才才都忍不住发飙了。尤其是这个白面书生田迹墨真气人，坏主意都是他出的，坏话却总借菅鹏举的嘴说出来，回头他还总装正人君子。

“方案？林妹妹要方案，咱们赶紧制订一个。你们看哈，我们的主要对手就是一个老头，他是那个健康体验馆的老板，对吧？嗯。他的主要目标就是钱，对吧？嗯。那我们给钱不就得了吗？毕竟这个事情咱们要负全部责任，咱不能耍无赖。但是，钱是得给，绝不可能给那么多。齐行长只是管银行的，又不是开银行的，是不是？再说了，撞坏的那是铁门，不是金门。一扇破门一万五？这是有点忒黑了！”

“金门是撞不坏的，得拿炮轰。炮击金门嘛。”菅鹏举慢条斯理地及时给大家补习历史知识。

“咱派个代表跟人家谈谈吧。嗯——大兵太冲，现在又在气头上，不适合谈判。菅子太软，又不会说话，容易签出丧权辱国的条约。看来只有我挺身而出了。”田迹墨自告奋勇。

“唔，等等，我倒有个好主意。”菅鹏举灵光乍现，“可能也算不上好，你们听我慢慢说哈。田哥，我说了，你可别生气，千万别生气呀！嗯——你嘴有时候太损，尤其喜欢兜着圈子骂人，那老头看样子脾气挺大，再让你气出个心梗、中风、脑出血啥的，那就更麻烦了。所以呢，我觉得吧，你去也不合适。”

“你怎么说话呢？”才才很不满，出其不意地杵了菅鹏举一拳头。

菅鹏举皮粗肉厚，反应迟钝，也没在意，要么就是把这一拳头当作“打是亲，骂是爱”来理解了，继续陈述。要知道，他已经酝酿半天了。“要我说，让才才去吧。女孩子语气轻柔，讨老人喜欢，才才又长得……长得……这么招人稀罕。反动派都是纸老虎，我看这老头没有我遇到的那个‘大口罩’生猛，你可不知道，那‘大口罩’嘴可太厉害了，田哥我看不次于你……这老财迷估计也就是外强中干。咱们在边上帮腔，软硬兼施，连忽悠带吓唬，双管齐下，肯定能把他拿下。我估计，最多一万块钱，就能搞定了！”

菅鹏举话音刚落，才才便精神病突发似的尖叫了一声：“菅鹏举，你这个王八蛋！”这个菅鹏举，事情在自己身上的时候六神无主，帮别人出馊主意还计上心头了？才才一记“双龙出海”，双拳齐出，把毫无准备的大谋士菅鹏举推了个人仰马翻，结结实实摔了个大屁蹲儿——“你大爷的！那是我爸！”才才吼了一嗓子，恨恨地跺了下脚，扭头就走。

军人出身的齐行长恐怕也从没见过这等“绿林女侠”现场发功，大吃了一惊。他本就不知道才才是何方神圣，见和田、菅二人一起，一直以为是本方亲友团的同志，弄了半天人家是女版的余则成啊！齐兵和田迹墨连拉带拽地搀扶起菅鹏举，望着才才离去的方向，心有余悸地问：“她叫什么来着？”

“才才，人才的才。”菅鹏举垂头丧气地说。——“你大爷的”，菅鹏举苦涩而又甜蜜地回味着，“唉，连骂人都这么好听。让人觉得……觉得那么如坐春风！”

四、搂怀孕的山芋

1

齐兵的撞车事件在田迹墨和菅鹏举的大力帮助下终于越来越混乱了，最主要的是性质已经彻底变了。这件事的处理结果不光关系到齐兵到底损失多少钱，更影响着菅鹏举那前途未卜的爱情。一边是友情，一边是爱情，目前两边水火不容。俩人都有点为难，一时间默默无语。老头那边传过话来："四万块，最少。"

"世界真小，无巧不成书啊！回头够我写个短篇小说的了！"田迹墨拍拍菅鹏举肩头，"你这老丈人挺给你面子，刚才六万，现在跳楼价六六折了。"

"什么老丈人……"菅鹏举口是心非，羞涩又甜蜜地反驳着。

"你说也真奇了怪了哈，才才她爸长得像赵本山似的，居然也能制造出才才这样的精品。"田迹墨感叹造物主的神奇。

菅鹏举权衡了一阵，艰难地作出了决定："大兵，不用考虑我，该怎么办怎么办。女人嘛……反正我俩今天刚认识……"

齐兵几乎是同时开口："菅子，你赶紧去安慰安慰人家吧，别管我。不就是钱嘛，我少打场麻将也就是了。再说，又不是我撞的……"

田迹墨和菅鹏举眼珠子差点掉地上，异口同声地说："不是你，那是谁？"

"刘星。我不让她开，她非要开。我也没办法……"

“刘星？原来在大马夜店驻唱的那个歌手，长得有点像潘金莲那个？”

“像什么潘金莲？像杨钰莹好不好！那小声，特甜！”

“嗯，一个意思，一个意思。嘿，兄弟你上手还真快。”田迹墨揶揄了一句，随即正色道，“娃娃知道吗？”

“废话，能让她知道吗？”

“你真是的！”菅鹏举很气愤，心说要不是打不过你我非给你两巴掌，“娃娃对你多好啊！你说你，未婚妻都有了还胡搞瞎搞的。你……你什么玩意！”菅鹏举搜肠刮肚，把“大口罩”的词都用上了，“上哪儿说理去，我起早贪黑颗粒无收，你那边胡搞瞎搞鱼虾满舱！”

“关你屁事！什么未婚妻，大不了就分了！纯粹包办婚姻，我家跟她家吃了一顿饭，就把我给卖了。”齐兵满肚子委屈。

“她爸爸是咱滨海的市长？”菅鹏举问道。

“副的。还不是常务的。”

“这事还真非同小可，坚决不能让娃娃，尤其是她爸爸知道。你副行转正行的事还没落实呢吧？是得注意政治影响。”

“老田，说心里话，这我还真不稀罕！我正琢磨哪天辞职不干了呢！关键是她家知道了，我家就得知道。我家一知道，我们家老太太又得哭鼻子，老爷子又得给我上政治课。他你还不知道么，什么事到他嘴里都得上纲上线的，我烦！”

“先别说这些了，刘星人呢？”

“吓坏了，差点没瘫那儿。在边上那个卖净水器的屋子里躲着呢。”

“她怎么说？”

“她都不会说话了，光知道哭。”

2

天色越来越黑，街灯亮了起来。围观的人越来越多，事情越来越复杂。半个多小时过去了，田迹墨意识到不能再这么胡闹下去了。作为这几个人中最年长的一个，他不能总是插科打诨耍贫嘴，他得有点担当，得有点大哥的样子，得帮小兄弟拿拿主意。

“大兵，虽然是刘星开的车，可车是你的。回头你俩怎么算账是你俩的事，眼下我们需要做的是赶紧把钱赔了，找个拖车来把你那坦克拉走。四万开价听起来是不低，可你想想，健康体验馆里那么多老人，只要随便出来一个人说他受了惊吓就够你喝一壶的。你也不想折腾，咱就花钱免灾了吧。你少玩个一回两回的，什么都出来了。”

“今儿手头还真没那么多现金，上午非拽着我诈金花，都扔里了。”齐兵狠狠啐了口唾沫，“这几天都不顺。”

“哼，你还真是情场得意，赌场失意！”菅鹏举的口吻很轻蔑。

“这不有我们嘛！要朋友干吗的？”

计议已定，田迹墨和菅鹏举连忙四处打电话集资。十几分钟后，一干狐朋狗友悉数携款到场，免不了七嘴八舌各抒己见，又是一番毫无意义的争论。于子凯得知了齐兵的背景和身份之后，倾向于找几个介于牛A和牛C之间的人物出面摆平，理由是代价小、威力大、效率高。

要说这于子凯，不愧是程序员出身的公务员，可能得益于多年研究“1”和“0”的关系，于细微处的算计能力还真是不一般。用菅鹏举的话说就是“很有生意头脑”。这次给菅鹏举介绍对象，之前就狠敲了三四顿大餐歌厅洗浴一条龙，还从管鹏举手里硬要走两百台出租车的顶灯广告项目。再者，一贯喜欢在众人面前扮演大男人的于子凯其实是个“妻管严”，结婚以来就一直被他老婆李三姐实行经济封锁。这次来只从媳妇手里抠出来可怜的二百七十五块钱，咋好意思往外掏？还好没等到他这，钱就凑够了。

田迹墨的另一个朋友吴大非——人称“吴老大”——则态度相反，他坚决支持田迹墨的决定——人家拿了整整一万块呢。田迹墨和于子凯苦读圣贤书那会儿，吴大非就开始混社会了，这么多年走南闯北，见多识广，如今砖厂的生意也做得风生水起，财大气当然粗一些：“凯子，听老田的，就这么办！”

于是他的意见为整个事情一锤定音。田迹墨迅速拟定了协议，声明赔款四万，两不相欠，各不追究。在齐兵的强烈要求下还加上了保密条款，最后双方当场签字画押。

3

始作俑者刘星这时候才千呼万唤始出来，浓妆艳抹，香气袭人。头发染得五颜六色，枝杈横生，像极了非洲大鹦鹉。耳朵上一对手铐似的大耳环特别显眼，在路灯的映衬下闪闪发光。身上穿件看起来价值不菲的粉色皮衣，敞着怀，露出里面紧身低胸的黑色蕾丝小衫，整个装束的风格和她二十岁的年纪反差巨大，尤其那半透明的单薄小衫，更常见于夏天的站街女身上。高高的高跟鞋踩着颠簸的脚步，扭起来让人不得不注意到她呼之欲出的“胸器”和性感的小屁股。刘星脸色很惊惶，眼神很无辜。长长的假睫毛三三两两地粘在一起，睁眼闭眼之间把颧骨位置涂抹成黑乎乎的一团，向下延伸出两条清晰的泪痕，看来还真吓得够呛。她一露头就先掏了根烟，用贵妇人的姿态吸了两口，接着像条宠物狗似的钻到齐兵怀里，一副小鸟依人的模样。田迹墨和菅鹏举都觉得一阵恶心，别过头去望向他处。于子凯倒是饶有兴致，暗暗吞了口口水，一双色眯眯的眼睛不停勾勒着刘星的身体曲线——如果目光能实施强奸，刘星恐怕已经流产过N次了。

才才收起协议书，很礼貌地道了声“再见”，还跟菅鹏举握了一下手，像是示威，又像是惜别。望着她离去的背影，菅鹏举的心跟他的裆部一样满是凄凉。他想，这“再见”基本上就是“再”也不“见”了；这握过的手，至少一个月内暂时不洗了。

眼见五根棍稀里哗啦地上了拖车，才老汉也心满意足地拿到了钱，再没什么热闹可看，围观人群渐渐散去。按照田迹墨的安排：于子凯和吴大非负责押送拖车去修配厂；齐兵送刘星回家；他和菅鹏举留在这边善后，看看有没有跟才才修好的可能，两小时后大家在大马夜店会合。

4

本来事情该到此为止了，没想到“地震”之后还有“海啸”，高潮之上再起高潮，乱套之后越发乱套：娃娃忽然出现了。田迹墨咬牙切齿地瞪了一眼于子凯。他知道，肯定是于子凯告诉了李三姐，李三姐告诉了最近才成为“闺密”的娃娃。

娃娃来的时候刘星正跟齐兵撒着娇，发着牢骚：“四万块都够咱俩去趟海南了，你那俩四眼朋友出的什么破主意？你就告诉那老头你爸是谁，你妈是谁，我就不信他还敢跟你要钱？”

听到这话田迹墨再也忍不住了：“有本事你泡李刚儿子去！”

面对刘星，齐兵的耐性好多了。他温言软语好生安慰，全然不顾田迹墨和菅鹏举鄙视的眼神。突然，他看见娃娃的车开过来，停在了街对面，脑中霎时一片空白，过电似的一把推开刘星，向前迎了几步。

娃娃个子不高，扎着两根小辫子，圆圆的脸，大大的眼，睫毛很长，扑闪扑闪的，真的像个小芭比。她走过来，还没开口眼泪先下来了：“齐兵，你没事吧，呜呜……你吓死我了……”她盲人摸象似的摸摸齐兵的四肢，再捏捏五官，发现大部件没坏，小零件没丢，这才放心地一把抱住，小圆脸紧紧地贴在齐兵心潮澎湃的胸膛，那亲热劲儿就好像齐兵刚从伊拉克战场上生还似的。齐兵则完全没反应，像个木头人。

田迹墨刚指挥拖车掉好了头，一看形势不妙赶紧跑过来：“哎呀，娃娃怎么来啦。妹子别怕，你家大兵没事，别哭别哭。”边说边用眼神示意菅鹏举把刘星领走。

菅鹏举还没反应过来呢，刘星就冲着齐兵喊上了：“这怎么回事？她是谁？你给我说明白了，她是谁？”

齐兵傻眼了。娃娃转过身，很无辜地看着刘星，再看看齐兵，也有点傻眼。从哪里冒出来的？这个女人不寻常啊！

田迹墨不愧是文人，有着敏锐的观察力和判断力——从认识娃娃那天起，他就说过，娃娃虽然出身官宦，贵为千金，但绝对是个心地善良、思想单纯的孩子。从她那朴素的羊角辫、天真的娃娃脸、澄澈的大眼睛、时常嘟起的小嘴唇就能看得出来。心地善良、思想单纯的另一层意思就是极易受骗。说时迟那时快，田迹墨急中生智，电光石火之间一把搂过了刘星，对娃娃说：“妹子，这个……你叫嫂子。”

“嫂——子？那丹姐呢？”

“嗯——这是小，小嫂子。”田迹墨假装有点不好意思地强调着“小”字，“是这么回事。她想学车，可我的车刚好借给朋友了，我又有事情分不开身，就让齐兵帮了下忙……她把油门当刹车踩了，真是对不住。对不住啊，妹子。你看这事扯不扯……”

“扯！田哥可真能扯！”菅鹏举使劲咬着嘴唇怕笑出声音，忍不住又打了个喷嚏。

“没事没事。”娃娃脸色顿时阴转晴，“那个……小……”——“小嫂子”终究还是没能叫出口——“人没事就好。车的事情不要多想，不用你赔，真的！”

“你跟齐兵先走吧，赶紧回去报个平安，省得两边老人惦记。凯子和小吴送车去修配厂，这里的事你不用担心了。”田迹墨边说边给齐兵递眼色。

齐兵还在犹疑。田迹墨眼珠子都要瞪出来了，他这才推推搡搡地带着娃娃走了。于子凯和吴大非也各自领命而去。娃娃本想再问些什么，可看齐兵脸色铁青，只好闭嘴，顺从地离开。

刘星一时间还没适应自己角色的转变，田迹墨抱得她都快喘不过气来了。什么跟什么啊？齐兵怎么连个屁都不放，就这么把我给免费转让了？原来他有老婆？他有老婆！臭男人啊！男人靠得住，芙蓉姐姐都会上树！想到这儿刘星总算缓过神来，积蓄全身力量杀猪般哭号起来：“你这个大骗子！”

齐兵一身冷汗，他拖着娃娃艰涩地挪着脚步，溜得慢一点弄不好就得血溅当场！田迹墨连忙掩护，一边往后拉扯刘星，一边喊：“是我不好，是我不好，男人嘛，都爱面子，你得理解啊……”他知道娃娃在不时回头张望，这解释分明是给娃娃听的，“是，我是撒谎了，我说这车是我的，我不对。可我也是为你好嘛，我的这个是什么破车啊……赶紧进来吧你！”田迹墨丢货物似的把刘星塞进了车里。

看到田迹墨为一个粗俗不堪的风尘女子自甘堕落，娃娃很心痛。为她一向敬重的田哥，更为她亲密无间的丹姐。要知道，她一直觉得他们俩是让人艳羡的鸳鸯侠侣，田哥是模范丈夫的表率，丹姐是幸福妻子的代言。没想到啊，没想到……

娃娃鄙视地冲田迹墨撇了撇嘴，意思很明显：不用你臭美，回头我一定要告诉丹姐！仰头再看看自己才貌双全、德才兼备、重情重义的男朋友，心头涌起真切的温暖和满足，情不自禁地挽起了齐兵的手臂，却被齐兵冷冰冰地甩开了。

娃娃的车很快在暮色里消失，刘星的哭号还在夜空中飘荡。谁的眼泪在飞？是不是刘星的眼泪？——不，还有田迹墨的。

5

好哄歹哄，刘星就是不肯消停。话筒里一直说“对不起，您拨打的电话已关机”，可她还是不死心地一遍遍拨打着齐兵的手机。田迹墨要送她回家，她却死活不肯，非要等齐兵，还威胁说齐兵要是不回来，就找上门去。对这种无理取闹的女孩子，田迹墨可没什么好脾气。

“你等他回来干吗？”

“我……怎么也得要个说法！”刘星嗫嚅着。

“说法？你想要什么说法？哦！他欺骗了你的感情，欺骗了你的肉体，弄不好你还得说你已经怀上了他的孩子。现在你精神受到了极大创伤，需要他的补偿。说白了就是想要点钱，是不是？”

“不是……我……”

“什么不是？你的不是我的不是？你不就是这意思吗？”

“田哥，说心里话，我觉得，是齐兵的不是。”菅鹏举还挺公正。

“好，既然你说不想要钱，那就好办了。摆在你面前的只有一条路。”田迹墨没搭理菅鹏举，继续吓唬刘星，“跟齐兵分手，该干吗干吗去！今天这事，车是你开的，钱不用你赔，你俩就算两清了。听懂我的意思了吗？”

“刘星，人家齐兵都眼看结婚了，俩人门当户对的，要我说，你听田哥的吧。”

“要结婚了?!”

“嗯。他们处了半年多了吧，好像已经订婚了。是吧？田哥。”

“还没结婚？你是说他们俩还没结婚?!”刘星大叫。

“新房马上装修好了，我感觉明年……”

“还没结婚呀！”刘星总算听明白了，禁不住大喜，刚才还一把鼻涕一把泪，让田迹墨训得不敢作声，这回知道自己算不上纯粹的二奶，忽然觉得底气十足。她把头转向田迹墨，开始了凌厉的反击：“你冲我嚷嚷个什么劲？你是齐兵的朋友，我就不可以是他女朋友吗？他还没结婚，我也没出嫁，我凭什么就得跟他分手？人家报纸都说社会要讲求公平正义，我和那个什么……娃娃鱼是吧？”

“娃娃，哪来的娃娃鱼。”菅鹏举插嘴。

“哦，娃娃。我和她公平竞争总可以吧？齐兵最后选择谁，是他说了算，不是你说了算，对吧？我和齐兵怎么样是我俩之间的事情，跟其他人无关，对吧？我没犯任何法律，对吧？”

“人贵有自知之明。刘星，我没跟你开玩笑。你还小，你根本不懂……”

“别跟我转词。我只知道，爱情面前，人人平等。咱没你那么多文化，别动不动就教育人，你以为你是谁啊，上帝？耶稣？皇上他爹？我还没问你呢，你刚才凭什么搂我？你也知道我小啊，我哪儿小啊？大叔？挺大个老爷们，大庭广众的就耍流氓，还说我想讹诈。对啊，我就是想讹你。我告诉你，你刚才把我搂怀孕了，你自己说，怎么办吧。”

就这么一副三陪小姐的模样，也配谈“爱情”？田迹墨哭笑不得，不过也真有点犯愁，这个一搂就怀孕的山芋很烫手啊！正骑虎难下，齐兵忽然来了电话：“我都到大马了。你们怎么还没过来，刘星呢？”

“菅子得回家换身衣裤，随后就到！”

五、微男据点

1

大马夜店在巷子很深的一个转角，门脸不大，门口只停着吴大非的一台雅阁，略显冷清。灯箱挂得很低，上面变换地闪烁着“大马夜店——哥的传说”。两侧的墙壁上，一边涂抹着抽象的海滩风景，另一边是吉他、烟斗、高脚酒杯的素描。外部装饰的色彩很清淡，还不如对面刷着“立法为公、执法为民”蓝色牌匾的派出所显眼。

“兄弟，有日子没来了啊。忙吧？”酒吧老板刘御风迎出来很远，一上来就搂住田迹墨，显得很亲热，又分别冲菅鹏举和刘星打了声招呼。刘御风四十多岁的样子，身材、脸庞都很瘦削，剃个光头，两扇大耳更显突出，下巴上一绺短促的山羊胡，眼睛很大，炯炯有神，目露京剧里杨子荣那样的精光。

“还好。我们这行五一、十一期间忙一些，现在清淡多了。刘哥，每次见你都这么神采奕奕的，你这怎么样？”

“老样子。不咸不淡。”

几个人边聊边走进去，齐兵他们早就等在那里了。于子凯和吴大非专心致志地嗑着瓜子，头也没抬，脚下摆了一地空瓶子。盼望已久的齐兵一见到刘星，赶忙迎上去。刘星瞪了眼齐兵，用力甩开齐兵握上来的手，气呼呼地坐下。刘御风端茶倒水，上下忙活。

大马夜店很久没这么热闹了。在滨海市这座小城，酒吧文化始终没能流行，而且它的位置偏僻，格调又过于素雅，开业半年多，日日人流稀少，月月入不敷出。刘御风白天跑出租、偶尔卖唱、帮别人录音赚钱，这才勉力维持。

“今晚的来宾囊括了滨海市银行界、文学界、商界、政界、演艺界的精英人士。我代表大马夜店全体员工，热烈欢迎各位大驾光临！”田迹墨带了这么多小朋友来赏光，老刘显得很兴奋。尽管算上他本人，所谓的“全体员工”也只有俩，他是主吉他手兼主唱，另一个键盘手小丁还得身兼辅音吉他手、收银员、服务员、清洁员等多个身份，可他们还是拿出了全部的热情，接连演唱了四五首歌曲。

其实“精英”们没怎么听进去，但还是热烈地鼓掌。他们哪有这个心情啊！六个人中有四位各怀心事：齐兵捅了篓子，田迹墨背了黑锅，菅鹏举丢了爱情，刘星变成了准小三。只有于子凯和吴大非推杯换盏喝得起劲。对于子凯来说，事不关己，高高挂起，看热闹的永远不怕事大，反正自己是来凑趣的；对吴大非来说，这些事压根就不算个事，过去就过去了，何必纠结不已自寻烦恼呢？

2

“美女，来一首呗。”听说刘星在这里驻唱过，于子凯兴致很高。

“刘哥，我来首《风含情水含笑》。”刘星还真给面子。看样子，她心情调整得挺快，对“准小三”未来的升级之路蛮有信心。

“唱什么唱，差不多行了！咱们是来商量事的，不是来开 party 的！”田迹墨第一个反对。

音乐淡淡地响起来：“轻轻杨柳风，悠悠桃花水。小船儿飘来了，俊俏的小阿妹……”刘星的嗓子的确不错——人家压根没理田迹墨那茬。于子凯、吴大非不停叫好，听得如痴如醉。

“大兵，咱俩上这边来，我得跟你好好谈谈。”田迹墨拉齐兵去了较远的一张桌子，“小丁，再来两杯咖啡。”

“我不要咖啡。给我来冰纯。大瓶的！”齐兵喊，“老田，其实你没必要那样，反正娃娃也都看见了，我干脆破罐子破摔，捅破了算了。我俩分开，是早晚的事。这回可好，你还得替我背黑锅。”

“我这都没关系，反正你嫂子又不会知道。就是知道了也没事，哥什么力度啊！”

“娃娃肯定会跟嫂子说的。她那性格你还不知道吗，到哪儿都装作热心肠，好像全世界就她一个好人似的！”

“不是我说你啊大兵，你这都什么逻辑啊？娃娃有错吗？分明是你脚踏两只船，吃着锅里的，惦记着盆里的，恨不得全世界的狗食都归你一个人了，你还挺愤愤不平的？”

“她没错我就有错了？谁让她当我女朋友的？我追过她吗？我死皮赖脸跟她来着？要不是我爸……”

“齐行长，你说这话可太有失水准了，一点政治觉悟都没有。娃娃是谁？副市长的千金。你是没有追人家，可想追她的人恨不得开火箭往前蹿呢。还埋怨你爸，你爸为了谁啊？还不是为了你好？再说，当初你不是同意的嘛，还跟人家全家吃的订婚饭。”

“什么订婚饭？他们把我骗去的，我根本不知道是怎么回事！你说我爸为我好？他真为我好就不会办出这么荒唐的事情！就不会让我进银行上班，逼我解散乐队去当兵！”齐兵拍着桌子，啤酒都弄洒了。他就势拿起瓶子，咕嘟两口，大半瓶下去了。

“又来了。你那点陈芝麻烂谷子都过去八百年了，咱就别提了行不行？是，咱都是新时代的年轻人，婚恋自由，反对包办。可娃娃有什么不好？不漂亮吗？不温柔吗？不乖巧吗？她背景、学历可都比你高多了。她在你面前，什么时候摆过官小姐的架子，拿过高才生知识分子的腔调？人家对你百依百顺，言听计从……”田迹墨拿勺子搅拌着咖啡，不时嘬一口。

“田哥，你可别提了，就这百依百顺、言听计从最要命了。我要找的是女朋友，不是女奴隶。我对她就从来没有过感觉。我跟她在一起整天就像带小孩似的，成天追着我让我给她讲当兵时候的事。我刚起个头，她就‘哇，你好厉害呀’；平时散步，看着片云彩她也得来一句‘哇，好美呀’；看电影，你就说看电影，《集结号》这样的片子居然都能睡着了，还总磨着让我带她去看，说什么‘就是喜欢那种恋爱的感觉’。我真服了她了。这哪是谈恋爱啊，这就是幼儿园小孩的过家家。一点女人味都没有！你是过来人，我说的你能明白吧？”

“女人味？刘星那样的就有女人味了？就这样的，你去歌厅一抓一大把，熏死你丫的！”田迹墨恨铁不成钢，边说边看了眼台上的刘星——依旧是杨钰莹系列，这会儿是《我不想说》。“退一万步讲，就算你不跟娃娃，也不能跟刘星这样走下三路的啊！”

“她不是这样的人。田哥，你不了解她。真的，她不是你想象的那样。”齐兵的第二瓶酒又见了底，头摇得像拨浪鼓一样，“你不知道，她过去特别苦。”

“她就是黄连也跟咱没关系啊！我记得你过去喝药都得你妈捏着鼻子，现在还好上这一口了？”

“田哥，你不用劝我了。我也快 30 岁的人了，我在干什么自己最清楚。你看不上刘星这样的，我知道。你们文人讲究的是闷骚，当婊子还得立牌坊。不像我这种傻大兵，直来直去，不兜圈子。”

“这跟闷骚明骚是两回事。”田迹墨这回可真是“秀才遇到兵”了，生平第一次有了词穷的感觉，“你鄙视清高文雅，可也犯不着自甘堕落啊！大兵啊，你可长点心吧！”

“老田，咱们一晃快十年的交情了。如果你非像我爸似的逼我，可别怪我这当兄弟的不仁义，咱们朋友都没得做！”看刘星的歌曲完毕，往台下走了，齐兵也没耐性跟田迹墨磨嘴皮子了。他啪地站起身，拽着刘星去了另一桌。

3

齐兵这话可够狠的了，田迹墨真有点意外了。在刘星的问题上，他远远低估了齐兵的决心和意志。爱情，真是致幻剂。他端着咖啡怏怏地走回去，神情沮丧。刘御风也走过来靠着田迹墨和菅鹏举坐下，又补了几份果盘。

“怎么趴下了？菅子。”田迹墨拍拍菅鹏举的脑袋，“嘿，醒醒，到站了！”打从进了酒吧，菅鹏举就一直趴在桌子上，不吃也不喝，耷拉个脑袋，没精打采的。

“大非，车怎么样了？”田迹墨问。

“毛事没有！发动机、变速箱这些大件都没坏，问题不大。我跟4S店的李总打过招呼了，所有配件一律进价，原厂！单子明天就能出来，估计有三四万块钱够了。”

“老田，咱们能不能想点办法？怎么说这也是一大笔钱啊。加一起八万块，够买台新捷达了。”于子凯给大伙发了圈烟。吴大非看了看牌子，没接，从手包里掏出两盒软“中华”，大大咧咧地丢在了桌子上。于子凯把自己的烟揣回去，不客气地开了包中华。

“大兵不差钱。”田迹墨吐了个烟圈，回头看了看不争气的齐兵。这小子一跟刘星在一起就像吃了兴奋剂似的精神焕发，不知道怎么好生安慰的，刘星脸上明显有了笑意。俩人卿卿我我的，又腻味上了。

“再不差钱也不是这么个赔法啊！你们听我说哈。我小舅子——老田你结婚的时候见过，他跟我一起去的，还上了个红包，记得吧？——是做保险的，叫李光。他混得比咱俩强多了，现在是个什么主任。我跟他通了电话，说了这事，他给我出了一个主意。”

“李光？这名起的——他爸是摄影爱好者吧？他什么意思？”

“简单地说，就是让齐兵赶紧补上保险。回头咱重新做现场，重新报案。出现场的人到这一照相，回去定损，过几天一赔付，我小舅子再给使点劲，咱们一分钱都不用花了！”

“这……这不是骗保吗？”半天没说话的菅鹏举又聪明了一把，抬起头来一脸惊恐，“那，那可是犯罪啊。”

“什么这这那那的。怎么能叫犯罪呢？这事很普遍。刘哥干过出租，他知道。车什么件有毛病了，先不去修。等不能用了，找个地方，假装撞一下，回头找保险公司一报销，自己一分钱不用花，全换新的！是不是？刘哥。”

“啊……倒是有这么干的。可人家那是事先上了保险的啊，凯子。”刘御风似乎也有所担心。

“我倒觉得凯子这条路通！”吴大非来了精神头，“齐兵家里再有钱，可也不是大风刮来的吧。保险公司干吗的，专门忽悠老百姓钱的。这回咱们也他妈忽悠它一把。我看行！”

“不行不行。万一有人举报怎么办？”菅鹏举还是挺坚决。

“这种事，民不举官不究，又没碍着别人什么事。当年吴老大砸车，要不是被抓了现形，谁敢告……”于子凯也意识到说走了嘴，乜了一眼吴大非，喝了一大口酒，硬生生把后面的话咽了回去。

“没事。没什么不能说的，都不是外人。”吴大非很大度，要不就是有点喝高了管不住嘴，接着于子凯的话自曝家丑，“刘哥，这里可能就你不太了解兄弟。你看现在我混得人模狗样的，像那么回事。给咱脸的，喊咱声‘吴老大’。当初，咱就是他妈的这个！”吴大非伸出小拇指不停比画，“这个！谁能看得起你啊？这个是什么懂不懂？没有背景，没有关系，没有钱，没有地位，连他妈亲人、住的地儿都没有……”他越说越激动，忍不住站起身来。齐兵和刘星听这边吵吵嚷嚷的，也聚集了过来，菅鹏举给他俩说了于子凯的意思。齐兵没吭声。

“大非在他奶奶家长大的，他爸他妈很早就病死了。上初中的时候他爷爷奶奶也没了，彻底成了孤儿，后来成了个小混子。凯子说的砸车是十年前的事了，那时你还没来滨海市呢，闹得挺大的，满城皆知。他带着一帮人，拿着家伙什儿，专门挑当官的车撬，撬不开就砸开，偷里面的钱物。自己留下一部分，捐给孤儿院一部分，都是匿名捐的，也算是劫富济贫了。这有点像武侠小说里的“绿林好汉”，是吧，呵呵！好长时间也没人敢报警——那里边的东西来路不正啊——后来他有一票小兄弟正在作案，让人逮个正着。第二天大非就去投案了，把所有的事都自己顶了，判了五年。出来之后就吃得开了，人家都叫他‘吴老大’，开始走上坡路了……”见吴大非言不及义，田迹墨附在刘御风耳边低声解释。刘御风听得频频点头，这看起来简单干脆的吴大非——吴老大，还有这么档子英雄事迹啊。

“有担当，敢负责，够爷们！你比哥哥我强！来，大非，哥敬你一杯！”刘御风打断胡言乱语的吴大非，握着酒瓶站起来，跟他碰了一下。吴大非来者不拒，俩人对吹了一瓶，相视大笑。众人高声叫好，来了个小高潮。田迹墨有点纳闷，这个老刘，自打认识他到现在也有些年头了，从没见过他喝酒。今天这是怎么了？看那架势，吹了一瓶面不改色，看样子还是此中好手呀！过去都在伪装？

“扯得有点远了啊。你们就说，这事这么办行不行吧？我小舅子等我回话呢。”

“于子凯，你小舅子靠谱吗？”

“老田，你这话问的，没问题啊！”

“嗯，再有就是，他担得起吗？回头别把人家坑进去。我听说保险公司对这种事情处理得很严厉，要是知道了，你小舅子工作肯定是没了。”

“你们要是都同意，我一会就把他喊过来！”于子凯越说越兴奋，“大家也认识认识！怎么样？”

几个人面面相觑，最后目光都转向了齐兵。还没等齐兵说话，刘星急忙说：“有便宜不占，那是乌龟王八蛋！”边说边捅齐兵。

齐兵模糊地表态：“哦，你们看着办吧。”

“还有个关键问题——现场。这现场怎么做？是不是还得把车放回原处啊？”

“肯定的啊，那才逼真。”

“那还得征求那鞋拔子脸老头的意见，人家得配合才行啊。”

“我看够呛，那老头子多倔。”

“哎呀，那边更好说了。我丈母娘总带着我老婆去那儿做‘健康体验’，一来二去的就熟了。三姐跟他女儿还处得不错，叫什么来着……对了，才才！”说到这于子凯看了看菅鹏举，“要不能给她和菅子介绍对象嘛！”

“你老婆？别提你老婆行吗？提她我牙疼。”吴大非不屑地瞥了于子凯一眼，“就她能办什么事？不坏事就不错了。上次我给地税局的局长老婆送礼，去你们家买的化妆品，都过期了！我回头找你老婆，她还硬不承认。这办的叫什么事呀？这样的娘儿们也就你能受得了，换我……哼！”

“不用找她，这有现成的人呢！”听见吴大非的话里带着点火药味，田迹墨连忙打岔，“菅子，你老丈人这一关，你不出马不行了！”他冲菅鹏举挤眉弄眼，“走，咱们去找才才。”

菅鹏举本来是一直反对的，可一听要去找才才，心里都笑开花了。嘴里说着“我就不去了吧”，脚步可丝毫没停，跟在田迹墨身后屁颠屁颠地去了。

六、我擦有内幕

1

出了大马夜店，俩人上了车。田迹墨问:“菅子，你觉得这事行吗？”

“田哥，我说你可别生气呀……说心里话，我不太赞同。”

“那你跟来干吗？”

“我……”

“想见才才是不是？”

“我……”

“瞧你那点出息，不就相亲不太圆满吗？这不战斗还没结束嘛，吃一次败仗就退缩了？像个霜打的茄子似的，一下就蔫儿了。实话跟你说，于子凯那主意就是个馊主意。齐兵那是给他面子，看他张罗得那么欢生不好意思说什么。人家一不差钱，二不想多生事端，用得着干这画蛇添足的事嘛。我之所以没多说什么，就是想趁这机会让你多跟才才接触接触，看看能不能弥补弥补。你也是这个意思，对吧？”

“田哥……”菅鹏举被感动得眼泪汪汪的，恨不得抱着田迹墨的脑袋使劲亲两口。

一路无话。二人到了地方，一层的健康体验馆已经人去楼空了，灯黑着。菅鹏举很失望。还好，门是关不上的。田迹墨钻进去就喊:“林妹妹在不在？林妹妹——”

“才才。田哥，叫才才。”菅鹏举小声提醒。

“谁啊，鬼哭狼嚎的。”才才还真出现了。她从二楼走下来，边上跟着她爸。一看到她爸，菅鹏举立马转身，田迹墨拽都没拽住，只好任由他回到了车上。

见是田迹墨，才才一脸诧异，她爸一脸警觉。

“才叔叔，您好啊！我们又见面了。”田迹墨冲上前去握手。

“小伙子，咱们协议上可是说得好好的，你那个朋友也签过字了……”才才她爸一眼就认出了田迹墨，立刻心生敌意。

“您别误会，我们没想反悔。现在又来找您，是有点别的事情。”田迹墨简要地陈述了一下，“您看能不能帮一下忙？”

“这事……那是要影响我营业的呀！我这每天上百个客户……”

“才叔叔，您放心，耽误一天算一天钱。一天三千，您看行吗？不行咱们再商量。”这老头，整个一财迷啊，那所谓“上百客户”不都是免费来体验的么，又不是来消费！田迹墨恨得牙根直痒，嘴上却依旧客气。

“三千……三千……这个……小伙子，我可不是图这几个钱……算了，叔叔也是个热心肠的人……”

“才叔叔，还有件事，才才和您说了吧？就是今天相亲的事情……”田迹墨拉着才才她爸走到旁边，小声说。

“哦……我知道一点。你才叔叔可不是老封建！你们年轻人有你们年轻人的想法，我老啦，管不了那么多了！女大不由父咯……”才才她爸眼含笑意地看着才才，又仔细地冲田迹墨上下打量了一番，亲热地拍了拍田迹墨的肩膀。心想：这该死的丫头，还说人家长得难看，又矮又胖的，这不明明挺好的嘛，斯文有礼，一表人才！

“你们谈吧，我看电视去了！”才老汉对未来女婿挺满意，一路碎步上楼去了。

“林妹妹，咱们上车说吧。这门坏着，风挺大的，多冷啊。”

“田作家，还有什么事？有事情就在这儿说吧，你别想再骗我上车了！”

“我知道你恨屋及乌，连带着把我也给划到‘阶级敌人’的阵营去了。咱们说话可得有根据啊，我们什么时候骗过你啊？今天这事完全是一场误会，大水冲了龙王庙，孙悟空点着了花果山。这更说明咱们有缘，有缘千里来相撞啊……”

“得了吧你。不愧是文人，真能贫！”才才笑出声来。

“走吧。没别的，就是请你吃口饭。李三姐他们也都在。”

“三姐也在？你怎么认识她？”

“今天后来来的那个小平头，个子不高，有点鹰钩鼻的那个人，是我朋友，他是你‘三姐夫’。走吧走吧，上车再说。——才叔叔，我们出去吃口饭，您老也一起去吧。”

“不了不了，我这小米粥都热上了，你们去吧。”嘿，这老头一直竖着耳朵听着呢！

才才一上车就后悔了：“这不会是历史悲剧的重演吧？就不该迷恋王菲的那首《传奇》！这一下午，也太传奇了。那个‘草菅人命的菅’像个白痴一样，看着自己就知道咧着大嘴傻笑。我这是穿越回三国，见着阿斗了？”

田迹墨二话不说，开足马力，直奔大马夜店。

2

大马夜店这会都快乱成一锅粥了。不知道什么风那么不长眼，愣是吹过来仨蓝眼睛、黄头发、大鼻子的外国人，两男一女，四十岁左右的年纪。齐兵和刘星去了包间，好半天没出来了；吴大非吐了三四次，在楼上老刘床上趴着呢；剩下的三个人里面学历最高的就属于子凯了，可他的英语口语也就停留在初中水平。“我擦有内幕、好肚有毒、鼓捣猫呢……”鼓捣半天也没鼓捣明白。其他人跟着着急，可除了一通瞎比画也使不上劲。小丁没办法，干脆赶鸭子上架似的把三个外国人按在了椅子上。

田迹墨一到，老刘可算盼来了救星：“快帮我问问，他们要吃什么？喝什么？玩什么？想听点什么歌曲？”

“我？就我那三脚猫的功夫，还是别丢人了。兄弟，还是你上吧。”田迹墨往前推了推菅鹏举，对他胸有成竹的样子。

“他？”才才嘴角一撇，瞟了菅鹏举一眼，显然不信这个中国话都说不明白的主，还能对付国际友人。除非有奇迹！

可是奇迹真就发生了！菅鹏举不但能说外语，还一口气说了三四种！虽然到最后其实也还是英语，可菅鹏举那英语跟于子凯的就完全不可同日而语了。所有人都看傻了，十全大补丸也没这么神奇的功效啊，菅鹏举此刻自信满满、风度翩翩，整个一外交家！国际友人这下可乐了，他们跟菅鹏举勾肩搭背，叽里咕噜地相谈甚欢。过了一会儿，菅鹏举开始像个司令——不，像个神一样发号施令：

“酒，郎枫葡萄酒，有没有？没有就来南极星！也没有？二锅头？二锅头不行……”

“随便上点果盘。鱿鱼丝，开心果……反正有什么上什么。”

“涅槃乐队。刘哥，他们想听涅槃乐队的歌。”听到这儿老刘有点挠头，前面的都好满足，就这个要求太国际化了！涅槃乐队的歌听倒是听过，可自己不会唱啊！

“哈喽！”于子凯这会总算找回了点自信，虽然人家说的他依旧听不懂，但还是热情地冲国际友人打招呼。

“你看，姐夫，我刚才就跟你说他们不是新西兰人就是爱尔兰人。”于子凯边上坐着个陌生人，眯缝着小眼，看到田迹墨他们过来，忙起身打招呼。

“我小舅子，李光，人没得说！”于子凯一一介绍他们认识。和所有做保险的推销员一样，李光逮谁给谁发名片，跟谁都是自来熟，热情得像是冬天里的一把火，烧得大家燥热无比。他一会儿夸田迹墨主持得好，是李咏、老毕、朱军的灵魂一起附体；一会儿赞菅鹏举语言大师，这次扬眉吐气，为国争光；一会儿说才才貌美如花，一笑倾城……拍着胸脯保证这回骗保的事情肯定没问题，唠到最后，话题还是归结到他的保险业务上来，听得三个人一阵恶心。不过菅鹏举刚才那一番表现的确可称为乌鸡当场变凤凰式的惊艳，至少在才才心里的印象不再是负分了。菅鹏举在自己这桌和老外那桌间往来穿梭，上传下达，沟通信息，忙得不亦乐乎。才才不时看他两眼，真没想到就这么个貌不惊人的小胖子还有这路武功，这么个没几根毛的大脑袋还能装下那么多外语细胞，难道真的是大智若愚，聪明绝顶？还真是人靠衣装马靠鞍，相亲的时候衣冠不整那样子看着都让人倒胃口，现在还真好多了。

“我这兄弟绝对是人才。论智商，咱们刚才也都看到了，人大外语、工商管理双学位的研究生绝对不是白给的；论财商，创业到现在，半年不到垄断出租车广告市场。就像大非说的，他也是一没背景二没关系，真正的白手起家啊！还真就是情商不高，不会玩那些花言巧语的骗女孩。唉，绝世小处男，黑马潜力股。就看有没有人慧眼识英雄了！”田迹墨由衷地感叹着，边说边看才才。

“你看我干吗？”才才瞪了他一眼。

“是啊是啊。菅哥威武！对了菅哥，差点把正事忘了。走，咱们去那边谈谈。”李光忽然想起了什么，拽着菅鹏举去了角落里的一桌。于子凯也跟了过去。

3

这边老刘唱了几首国内流行歌，下台后愁眉苦脸地走了过来：“这也不行啊，人家都没鼓掌，不稀罕咱这玩意。”

“想听涅槃乐队的，是吧？我给你出个主意：找齐兵！”

“齐兵？”

“这么跟你说吧，国外那些著名摇滚乐队的歌，没他不会唱的。不怕伤你心，他唱得比你还有范呢！”

“真的假的，从来没听说他会唱歌呀！”老刘挠着他的光头说。

“他是音乐天才。不过，他当兵转业回来之后，我就从没听他唱过了。你跟他认识他得晚，当然不会知道。他爸安排他进了银行的第一天，他就把家里的吉他、架子鼓、钢琴什么的全砸了，发誓这辈子都不唱歌了。”

“为什么？”

“他砸的是他的梦。有关音乐的梦，有关青春的梦，永不再来的梦。每个男人年轻的时候，可能都做过这样不切实际的梦吧。”田迹墨点了根烟，悠悠地说着，似乎心下也有些惋惜，“咳，你看看，我还在刘哥面前装沧桑呢！你试试吧，看他能不能给你面子。”

眼看着没了翻译，酒不对味，歌不对口，几个老外待得有点不耐烦。老刘生怕他们拍拍屁股，说走就走，硬着头皮进了齐兵的小包厢。

几分钟之后，齐兵和刘星走了出来。齐兵慢慢地走上了台，拿起话筒。老刘紧随其后，喜形于色。音乐响起来。重金属的气息弥漫着整个酒吧。齐兵仰着头，双手交叉在胸口，紧紧地闭着眼，像是一种虔诚的仪式。

“当最后的歌唱起／那歌声多悲壮／把所有痛苦掀起／那悲伤让别人去唱／烈火在和我一起焚烧／熔化这躯体／丰满起翅膀／烈火在和我一起舞蹈／宁静的旋律旋转／我走向死亡／这一切就像幻觉／如同梦那么美／当所有灰烬飘起／那记忆都随风远去／烈火在和我一起焚烧／窒息这迷惘升腾起梦想……”

齐兵的声音充满磁性和力量，让人热血沸腾。从第一句开始，老外已经跳到了椅子上，高举双臂，欢呼雀跃。等他唱完，所有人都被震惊了，所有人都站了起来，包括刘星。尽管她根本听不懂歌词，并不知道他唱的是什么意思，可她也听出了齐兵的呐喊，发自灵魂的呐喊。这呐喊振聋发聩，却如此绝望。她也是第一次听到齐兵唱歌，仿佛从这一刻她才真正认识齐兵——唱歌的齐兵，不是那个挥金如土，官二代架子十足的行长齐兵。

田迹墨看到，齐兵哭了。他别过头去，掩饰着不为人知的悲伤。行长齐兵和摇滚青年齐兵，齐兵本人更喜欢哪个，他的朋友更喜欢哪个，他的家人更喜欢哪个呢？如果他可以选择，他会选择怎样的路？“涅槃”的主唱最后因为不被人真正理解而自杀，难道齐兵心里，也一直有着那么深深的痛和孤独吗？

这一晚，除了田迹墨和才才，到最后，所有人都喝多了。

七、陷阱馅饼先醒醒

1

田迹墨回到家的时候，已经临近夜半。他像个小偷一样，蹑手蹑脚地开门，换鞋，看了一眼主卧室。台灯亮着，床上的张丹妃背对着他。他轻轻推开门，见她鼻息均匀，看样子已经睡着了。和往日一样，田迹墨回家后第一件大事是钻进书房，打开电脑，写微博。玩了一会觉得无聊，于是关了电脑，走进卧室，脱衣服准备睡觉。忽然手机恪尽职守地又扯着脖子唱上了“小小的人儿啊，假不正经啊……”。

张丹妃翻了下身，依旧没有睁眼，轻轻地说：“回来啦。”

“啊，你睡你的，接着睡。”田迹墨光着膀子，手忙脚乱地按了手机静音键，裤子滑到了脚脖子上。

“这么晚才回来吗？老婆都等着急了吧。”

“别影响了你们夫妻生活。不打扰了，晚安！”

我靠，还有没有点天理，你已经打扰到我的夫妻生活了！田迹墨简直怒不可遏，这他妈的谁啊，老天派来玩我的吧？此情此景，也容不得他做什么，只好恨恨地关了手机，上床平躺下。

“今天怎么样？”

“那还用问么，相当好！没看我在《生活真理报》上写的吗？”

“哦，没看。”

“每日读报，这是政治任务，你怎么不看呢？老婆你听我给你讲哈，那真是高潮迭起，险象环生，我早晨到那……”田迹墨侧过身，一只手抱着张丹妃，一条腿抬起来压到了她身上。

“娃娃来过了。”张丹妃睁开了眼睛，近近地看着田迹墨。

“哦。对了，今儿菅鹏举又相亲去了，于子凯他们两口子给介绍的。你别说，菅子命还真不错，那姑娘，大高个，人也漂亮，家里开健康体验馆的……”

“娃娃特意来的。”张丹妃把田迹墨的腿推下去。

“特意来？什么意思啊？”田迹墨决心糊涂到底。

“装吧。”

“装什么？”

“那没事了。”张丹妃把田迹墨的胳膊也拿开，翻过身去。

“不是，你等等，老婆，有什么话你就说啊！她来干什么？”

“她说她看到你……”张丹妃欲言又止，“她说大港开发区新成立个公司，政府的项目，缺个办公室文员，问我要不要过去。”

“啊！那是好事啊。去！为什么不去？”

“你也不问问多少工资，什么待遇，离家多远？”

“哎呀，管它呢，先把地方占住。再说娃娃介绍的，那肯定错不了。这年头，找个工作比当年美军找本·拉登还难。你都从毕业待到现在了，赚不赚钱倒好说，这人总在家里待着也不是个事啊。你还这么年轻又貌美的，忍心让这么一朵娇艳的玫瑰凋谢在厨房、厅堂、美容院、菜市场，以及大床上吗？”

“你也知道找工作难啊，那还非要辞职？我爸当初把你弄进电力系统，费了多大的劲，你可倒好……”

“我这不是奋斗嘛！为了咱们日子能过得更好，也为了将来的宝宝一出生就能有个好的环境。看看我身边这些朋友，哪个是吃死工资的呀。萱子有广告公司，小吴有砖厂，齐兵家里好几个矿产，于子凯还跟他三姐弄了个化妆品店呢，都比咱们混得好。你说，我一个学中文的，大小也算是个‘作家’，就整天东奔西跑，张家5毛，李家8分地收电费，这也不是那么回事啊。是吧？老婆你放心，用不了半年，我准能再出一部长篇，现在已经写了一半了，到时候直接奔影视！直奔赵宝刚！影视来钱快啊，有钱了，咱先把你爸你妈的钱还上。剩下的就成立个礼仪庆典公司。哎，你说，公司叫什么名字好？爱丹？不好听。爱妃？不像话……我又不是皇上……喂，你帮忙想想。”田迹墨说得连自己都快相信了，兴致勃勃，推了张丹妃两下。

“……我困了。去把脚洗了，睡吧。”

2

田迹墨怎么可能睡得着。娃娃会告状是意料之中的事，只是没想到动作这么快。虽然脚正不怕鞋歪，在这种事情上，自己还没有过把柄，张丹妃怀疑个几天也就过去了。可是再好的房子也怕强拆，以后这样的黑锅不能随便乱背了，都是齐兵这小子，真够让人操心的。

还有这短信，到底是谁发的呢？听口吻好像是个女的，男人通常也干不出这事来。她好像对自己还挺了解，连什么时候回的家都知道。那看来就是今晚这一群人里面的了。刘星？才才？都不可能呀，短信上午就有，这俩女人都是下午遇到的……见了鬼了！

田迹墨这一夜也没睡踏实。第二天上午又有份结婚的，忙活完回来上网看了会儿八卦，又上韩寒和方舟子的微博分别留言臭骂了几句，草草吃了晚饭，开始睡觉。昏天黑地地睡了一大圈，等睁开眼，又是太阳高挂了。张丹妃在客厅高喊："老公，接电话。"他心里老大不情愿，迷迷糊糊地走到客厅拿起电话，说话的腔调拉得很长："喂——谁呀？"

"师傅！"

"嗯？"

"是我，小舟啊！你徒弟啊！打你手机一直关机，我一想你就睡觉呢。刚才是我师娘吧？"电话里的声音忽然低沉了许多，"师傅，师娘还是原来那个吗？"

"哦，呵呵，哈哈。"田迹墨看了看正在擦地的张丹妃，也压低了声音，"一直想换呢，还没碰着好的。"俩臭流氓一通无耻大笑。

"师傅，我也快有老婆啦！"

"真的呀？哪儿人？"

"纯正北京妞儿！一米七的大个，那叫一个水灵！"

"行啊，臭小子，没白出去一次！"

"哎呀师父，我先不跟你说了，车进站了！我先挂了啊。拜拜师父。"

"这谁啊？"张丹妃从洗衣机里拎出来甩干的大被罩，把另一头递给田迹墨，"拽着，拽住了！"俩人一边抖落被罩，一边言语。

"史小舟。我徒弟。"

"徒弟？"

"其实是我一个学弟，比我小个五六岁吧。我上大三的时候，他读大一——他是初中直接读自考大专的那种——有一次学校举办大型辩论赛，一个班出四个人。最后的决赛，我征服了所有观众和评委，在无比激烈的竞争中脱颖而出，无可争议地拿了个最佳辩手，立刻就成为偶像级的人物。底下一大帮花季的少男少女彻底被迷倒了，扯着脖子喊'田迹墨，我爱你！''田迹墨，我非你不嫁！''信迹墨，得永生！’……”。田迹墨一使劲把被罩拽过来举过头顶像荧光棒一样来回挥舞，表演得很投入。

“行了，别磨叽，挑重点说。你给我拿过来。”张丹妃脸上一点笑容没有，从他手里抢过被罩仔细地折叠好，走进卫生间抱了一大堆刚洗好的衣服拿到阳台，踩在小塑料板凳上，往晾衣架上挨个晾晒。

“史小舟同学就是数以万计的粉丝中的一个，学计算机的。他当时非常崇拜我，就跟癞蛤蟆崇拜天鹅似的，就是没逮着机会吃肉。后来有一次我们宿舍的八个兄弟去网吧包夜打 CS，当时网吧里有一小子特嚣张，谁都不是对手。结果我上去‘啪啪啪啪’一顿乱枪，枪枪爆头，把他郁闷得当场流鼻血。我这正乐呢，他走过来了。我一看，嗬！一米八多的大个，膀大腰圆，黑铁塔似的，吓了我一跳。结果他见到我就说，是你啊！学校一半以上的情书都是你帮忙写的，足球联赛一半以上的球都是你进的，辩论赛一半以上的对手都是你给气哭的，打 CS 你居然还这么牛，我史小舟全盘皆输，心服口服，甘拜下风！”田迹墨走到张丹妃跟前，半屈着腿，做了个双手抱拳的姿势。

“你怎么不问我？”等了半天，张丹妃没动静，一直专心致志地摆弄晾衣架。田迹墨脖子仰得直疼。

“问你什么？”

“问我‘然后呢？’”

“哦，然后呢？”

“我跟你讲，什么是有效沟通。在企业文化建设里我们经常谈到团队建设，在团队建设里经常谈到沟通。什么是有效沟通，怎样有效沟通，这都是现代企业管理和人际交往学的一个重要课题。不要以为口才好，能忽悠，会白话就叫会沟通，错！你看，《射雕英雄传》里的郭靖口才好吗？不但不好，甚至可以说很差。可他能博得伶牙俐齿的黄蓉欢心，能勾引毫无耐性的九指神丐洪七公把浑身武艺倾囊相授。这是为什么？就是因为他其实很会沟通，很掌握沟通技巧。你回忆一下，在电视剧里，每当黄蓉、洪七公跟他说话的时候，他是怎么做的？我告诉你，两个关键细节：一是他两手托腮，目光直勾勾地就盯着对方眼睛，耐心聆听；二是每当对方快要说不下去的时候，他立刻傻乎乎地问一句'然后呢？'懂了没有？"

张丹妃手忙脚乱地从凳子上跳了下来，跑到沙发那儿坐下，托起腮帮，眨巴着大眼睛，看着田迹墨说："然后呢？"

"哎，这就对了嘛！"田老师很满意老婆的配合，坐到沙发上搂住强同学，嘴巴嘟过去意图非礼。

"滚吧你！今天没活，拿我练手来了？"张丹妃一把推开他，起身就逃。

"然后他就拜我为师了呗！"田迹墨不甘心地一路尾随，一路牛往北吹，"我本以为他是说着玩的，没想到他是来真的。每天早晨我还没起来，他早餐已经打好了，准时送到我宿舍，喊一声'师父起床啦'，把我们宿舍人嫉妒得呀，非说我俩是同性恋！我谈恋爱的时候，他也没少帮我跟情敌们决斗。那架打的呀……"说到这儿发现张丹妃脸色不对，赶忙转移话题，"我毕业之后颠沛流离了几个城市，最后为了你留在了滨海，他勇闯首都当了'北漂'。有几年没联系了，也不知道混得怎么样了。"

"他倒还真念旧，刚才电话里上来就叫我师娘，吓了我一跳。"

"一日为师终身为父嘛。他啊，一直都是小孩子性格，特单纯！"

"这叫有其师必有其徒！"

"那是。你可不知道，我这徒弟，绝对是一传说。老婆，你说他今天怎么忽然来电话呢？说了半天又没什么事情。"

“你的徒弟，我哪知道。抽风吧——跟你一样！”屋子收拾得差不多了，张丹妃长出了口气，从厨房里走出来看到《生活真理报》，想起功课还没做好，拿了支笔就开始投稿，题目是《徒弟来电话，迹墨抽风了》……

3

这么一折腾，田迹墨也睡不下去了，干脆起床穿衣。偷偷开了手机，正挖空脑袋想那信息的事，菅鹏举来了。

“啊，嫂子在啊！”菅鹏举拎了两兜子水果，一进屋就撒了一地。他一边换拖鞋一边喊：“没事没事，我捡我捡。”

“菅子，别怪嫂子多嘴。眼看冬天了，你就不能穿双袜子吗？”张丹妃弯腰捡着水果，一眼就看到菅鹏举赤裸的大脚丫。

“这个，我吧，我嫌热。”

“一大早晨的，看你心急火燎的样。无事不登门，这是有事啊？菅子。”田迹墨像个老学究似的背着手，正在《生活真理报》处认真研读。

“也没什么事。就是有两件事……想和你商量一下。”

“你酒还没醒吧？到底‘没事’还是‘有两件事’。你这嘴真该拿骗猪刀好好修理修理。”

俩人坐到沙发上，一人点了根烟。张丹妃洗好了水果，端过来放到茶几上：“你们慢慢聊。”说完便回卧室做手工去了。

“前天真是喝多了。我只记得咱们从‘大马’出来好像去吃了烧烤，再往后就什么都不知道了。”

“可别提了，这烧烤吃得太划算了，赶明儿还得去。把人家老板都灌桌子底下去了，快 50 岁的人了非管我叫大哥，大兵去结账的时候死活不肯要钱。之后小吴开车送凯子和李光走的，我先送的齐兵和刘星，想回头再接你和才才，可是你俩居然私奔了！”

“啊？”

“我转悠一圈找不到人，估计你是让女流氓劫色了，正准备报警呢，就看才才搀着你从后边出来了。你可真行，吐了人家一身，你知道不知道？”

“啊？”菅鹏举屁股都不知道往哪儿放了，急得团团转，“那怎么办？那怎么办？”

“才才真是个好姑娘。真的，人家二话没有，后来我俩一起搀着你上的楼。七楼啊，没电梯，你这一身死猪肉……我可告诉你啊，这个才才，绝对不能撒手，必须‘死了都要爱’，不死皮赖脸不痛快！”

“田哥，那你说，我该怎么办啊？”

“这个回头再研究。你不是说有两件事么，说说吧。”

“一呢，我想来想去，骗保那事不妥。这灭良心的事，咱们打死了不能干。”

“同意。双手双脚赞成！二呢？——等等，齐兵电话。”田迹墨接起手机，“大兵啊，正想着一会给你打呢。我跟你说……知道了，一会我给凯子打电话！”

放下电话，田迹墨哈哈大笑。

“怎么了？”

“心有灵犀一点通啊，到底是哥们。你猜他怎么说？‘这事灭良心，咱们不能干’，嫌丢不起那人！齐兵他们家老爷子更给力，昨天晚上居然请才才她爸吃了顿饭，还赔礼道歉。给她爸爸吃得受宠若惊，喝得神志不清，说修完大铁门剩下的钱保证一分不差给齐兵退回去。姜还是老的辣。老齐就是比小齐高明。这叫‘四两拨千斤’，‘以德服人’哪！”田迹墨比画着太极拳的动作。

“嗯。那我就放心了。呵呵。接着说我这事哈。于子凯那小舅子——就是李光，在‘大马’的时候不是给我喊到一边去谈事吗？他想跟我合作。”

“怎么个合作法？”

“他不是做保险么，我不是做出租车广告么，出租车不是得上保险么。”

“他的意思让你给他拉保险，他给你拉广告？”

“这是一方面。最主要的是，他许诺，我拉来的保险钱可以自由支配一个月。”

“那人家出租车司机也不同意啊！哦，我这钱交了，保险一个月之后才上——我吃了地沟油还是被核辐射了啊我？——这一个月内出了事故怎么办？”

“保险我这边一报，那边就上，当场就出单子，不用把钱交上去。而且只要上的人多，保费可以打折。”

“哦，有这么好的事？”

“李光说他就是赚个提成，我这边什么风险都没有。”

“听起来好像是这么回事。他倒挺相信你，也不怕你把钱拐跑了。不过，你要这笔钱干什么呢？”

“田哥，我这业务你不太了解。当初，我跟政府签的合同是这样的，政府由运管处出面把滨海市的2000台市内出租车车体广告所有权给我，条件是我要免费给出租车统一更换车顶灯和坐垫套，统一喷漆，平时还得负责保养维护。2000台啊，一个顶灯120块，一套坐垫套最便宜的

80 块钱，喷漆一台车 280 块，你算算，这得多少钱？”

“100 多万？这么多！”

“对啊！这还不算我公司的房租、水电、人工等费用。你说我上哪有这么多钱！”

“我也一直很纳闷，你穷得袜子都舍不得穿，怎么把这出租车广告权拿下来的。”

“嘿嘿，”菅鹏举得意地笑了，“很简单，逆向思维。我先去跟企业谈业务，许诺一旦我得到广告权，就给他们比以往低三成的价格做，他们很信任我，给了我一笔定金——当然，万一我拿不到广告权，是要赔偿他们双倍的——我用这笔钱作为参与广告权竞标的定金，拿下了广告权，再用剩下的那部分钱交购买顶灯、坐垫套、给车喷漆的定金，然后一边做广告，一边用广告收益逐一付余款……”

琢磨了好一会，田迹墨才听明白菅鹏举的绕口令。他心悦诚服地使劲拍了下大腿——菅鹏举的大腿——“兄弟，哥服了！风险不小，但利润空间更大。这就是商业头脑啊！”

“但是，这里面有个问题。那就是广告收益的资金回笼慢，出租车广告是有周期的，短的也要几个月，长的要一年以上；可是换顶灯、坐垫套、喷漆这些，运管部门可是每天都在盯着呢。所以，我迫切需要流动资金……唉，说起来风光，其实算起来，到现在咱还是负债运营呢。”

“懂了。李光这事，你俩互利双赢，我看行！这简直是天上掉馅饼的好事呀！他给人的第一感觉，就特别适合跟谁狼狈为奸，干点乱七八糟的勾当。跟你，刚好，狼狈为‘菅’！”

俩人唠了一阵，田迹墨又传授了菅鹏举一些泡妞技巧、相亲秘籍。事情都很圆满，不由很是开怀。田迹墨灵感突发，又去《生活真理报》写了个题为《以德服人》的议论文。菅鹏举靠在沙发上看电视，发现看哪个台的女人都像才才，一口一个甜蜜蜜的“你大爷”。于是在对才才的感激和思念中很快进入了梦乡，呼噜声把休憩的张丹妃都给震醒了。一看时间也临近中午了，田迹墨揍醒菅鹏举，带上张丹妃出去吃饭。出门没多远，又接到史小舟的电话：“师父，我马上到车站啦！”

八、师父，老孙来也

1

离老远就看到了人高马大的史小舟，正站在台阶上好整以暇地东张西望。他身穿红白相间的冲锋衣、黑色的牛仔裤、白色的阿迪运动鞋，倒戴着顶蓝色的风雪帽，背个厚厚的旅行包，脚边还放着三四个大行囊。田迹墨等人刚下车，史小舟就发现了。“师——日——傅——唔”他一声长啸有如晴天霹雳，颇有张飞喝断当阳桥的遗风，拎起行囊卷风带雪地跑了过来。周围的人完全被这慑人气势吓住了，看看横冲直撞的史小舟，又看看那头的田迹墨，就像见到了活着的孙猴子和唐三藏，纷纷躲闪避让。此情此景，田迹墨本应深情款款地回应一声“悟空”，可还没来得及反应，史小舟已经冲到眼前了。一撒手，行囊都被扔到了地上，史小舟一个大熊抱，把田迹墨像老鹰抓小鸡似的按进了怀里。

“师傅，我想死你了！”史小舟端起田迹墨的小脑袋，把自己满是络腮胡的脸贴了上去，瞅准田迹墨的腮帮子“吧唧”来了个吻。这还不够，他嫌不过瘾，“吭哧”又使劲咬了一大口。

“等等，徒弟，哎呀，哎呀呀……”田迹墨都恨不得喊救命了。

一旁的人都看傻了，张丹妃和菅鹏举更是目瞪口呆。田迹墨在史小舟手里简直像个小变形金刚玩具。人间惨剧啊！见过搞基的，可没见过这么凶残的啊！

几度风雨几度春秋，几番挣扎几许泪流，好不容易田迹墨总算是挣脱开了。他捂着印着四个清晰牙印的腮帮子，喘息着给他的宝贝徒弟介绍：“这是你师娘。”

“师娘好！”

“哦，好。”张丹妃刚要礼貌地握手，却又得到了一个无法拒绝的拥抱。还好，这次比较温柔。

“这是我朋友，广告公司老板，菅鹏举菅总。”

“师叔好！”再次熊抱。其实菅鹏举第一念头是想跑，可是腿早软了。自己脸胖，腮帮子上的肉可比田迹墨多，太容易咬了，他要再来那么一下——这哪是史小舟，这分明是李大嘴啊！

“叫，叫菅哥就行。”菅鹏举有点哆嗦。

大包小裹一股脑丢进了后备箱，都是给田迹墨带的北京特产。史小舟大大咧咧地往车后座一坐，腿支着前座，头顶着车棚，一个人占了两个人的空间，身边200斤的菅鹏举都显得体格单薄了。他很兴奋，一坐稳就先掏出好几样小食品四下分发，自己则打开了一包旁若无人地吃着，一路跟田迹墨叽叽喳喳地说个不停。一会说，哎呀师傅你也有车了呀，就是小了点；一会说，师傅你还是那么帅，就是老了点；一会说，我师娘真漂亮，就是瘦了点……那状态真就像在五指山下被压了500年刚被放出来似的。

一见面徒弟就这么热情，田迹墨的招待也决不能含糊。说什么我这当师傅的不能在徒弟面前跌份啊！他直接开向了一家装修不错的酒店——“南海渔港”，并分别给齐兵、吴大非、老刘打了电话。菅鹏举提议把于子凯也喊来，田迹墨不同意；田迹墨提议把才才也叫上，菅鹏举摇了摇头。

“这就到了呀？师傅，还是咱这好，路路畅通。那北京的车堵得呀……有一次我们哥儿四个一台车出去玩，在二环上堵了，我们跟车里玩一毛钱的麻将，我一千多输没了，车还没动地方呢！他大爷的！再给你说一个。我数学特差，乘法口诀表一直都背不顺溜。堵车的时候我就锻炼自己，看前边的车牌号，算 24 点。现在跟哥们玩 24 点，基本无敌！”

2

三个人在豪华包间里落座，不一会儿齐兵他们也都过来了。逐一介绍完毕，史小舟一口一个师叔、师伯的，喊得那叫一个亲热。吴大非被哄得尤其开心，直说下次再见面得给徒弟包几个红包。看样子大家对他印象还不错。

酒过三巡，嘻嘻哈哈天南海北地聊了一大圈了，田迹墨问起了史小舟此行的目的。史小舟面有难色地看了看其他人。田迹墨说徒弟你放心，这都是师傅最亲近的朋友，有话就说，没有外人。史小舟这才吞吞吐吐地说出了实情：

他去年交了个女朋友，俩人情投意合。女的是个外企白领，家在北京二环，一百五十平的房子，史小舟去过，也见过女方父母了。人家对他还算满意，下一步就是谈婚论嫁了。事情发展到这里，还都算按部就班，可是要结婚，女方肯定得到男方家里看看，见见男方父母。史小舟愁就愁在这了。跟人家恋爱的时候，他一直说自己生在高楼下，长在存折里，父母种树填海、建房开矿、修路造桥无所不能，反正云山雾罩，极尽吹嘘。这回动真格的了，人家真要来了，一看他其实是生在炕头上，长在泥巴里，父母是老实巴交本本分分的贫农，那一切就都露馅了。

听了史小舟的讲述，几个人面面相觑，张丹妃面带微笑饱含深意地瞪了一眼田迹墨。田迹墨也觉得脸上发烧。这个不成器的徒弟呀！

“实话实说吧，小舟。”张丹妃还是不太适应喊他“徒弟”，一中午她都没怎么说话，这会倒是第一个表态了，“你女朋友如果真爱你，不会在乎这些的。”

“拉倒吧，嫂子！现在女人多现实，有几个像你那么想不开的！”吴大非毫无顾忌地说，“何况那可是北京啊！这年头，感情是个屁！她宁可给有车有房的花心男人当二奶，也不会嫁给一个一穷二白只有爱的小瘪三！徒弟，你还不比你师傅。他对付女人可是很有一套的。”他是坚决反对了。

“我不同意大非说的。钱是死的，人是活的，钱是人赚的！现在没有，不代表将来没有。没钱就没资格谈恋爱、结婚了？徒弟，咱男人得敢作敢当。跟她坦白，我史小舟就是什么都没有。你要觉得行，咱俩一起白手起家，从头奋斗，趁着年轻拼他一回；不行，你边儿去，我找愿意跟我的去。势利眼的女人咱宁可不要了，没什么大不了的！”齐兵很有想法。

齐兵此言一出，谁都不说话了，场上陷入了尴尬的沉默。换作别人这么说也就罢了，齐大行长，你身为有钱的官二代，整个一典型反面教材，还在这呵五斥六地痛骂势利眼，赞美纯洁的草根爱情，不觉得腰疼、肾疼、牙疼吗？

齐兵也觉得这番话从自己嘴里说出来有点变味。他转头看看菅鹏举和老刘，意思让他俩关键时刻站出来。

“我，我连恋爱都没谈过。这种事实在没经验。你们说，你们说。”菅鹏举这个面柿子。

“我给大家讲个故事吧。”老刘饮了口茶，慢条斯理地说，“许巍都知道吧？现在国内摇滚音乐圈首屈一指的艺人。当年许巍也是个北漂。刚来北京的时候，想找个公司，四处碰壁，只好自己花钱出了唱片，结果市场销量惨淡，他因此欠了很多债。在北京混了这么久还一事无成，自己的音乐没能得到认可，他心灰意冷，决定放弃，回到了老家西安，跟朋友合伙做起了五金生意。有一天他路过一个地下商场，看见角落里有个小伙子抱着把破吉他正唱他的歌呢，他当时就哭了。马上回家收拾行李卷，又奔北京来了。小伙子，你听明白我的意思了吗？”

史小舟听“老刘说天下”正听得聚精会神，猛然被问到，想了许久，目光迷茫地摇了摇头。齐兵却若有所思地点了点头，欲言又止。

“刘哥，你说的这些对小舟来说有点深奥。这么说吧，徒弟，你自己是什么意思？”

“师傅，跟她说实话那我俩肯定就没戏了，不能说，坚决不能说！也绝不能让她见到我父母。可是不说，她马上就要来了。她——她已经怀孕了。我是真没主意呀。我就听你的！”

田迹墨就喜欢别人听他的。徒弟大老远地跑来，不可能自己说上一句“你们是早晨八九点钟的太阳，未来是你们的，好好干吧年轻人”就给打发了。史小舟嘴上那么说，心里肯定是指望着自己能帮一把呢。都当“师父”了，哪能那么不负责？思忖了一下，他决定来个“瞒天过海”之计。

“这样，让她来吧。反正刨根问底儿也拦不住。来了，你俩就住我家，你就说是你的房子。”

“好！”史小舟一脸美滋滋的笑暴露了他的正中下怀。

“菅子！”他挨个点名，布置任务。

“哎！”

“你的公司现在起收归公有了。过两天让你手下打扫得干净点，咱徒弟媳妇视察时务必做到窗明几净、一尘不染！”

“行。”

“大兵！”

“嗯？”

“咱爸那台奥迪A8能调动吗？”

“你要法拉利我都能给你借。”大兵一心想弥补说错话之过。

“那就好。到时候你就是专职司机，负责接送。别再开哪个体验馆里去就行了。”

“去你的！”

“刘哥，准备几瓶好酒，什么XO、XYZ的全给上上。实在没有摆几个空瓶子充充场面也好。晚上就到你那Happy。”

“呵呵，别给人家小姑娘喝多了。”

“小吴，你那儿暂时还不需要麻烦。如果咱徒弟媳妇真想视察，你那砖厂也是我徒弟他们家开的。明白吗？”

“说我是你徒弟他爹生的都没事！”

大伙都被逗乐了，除了张丹妃。田迹墨这才意识到自己太冲动了，都没跟老婆商量一下，房子就借出去了。趁着没人注意，他搂住张丹妃的腰，下巴支在张丹妃的肩膀上，小声问了一句：“你看行吗？亲爱的老婆大人？”

“你都决定了，还问我做什么？”

“那你就算同意了哈。来，同志们，一是为了给我徒弟接风，二是为了预祝咱们的诡计得逞，三是祝愿有情人终成眷属。大家干一杯！”

“等等，田哥，我发现个问题，说错了可别怪我呀！”菅鹏举突然说道。

“快说！”

“徒弟媳妇来了，她不还得见小舟的父母吗？这一关，怎么过呀？”

对啊！这怎么没想到呢。大家一起拍大腿。这怎么办？

“田哥是上门女婿，家也在农村，大兵那边太离谱，刘哥父母年纪肯定挺大了……”

“我更他妈的干脆，没爹没妈！”

“那也只有我爸、妈出场了。”

“太好了，菅子！能培养出研究生的父母，素质、气质那肯定都差不了！过几天我专门去你家一趟，跟二老好好说说这事。”

“嗯。”

“等等。我也发现个问题。说错了也别怪我呀！”吴大非故意学着菅鹏举的口吻，“连爹妈都是假的，这也太假了。能瞒得住吗？人家姑娘以后早晚得知道啊！”

“没事没事，师叔！那个时候她早已成了我儿子他妈，我们史家的儿媳了。生米煮成熟饭，后悔也来不及了！”卑鄙的史小舟恬不知耻地笑道。

“哈哈，那就这么定了！”

史小舟“腾”地一下站起来，端着满满一大杯白酒，热泪盈眶地说：“谢谢师傅、师娘、师伯、师叔！我干了！”一仰脖，酒杯见底了。师叔师伯们还没来得及叫好，史小舟已经“扑通”一声躺地上了。

3

这一晚，史小舟就在田迹墨家里住下了。俩人像对儿闺蜜，躺一个被窝，唠了大半宿。

“师傅，说实话，这个师娘没有原来那个师娘漂亮呀。”

“哪有那么多师娘，你当师父是鸭子啊？”

“桂琳啊，你别装傻。”

“我都快忘了，你还总记着。”

“那能忘么。你俩那个时候郎才女貌，出双入对，一个是学生会副主席，一个是文艺部部长，大小活动都是一起主持。当时咱们西华大学不是有个所谓‘学校一景’么，叫‘迹墨口才冠西华，桂琳姿色甲天下’。啧啧，神仙眷侣啊！哎，咱不说别的，为了桂琳咱俩挨了多少次打，你还记得不？有一次体育特招生——那小子叫什么来着？”

“萧雨。”

“对，萧雨！他爸是个什么局长，是吧？在北京挤一回地铁都能碰上百十来个处长，一个局长显摆个毛。”

“他爸不是北京的。他跟桂琳是老乡，他爸爸是龙虎市国税局的局长。”

“哦，这我就不知道了。就是他，带了十多个人，给你俩堵电影院门口了。我过去的时候你满脸是血，都封喉了，桂琳吓得嗷嗷哭。我拎个砖头上去就把他拍趴下了。那孙子也不牛 B 了，就知道抱脑袋求饶。”

“可人家还是胜利了啊！”

“胜利个屁呀，那帮人后来不都让咱打跑了吗？你到底想没想起来啊？”

“是萧雨胜利了。桂琳最后还是嫁给了他。”

“啊？她怎么这样啊？”

“不怪她。桂琳的母亲以死相逼，不同意我们俩在一起，桂琳只能在我和她的父母中间进行选择——人生总有很多个十字路口需要选择。

而选择，既意味着得到，也意味着失去。她的选择是正确的。有时候，生命就是一个不断抗争、不断妥协、不断遗憾、不断忘却的过程。小舟，你知道我的情况。我家的条件没比你家好多少。你今天面临的问题，就是我当年面临的问题。庆幸的是，你有师父，可是我没有。所以，桂琳选择了萧雨，我选择了你现在这个师娘。”

“可是，可是你和桂琳那么好，那么般配！”

“那和结婚是两回事。小舟，师傅告诉你，爱情是可以很简单的，你喜欢我，我喜欢你，这就足够了。它需要解决的问题，是浪漫，是思念，是誓言。可是，婚姻很复杂，它需要面对的事情是生活，是责任，甚至是战争。”

“战争？没那么恐怖吧。按你的说法，那我也快要上战场了。”

“对，战争。爱情最好的朋友是时间，谈恋爱的时候，总嫌时间过得快，总觉得刚亲热了一会儿；而时间是婚姻最大的敌人。你年轻过，痴狂过，浪漫过，最后一切都平淡了。你得收起所有个性，学着适应这种平淡，向所有不适应开战。如果说社会是个染缸，浸淫了多年之后，每个人都具备了变色龙的某些特质；那么婚姻就是个搅拌机，搅啊，磨啊，撕碎你，折腾你，各种辅料还得掺和进来，什么七大姑啊，八大姨啊，油盐酱醋洗脚水啊……最后，混凝土出来了，你才算修炼成功了。”

“师父，你又穿越了。”

“那天，我主持了一对老人的金婚庆典。从始至终，他俩的手一直紧紧地握着。那老头头发、眉毛、胡子都白了，背也驼了，拄个拐杖，路都走不稳，那老太太看着他还像当年桂琳看着我似的。看着他俩我就想啊，其实，能跟相爱的人一起牵着手到老、到死，真的是可遇不可求的事。太难了！”

“师傅，那你不爱我这个师娘吗？”

“对了，我还一直没问你呢，这几年在北京过得怎么样？”田迹墨似乎不想面对这个问题，连忙转移话题。

“俩字：纠结。”

“纠结？”

“在外边的，谁不想混出个人样，衣锦还乡啊！可是真他妈难啊！想往好了混又混不好，想回家又没脸回。三年没回过家了，能不纠结吗？这些年，推销过矿泉水、方便面、保险、电脑……当过保安、民工、网管、服务生……这么说吧，除了毒品和色相，什么都卖过；除了要饭和抢劫，什么都干过；除了厕所和监狱，哪儿都睡过……最好的工作是给一女的当司机，她是人家的小三，跟人家要车自己还不会开。我就负责成天开个 BMWX6 拉着她满街溜达，无比潇洒。后来正宫娘娘发现了，几十号人对着车一顿暴砸，连她带我一通暴打。我一共干了三个月不到，赚的钱全扔医院了。”

“就这还最好啊？”

“哼，到了地狱十八层你觉得苦到底儿了，那是因为你不知道地狱还有第十九层呢！最惨的时候我让人骗了，满兜只剩一枚硬币，一天一夜没吃饭。我就在街上走啊，走啊，走啊……我一边走，一边想：北京真大啊，我得什么时候能走回家啊！北京怎么这么多花花绿绿的好东西呢，这么多好东西可一样都不属于我。那时候你知道我最想吃啥不？你知道不？你肯定不知道。我就想吃我妈给我做的炸酱面啊！后来我走着走着就走到天安门了，正好赶上升旗。五星红旗一飘起来，我就在广场上哇哇大哭，差点让警察带走。很多老外都让我哭跑了。怎么样，师父，徒弟牛吧？”

“牛！牛！我徒弟最牛……”田迹墨把史小舟的头紧紧地抱在怀里，

任凭他的眼泪灼热了自己的胸口。

“不过现在都好啦。”史小舟抹了抹脸，“师父，我现在做图书批发，也算半个文化人了。不过，我还是学不会你们的闷骚。哈哈……”

史小舟回北京了。临走前，在田迹墨的命令下，他带着买给田迹墨的几兜子特产和田迹墨偷偷塞给他的500块钱，回了趟家。

九、妞，大爷给你笑一个

1

进入冬季，办庆典的人数锐减，这一周都没什么活。再加上气温陡降，田迹墨索性闷在家里写小说。

“田迹墨，你过来！”

这一天吃完晚饭，田迹墨刚挂了史小舟的电话，靠在床上构思情节，听张丹妃语气不太对，忙放下笔记本电脑，走到大厅，拿了个小凳子，规规矩矩地坐在张丹妃对面。“什么指示？”

“你可真行。”张丹妃盘腿坐在沙发上，放下手里的毛线活，直盯着田迹墨。

“多谢老婆夸奖！男人嘛，最怕就是‘不行’……”

“少跟我贫！刚才是你徒弟来电话吧，是不是过几天就要带女朋友回来了？我问你，你口口声声让他们在咱家住，那咱们俩去哪儿住？”

“不都说过八百遍了么，怎么又旧话重提。你回娘家，咱爸咱妈有日子没见你了，多想你！”

“你呢？”

“我随便去老刘或者齐兵那里，都行啊！”

“不行，你跟我一起回去。‘中秋’咱们都没回家。”

“我？我怕你爸咬我。”

“你怎么说话呢？”

“不是。老婆，你也不是不知道，我辞职这事，你爸一直生着气。‘端午’咱们回去，刚告诉他的时候，他什么反应，你忘了？跳着脚、蹦着高地骂啊！那是有房顶挡着，没房顶他都得上太空骂去！要不是你妈拦着，他当场就得把我从楼上扔下去。”

“我看就应该把你扔下去！”对于田迹墨辞职的事张丹妃一直耿耿于怀，一提起来就火冒三丈。

“你看，连你到现在都不能理解，何况你爸？”

“那你总不能一辈子不见他吧？”

“见！肯定要见。等我把公司办起来。其实呢，公司好办，找个地方，办个执照，挂上牌子那就叫公司了。主持人、摄影、摄像、乐队、道具……统统从外边找，说白了就是个皮包公司。我想要的可不是这种。我的公司……”一说到办公司，田迹墨才思泉涌，充满了精神头，腰杆都坐直了。

“得！又做梦了！别提你那公司了！你知道三姐跟我打赌说什么吗？”

“李三姐？那整个一长舌妇，也就于子凯能受得了她！她说什么，你都当她放屁！”

“她说等她和于子凯办金婚，你这公司也开不了业！”

“好！那就让她看着！”

“老公……”张丹妃也意识到话说得的确有点重，她忙缓和了语气。“其实人家说得也有道理。你其实就是一个文人，在国企那儿稳稳当当地上个班，工资又不少，平时赚点稿费，这不挺好吗？非要经什么商呀！瞎折腾！”张丹妃挪了挪屁股，往前探了探身子，“哎，老公，我跟我爸好好说说，让他找找人，没准还能让你回去。”

“他这么万能，你让他找人，把你弄进去吧！”

“你出来做主持半年多了，就那么星星点点的活，赚的钱还不够你那破车加油的。上个月取暖费都是我妈替咱们交的……”

“我不怕冷！我又没逼着你妈去交！”

“你还是不是人啊？说出这种话！”

“嫌我赚得少，你可以去赚啊！从我们恋爱到结婚，哪一分钱是你赚的？”田迹墨突然大怒，他腾地站起身，丢下句话，“张丹妃，你记着，我田迹墨这辈子都不会再用你家一分半厘的钱，不要你家一丝半毫的可怜！”田迹墨摔门而出。

自古以来，文人的自尊是最虚伪、脆弱和敏感的。如此虚伪、脆弱和敏感的田迹墨如何伤得起？何况他还是一位上了城市门的农村女婿。

2

田迹墨没开车，他叫了辆出租，直奔大马夜店。他很想醉。

“大马”依旧冷清，老刘依旧热情。从田迹墨不会掩饰的羞愤眼神和一脸颓丧的神情，他已看出，田迹墨受伤了。

“小田儿，这酒哥刚学会调的。你仔细品品。——我来给你唱首歌。”老刘递过一杯晶莹剔透的酒，走上台。“这首歌献给我的兄弟，名字叫《我的沉默》。”

“灵魂在拥挤／苍白的城市里／丰满的躯壳装满空虚／思念渐渐裸去／是谁还在寻觅／夜的沉默是星星的歌声／伤口在火焰中痛定思痛／完美的残缺是无望的旅程／短暂的停歇只为寻找梦的永恒／春天已远去／变幻的四季里／岁月的诉说还在继续／故事渐渐老去／是谁还在哭泣

/ 海的沉默是潮水的歌声 / 生命在轮回中痛定思痛 / 残缺的完美是今生的宿命 / 执着地奔跑只为寻找梦的永恒 / 黑暗里燃烧着光明的信仰 / 我的沉默是颠簸的命运中不变的坚强 / 冰冷中回望我温暖的故乡 / 我的沉默在尘世的喧闹中 / 固执地流浪 / 流浪……”

“听着耳熟吗？这是你博客上的诗。我觉得好，就做了首歌。”

“好听。以后火了要付我版权费。”田迹墨强作笑颜，摆弄着空杯，“刘哥，你逗兄弟玩是吗？我一小口一小口地品了半天，喝到最后才算明白了。这是酒吗？”

“呵呵。”老刘狡黠地笑了，“这是水。酒是出发的时候喝的，上路之后精神百倍。看你现在满心疲惫，需要休息，需要平静。”

“没那么严重。对了刘哥，问你个事。我怎么很少见你喝酒？”

“我不能喝。”

“别骗我了。要不是上次亲眼见你跟小吴吹了一瓶，我还真信了。”

“我戒酒快五年了……”

“哦？为什么？”

老刘半天没说话，脸上的表情很奇怪，似乎陷入了回忆。

“算啦算啦，看样子有故事。不逼你说啦！”

“酒是好东西。能助兴，能调节气氛，开心的人越喝越开心。可它也是麻醉剂，是迷幻药，它能让你失去知觉。你疼你难受你喝酒，拼命地喝，然后你觉得你忘了你所有的疼，所有的伤。其实呢？那只是骗自己，只是暂时的逃避，可是你早晚还得面对，尤其——”老刘若有所思地看着头顶的霓虹，不自觉地握紧了拳头，“尤其咱们男人。就像你这首诗里写的，男人需要点‘颠簸的命运中不变的坚强’。”

“唉，可惜诗歌早就死了。90 年代以后，中国就再也没有过真正杰出的诗人。”

“就像齐兵。”老刘接着自己的话说下去，转头望向二楼的小包厢，“他和刘星又在里面呢。连续来了好几天了，每天都醉得烂泥一样。”

“难怪一直看不到他。这小子嘴真严，我一点都不知道！我真服他，刘星就是个傍大款的小太妹，他到底看上刘星什么了？”

“刘星不是你看上去的那个样子。”老刘这话听着耳熟，好像齐兵也这样说过，“她挺苦的。她爸精神有问题，她妈是聋哑人。有一个混蛋哥哥，整天游手好闲，就知道赌博，家里能卖的东西都卖光了。她十五六岁就进城打工，就她这么一个劳力，要养活家里，还得供下边的弟弟读书。城里环境多复杂，几年时间足以把一个农村小丫头身上所有的天真、单纯彻底毁掉，毁成你现在看到的那个样子。”

“那也不能成为堕落的理由啊！我听说，她来你这里之前是在歌厅当小姐的。”

“你所说的堕落，是她对自己的伪装。她会下意识地觉得，这伪装可以保护自己，至少可以让她在这个城市的缝隙里活下去。”

“活下去……你是说，张扬的时尚和个性，往往是为了逃避冷酷的现实？这些齐兵都知道吗？”

“我想是吧。兄弟，你是写书的人，有文化的人。哥哥比你虚长了几岁，多说两句。其实啊，每个人都不是你看上去那么简单，每个人都有不为人知的秘密和苦痛。这个社会也一样。你在其中扑腾了很多年，自以为认清了很多规则，明白了很多道理，可是转过头来真正面对事情的时候，发现根本不是那么回事。对吧？所以，不管遇到什么，都想开些。”

“刘哥，难怪你一直这么淡定。不然，光看这每天没人来的酒吧，也够你上火的了！”

“酒吧就是我的一个理想，因为我喜欢玩音乐——和齐兵一样。所以我特别能理解齐兵的痛苦，理解他为什么喜欢和刘星这样的人在一起。其实我很羡慕他，他还这么年轻，虽然现实不那么如意，但还有的是机会去抗争，去折腾，去战斗，去改变命运。不像我……”

“你也不老啊。刘哥，就你这个大光头就能掩盖所有的沧桑了。呵呵。我去看看齐兵。”田迹墨起身就要上楼。

“最好别去。齐兵这孩子个性强，要面子。你最好当什么都不知道。”

3

听了老刘的一番话，田迹墨心里舒服了不少。得知别人比自己更痛苦，这通常比什么安慰都管用。俩人正有一搭没一搭地聊着，菅鹏举走了进来。

“田哥，打你手机怎么不接？”见田迹墨四处摸口袋，菅鹏举摆摆手：“别找了，在家呢。后来我嫂子接的，说你出去了。我一猜你就在这儿呢。”

“哟，难得啊，今天穿得挺精神。跟才才约会去了？”见菅鹏举穿着件新夹克，皮鞋也擦得挺亮，田迹墨忍不住揶揄他。

“才才？我倒想来着。按照你教的，我上网找了好多浪漫的句子和小幽默、小笑话，给她发信息，人家根本不回。电话就接了一次。你也不是不知道我，这一说话，我也不知道该唠什么，之后她就再也不接了。田哥，你的法子不管用啊。”

“笨，找她去啊。又不是不知道她家。”

“找了，这次我是真豁出去了。可她平时不在体验馆，我去了几次，光见着她爸了。”

“你跟她爸说话了没？”

“说了，她爸那人还挺好接触。还跟我谈给他的健康体验馆做广告的事呢。”

“你拍着胸脯说‘包在我身上！保证您满意！咱爷们谈什么钱啊？俗！免费给您老人家做！’对吧？菅子？”田迹墨学得绘声绘色的。

“嗯……差不多少吧。田哥，你真了解我。”

“通过给她爸爸免费做广告，拉拢感情，曲线救国，这也算条捷径。说明你的情商大有长进啊。”

“唉，别提了，后来我去才才公司了。为这还特意请于子凯他们两口子吃的饭。那三姐还挺不乐意呢，说才才特意叮嘱过她，千万不能说她在哪儿上班。最后还给我出主意，说不能空手去，最好送才才化妆品。”

“呵，这李三姐，真能发国难财。这是挤对你照顾他们家化妆品店的生意呢。”

“那倒也没关系，不然我还真不知道买什么好。我拎着一大堆化妆品就去了。”

一看菅鹏举哭丧的表情就知道结果不怎么样，不过田迹墨还是严格遵从“有效沟通”的法则，饶有兴致地端着下巴问：“然后呢？”

“唉，还不如不去。正好赶上下班，门卫也不让我进，我就在门口等。结果才才刚出来，我还没想好说什么，另一个男人就冲上去，把她接走了。”

“她有男朋友了？”

“应该是。她挽着人家胳膊，那嘴笑得呀……看到我态度立刻就一百八十度大转弯，根本没理我，就像根本不认识我一样！那小奔驰屁股一溜烟，哧溜一下就跑了！”

“菅子，别泄气。咱还有机会，不能轻易放弃。”

“还有什么机会呀！田哥你就别安慰我了。”

“以我对才才的了解，她不是那么无情的人，也不是那么多情的人。”

“——那她是什么人？”

“她是喜欢考验男人的人。”

“你是说，她考验我？”

“有这个可能。她绝对不会只为钱就出卖自己的青春和感情。你别着急，一切皆有可能呢。”田迹墨知道自己的话多少有点言不由衷，更何况此刻，他想起了相处四年的初恋：桂琳。

“刘哥，来一打啤酒！”看得出，菅鹏举也打算一醉方休，“田哥，我总算明白齐兵的感觉了，不过我是反过来的，‘赌场得意，情场失意’啊！”

“哦？这么说最近生意不错？”

“嗯！还真得感谢那个李光。一看在咱这交保险能比别的地方便宜一百多，这些司机都疯了似的过来了。”

“哟，至于么？”

“你是不知道。司机都是什么样的人啊？我给你举个例子。我公司有个规定，在我这贴的广告，只要维护得好，一个月不破损，就可以来领取 5 块钱。一到日子，这些司机哪怕活儿不拉，空着车跑上几百里地，也会准时来领取。”

“那 5 块还不够油钱的，呵呵。”老刘笑道。

“说的就是啊。那他也会来！”

“‘羊群效应’和小市民心理。其实咱们也一样，大多数人都一样。虽然不会挖空心思占便宜，但如果有便宜，别人占了，你没占着，心理就会不平衡。”

“对，田哥说得对。所以，交保险的人可多呢。李光也挺守承诺，现在我这边靠这笔钱彻底盘活了。下个月，我打算再上一批电子屏。刘哥，到时候第一个上你的出租车！这电子屏有报警功能，很高级的！”

老刘一个劲点头说“好”。

“再把公司位置挪一下，原来那地方太偏，周围又没有修配厂，喷漆、维护什么的都不方便。田哥，你说搬什么地方好？卧龙街？卧龙街怎么样？”

“地方肯定没问题啊！可是那附近房租高，而且好像也没空房子吧？”

“有个婚庆公司不干了，上下楼160平，面积倒是有点大。对，田哥，你肯定能认识。就是那个叫大东的，过去你还给他们串过场吧。我准备明天过去谈谈呢。”

“大东不干了？！他可是咱滨海规模最大的！一直干得很好啊，怎么突然不干了呢？”

“我听别人说，好像大东彩票中大奖了，八百多万，全家都要搬出滨海市。设备什么的都折价往外卖呢。”

“菅子，这地方你别租了。”

“怎么了？为什么？”

“因为我租了！哈哈！”

“啊？”老刘和菅鹏举都张大了嘴巴。

田迹墨从椅子上一跃而起：“我得赶紧回家去，明天跟你们说。齐兵和刘星在里边呢，菅子，他不想让别人知道，你也别在这儿待了，回家给才才写情书去吧。刘哥，我走了！”

4

一出门田迹墨马上给大东打电话。菅鹏举了解的情况是准确的，大东真的不干了。听说田迹墨要兑他的店，大东很给面子：“三十八万。包括一年半的房租。你知道我那些设备，很多都是今年新进的，绝对滨海市顶级。就这价，光是设备都买不下来吧？要不是冲咱俩这关系……”

“行了大东。你给我听着，设备都给我留着，谁买也不许给。你这店，我兑定了！”

田迹墨心急火燎地回到家，一进门就感觉气氛不对。大厅的灯亮着，张丹妃在沙发上坐着，腿搭在茶几上，眼睛直勾勾地盯着茶几，那上面放着田迹墨的手机。按照张丹妃的生活习惯，往常一过晚上 10 点，早该上床躺被窝里做面膜、做手工去了。今儿这是怎么了？

“老婆，我回来了。”田迹墨嬉皮笑脸地走过去，“哟，还生气呢？”张丹妃不理不睬。

“老婆，我想跟你说点儿事。”张丹妃还是板着脸，不说话。

“老婆，我发现，你生气的时候真好看！”田迹墨仔细端详着，“小嘴噘着、鼻子翘着、眉头皱着、眼睛瞪着、耳朵竖着、头发立着……简直风情万种，魅力无限啊！把脸挡上，可像范冰冰了！”他边说边坐在张丹妃身边，伸出手想抱住张丹妃。

张丹妃下意识地拢了拢头发，一把挡开了田迹墨的手臂：“我又不是兔子！立什么耳朵！你少跟我油腔滑调的！你给我说明白，这是怎么回事？”陈丹飞指了指手机。

拿起手机一看，田迹墨马上就明白了。那些陌生人的骚扰信息，今天又增加了两条：

“我想，也许我真的不该再出现，不该这么近地看着你的生活。遗憾着，羡慕着，嫉妒着……”

“如果你还要追问我到底是谁，我的回答，就会是最后一条信息。”

张丹妃肯定看过了。

“老婆，这个信息……绝对是个误会！”

“误会？还说谎是吧？娃娃早就什么都跟我说了！这就是她发的，是不是？怪不得最近脾气越来越大，跟我说话总是连喊带叫的，你的心早就不在这儿了……刚才你是不是又跟她幽会去了？”

“老婆，你也不是不了解我，老公也就是这张嘴坏，有的时候说话不走大脑，比较过火，就像今天。可是心还是绝对忠诚的、纯正的，永远爱你的中国心。”田迹墨拽过张丹妃的手按在自己胸口，“你摸摸你摸摸。还记得咱俩第一次认识，在公交车上我给你让座吗？它跳动的，还是不小心踩了你脚时的节奏；还记得第一次约会，在电影院我亲你一口吗？它澎湃的，还是后边骂咱挡了人家时的血液；还记得第一次上床……”

“你滚开！”张丹妃使劲推开他，顺手抄起手边的沙发坐垫，没头没脑地朝田迹墨打了过去，“呜呜呜……臭流氓！你还有脸说，你这个大骗子。呜呜呜……你心是坏的，什么都是坏的，你就会说那些花言巧语……”

田迹墨也不反抗，任由张丹妃打在脸上身上。坐垫被扯开了一个口子，不知是鸭毛还是鹅毛，飞了满屋。看来不出卖齐兵是不行了。在挽救自己的婚姻危机和保守朋友的爱情秘密间，只能做出这样的选择。田迹墨把事情的经过完完整整地复述了一遍，赌咒发誓地说，不信可以去问菅鹏举。

“是。我坏了。我的良心大大地坏了，除了稀罕老婆别的什么都不会了。”田迹墨咬定青山不放松地坚决一贫到底，这一招在以往的类似经历中百试百灵，“别哭了，你哭什么呀！妞，来给大爷笑一个！”

“去你的！”张丹妃把沙发垫扔到了一边。

“不笑？不笑，那大爷给妞笑一个！”田迹墨摆了个兰花指的姿势，给张丹妃表演了一下。

“那……那这信息是怎么回事？”张丹妃擦了擦眼泪，“扑哧”一声笑了出来，就势倒在了田迹墨怀里。看得出，对于田迹墨的解释，张丹妃是相信的。尤其菅鹏举这位你教他撒谎他都学不会的同志，品质还是很过硬的。

“我回的信息你不也都看到了么。我是真不知道她是谁，弄不好是吴大非他们故意玩我的。老婆，齐兵的事你可别告诉娃娃呀！”

“那可不行！齐兵也太不是人了，怎么能干出这种事来呢？娃娃这孩子太单纯了！”

“你跟娃娃一说，齐兵肯定就知道是我给他卖了，那我不成‘卖友求荣’的叛徒了，你让我以后还怎么跟他相处啊？老婆，你先别急着告诉娃娃。我这几天好好劝劝齐兵，兴许能让他回心转意呢！”

“哦，那就再看看吧。”

“嗯。千万别告诉。对了，老婆，你收到信息有没有立刻拨回去？”

“拨了。关机。谁这么缺德呀！”

“哎，别去管她了。老婆，我还有件正事呢。”田迹墨有点急不可耐了。

“你哪有什么正事？一天就没正经的时候！”

“咱家的房照……能不能借我用一下？”

“干什么？”

“贷款。”

“贷款？！”

“我要开公司。”

“你疯了吧？”

“老婆，相信老公，老公很正常。是这样的，大东，大东公司你知道吧？给我找过好几次活。这小子祖坟冒青烟，彩票中了好几百万，人家要办移民了。公司兑给我，几乎是半价……”

“不行！房照你想借，你自己去跟我爸说去。这是他买的房子。”一听又是开公司的事，张丹妃刚被哄好的心情又被破坏了。她转身就进了卧室。

“半价啊！白捡便宜啊！他那一堆东西……”

“愿意兑你自己想办法去，别打咱们家房照的主意！”张丹妃把门关得震天响。

这一夜，田迹墨躺在沙发上，一直没合眼。天刚蒙蒙亮，张丹妃就起来了，翻箱倒柜地收拾了一阵，故意弄出很大的声响。田迹墨愣愣地看着天花板，依然无动于衷。张丹妃又进了厨房，不一会弄了两个煎鸡蛋，做了碗粥，一起端到桌子上。她冲着田迹墨没好气地说：“上辈子欠你的！”说完，背上自己的拼布小包出了门。田迹墨嘎巴了两下嘴，最终还是什么都没说。

张丹妃一走，田迹墨就起来了。跑到卧室一看，床单、被褥都换了一套。屋子里有他和张丹妃痕迹的所有东西，比如结婚照、相册等，都被藏了起来。他知道张丹妃有很深的洁癖，所以这次借房子给徒弟和他女朋友这件事，已经突破她所能承受的极限了。想到这里，田迹墨不由轻轻叹了口气，心生愧疚。

十、李鬼 VS 李鬼

1

史小舟和他的北京女朋友如约而至，齐兵在站前等候已久。天气很好，正午的太阳很大。一洗如新的奥迪 A8 在阳光下熠熠生辉。史小舟一句“师叔”硬生生塞回肚子，改口叫了声“齐哥”，介绍道：“我女朋友，慕容竹。”一旁的慕容竹长发披肩，相貌平平，戴了个黑框眼镜，一身职业套装，倒是淡雅脱俗，气质还不错。只是略显拘谨，笑容有些僵硬。

“请上车。”齐兵今天的规定动作一共就两句台词，这是第一句，还有一句是一会儿到了国际酒店底下，说“史总和夫人在三楼‘满堂春’房间”，都说好了就算完成任务了。为了能尽量逼真，齐兵还真下了一番功夫。不光尽力模仿他爸爸司机的语气和姿态，手上还画龙点睛地戴了一副高档酒店泊车员的标志性白手套，甚至连接行李、打开后备箱等细节都表现得很职业。堂堂大行长如今给一对傻小子、傻丫头当司机，齐兵想想也觉得有趣。

“师——齐哥，我师父怎么没来？”史小舟一句“师父”出口，齐兵心里立刻暗叫了一声“坏了”。这该怎么回答，田导演事先没说啊。

“啊……嗯……”齐兵从观后镜里向史小舟挤眼睛，心中暗想：现在我是你爸爸的御用司机，你是我的小主人，可你却突然问我要“师父”，这是哪跟哪啊？今天的行程是先接你俩去酒店，跟假爹妈吃中午饭。下午自由活动时间你那倒霉师父才出现呢！

“咳咳”，齐兵使劲咳嗽。史小舟总算意识到了，调皮地冲齐兵吐了下舌头，连忙自圆其说：“啊，对，你不认识我师父。”

“老公，我有点紧张。”还好，慕容竹倒没在意。齐兵很想说“我也很紧张”。

“别紧张，我父母很和蔼的。老婆，你看我们滨海怎么样啊？”

“老公，我肚子疼……”

“哎呀！咱儿子又踢你了吧！”史小舟夸张地大叫，还煞有介事地把手探过去，“我摸摸，我摸摸”。

“才一个月，他还不会动呢！”慕容竹娇嗔地拍了一下史小舟的手，一脸幸福。

“齐哥，还有多久到？”

“快了，最多也就 15 分钟吧。”

“不行了，不行了。老公，我要吐。”

“是不是有点晕车啊？头晕吗？”

“头也有点晕……”

“齐哥，找个商场什么的停一下。”

史小舟搀扶着慕容竹进了百货大楼，快半个小时也没出来。齐兵有点着急，这边能等，那边菅鹏举的爸妈不能等啊。于是连忙给田迹墨打电话汇报了情况：“老田哪，你说你这个败家徒弟，怎么也学人家大牌影星擅自改戏，不按套路出牌呢！这怎么还半路脱逃了呢。”

“你先别急，等我电话。”田迹墨赶紧又给史小舟打电话：“徒弟，怎么回事？”

史小舟守在洗手间门口，小声地说，“师父，她身体不舒服，跑了好几趟厕所了。”

“没什么事吧。”

“不知道啊。刚下车还好好的。”

“哎呀，她怀孕了是吧？别是有什么意外！要不，先让齐兵送她去医院吧。”

俩人正商量，慕容竹出来了，史小舟慌慌张张挂了电话。

“老公，是不是你爸妈催咱们去呢。”史小舟正不知道怎么说呢，忙说是。

“老公，我今天状态这么不好，能不能先不见他们了。”

“你说什么？！那怎么行？！”史小舟一想，我师父费了多大的劲才算给我安排出一对儿城里的富爸富妈，一激动差点说“今天不见，以后可就见不到了！”

“老公，你别凶我……我，我有点害怕。”慕容竹嗫嚅着了两声，竟呜呜地哭了起来。

“你别哭啊，你先等会儿。”史小舟冲进洗手间，“等我啊，我肚子也有点不好受。咱们俩也没吃什么呀。”

“喂，喂，师父，不好了。她说先不见父母了！”

“啊？为什么？”

“她说她害怕。都哭了。”

“咱们还没害怕呢，她害怕什么呀！那算了，我赶紧安排吧。”田迹墨对这个还没见面的徒弟媳妇有点生气，这个时候还耍什么小性子，害得自己全盘计划都被打乱了。

菅鹏举紧急接回了父母，齐兵的任务没变，还是送他们去酒店。车子刚启动，接到了娃娃的电话。

“喂，我这边有点事，不太方便。回头给你打电话吧。”不等娃娃说话，齐兵就挂断了。

娃娃又打了进来:“你能过来一下吗?我有话跟你说。”

“告诉你我有事!”

娃娃还是不停地打,齐兵索性关了机。

田迹墨这边赶紧召集其他人一起赶到,众人分别扮演不同身份,陪史小舟二人吃饭。慕容竹头也不晕了,肚子也不疼了,面对史小舟的这些家族要员和狐朋狗友也不那么紧张了。这会儿都下午三点多了,饿了大半天,这顿大餐吃得痛快淋漓。席间众人谈笑,众星捧月地恭维史小舟,对他和慕容竹极尽照顾,因为慕容竹的孕妇身份,甚至自动自觉地没人抽烟。史小舟谈天论地,说点北京的风土人情、奇闻逸事,慕容竹丝毫没有北京公主的架子和娇气,宾主尽欢,一切进展顺利。可谁料,菜刚上齐,于子凯突然拍马杀到。他一面责怪田迹墨等人不够意思,这么隆重的聚会也不喊他,一面旁若无人地大快朵颐。他是剧组之外的演员,本来没他任何戏份,他也不知台词绝不能乱说的规定,时不时地来两句惊人之语。比如“老田,你怎么把你媳妇给撵出去了”之类。这么一搅,顿时险象环生,好几次险些露出马脚,还好田迹墨和史小舟师徒二人机灵善变,都掩饰了过去。

2

大家酒足饭饱,时间已经临近傍晚,众人接着走马观花地陪二人参观史小舟散布各处的“家族产业”,但慕容竹似乎兴趣不大,甚至有点心事重重。于是史家车队浩荡驶向大马夜店,观看老刘排演了多次的“欢迎你!北京媳妇”专场。为了更显正式、隆重、大场面,老刘还特意临时找了一些圈内的歌手，连刘星也来了。场上激情澎湃，场下气氛热烈，还不时来些互动，就连菅鹏举这种五音不全的选手都被硬推上去，磕磕巴巴地念了一首《双节棍》。

众人的苦心没有白费，慕容竹被感动得热泪盈眶，史小舟更是频频致谢，而且举杯就干，喝得醉眼蒙眬，大家都很投入，也很尽兴。只有田迹墨兴致不高，徒弟的事算是解决了，可自己的呢？刚接了大东的电话，那边已经在催了。可是，上哪去弄三十八万？那可是天文数字啊！

“北京媳妇！来一个！”大半天的厮混，大家都已经很亲近，很快，就有人起哄要慕容竹上台，并得到了一致响应。场内齐刷刷地踩着节奏喊着：“北京媳妇，来一个！北京媳妇，来一个！”

史小舟也鼓动着慕容竹：“老婆，上，别给老公丢脸！”

慕容竹在一片吵嚷声中款款上台。她走得很慢，每一步都迈得很沉重，像是在下着决心。众人以为她羞涩，掌声、口哨声热烈地响起来，为她鼓劲加油。

慕容竹双手自额前捋了一下长发，扶着下眼镜，凝视全场：“我不是北京媳妇。”说完，两行泪水无声地滑过脸颊。场内瞬间就安静了下来。

“我不是北京人。我的老家在重庆，一个很偏远的山村。

“我也不是什么白领。我只是一个普通的打工者，和千千万万的北漂一样，在这个大都市拥挤的人流中艰难地生存。学过美容，当过保姆，发过传单……每个月交完房租，剩下的钱还不够买一件稍微好一点的衣服。

“我很累。每一天我都在问自己，我在这里，我在北京，每天奄奄一息地活着，到底为了什么？只是为了学会一口地道的京片子，享受被别人认为是‘北京人’的那份虚荣吗？

“我想要放弃。这座城市可能属于很多有梦的人，追梦的人，青春着的人。但它不属于我。

“直到我遇到小舟。”她充满爱意地望向惊恐未定的史小舟，“遇到他，我才真正找到了自己要留在北京的理由。眷恋一个城市，只因眷恋那个城市里的人。

“接着我怀了孕，也知道了小舟的家世。我怕被嫌弃，更怕被遗弃。

“于是我选择了欺骗。我知道，这并不是一个善意的谎言。因为我自私，我卑鄙，我无耻……我不值得你们对我这么好。

“我欺骗了你，对不起！老公，我欺骗了你。对不起！”台上的慕容竹垂下头，已经泣不成声。她不敢抬头，她在等待宣判。台下是史小舟的家人、朋友，可自己是什么？一个骗子？一个怨妇？一个以青春为赌注的赌徒？”

台下是一片死一样的寂静，史小舟的酒醒了。他惊慌失措地看了看慕容竹，又把问询的目光投向了田迹墨。

“爱她，就去抱住她。她需要你的肩膀。”田迹墨微笑着鼓励他。

史小舟缓缓地向台上走去。

“看什么呀，亲她！”刘星带头喊。

“亲一个！亲一个！”潮水一样的呐喊声。

在乐队激昂喜庆的伴奏中，史小舟完成了有生以来最深情的一个吻，最咸涩也最甜蜜的一个吻，因为他吻的，是爱人的眼泪。

专场演出继续，热闹继续。所有的人依然兴高采烈，就好像什么也不曾发生。这是一群小城市里的人，可他们远比很多大城市里的人更加善良，更加包容。每个人的生活都不那么圆满，所以，他们很期待，也很愿意帮别人制造一个大团圆的结局。

老刘把史小舟和慕容竹送进了包间。他知道，他俩需要一个无人打扰的角落，好好地待一会，好好地谈一次。齐兵和刘星坐在角落的桌前远远地注视着，俩人对望了一眼，心下又是酸楚，又是羡慕。

“不是一家人，不进一家门啊。你徒弟和他媳妇这俩人半斤对八两，谁也别说谁。”于子凯端着酒杯，凑到田迹墨这桌。他本来一直和吴大非在另一桌，这会吴大非去了厕所，他一个人无聊。

“可不是，就像你和你们家三姐。”

“对了，你媳妇现在可和我家三姐在一起呢！”于子凯丝毫没听出田迹墨的话外之音。

“她怎么跑你家去了？”

“不是你给撵出去的嘛！你够牛的啊，人家一般都是老婆往外撵老公，你给倒过来了！何况还是娘家那边买的房子……”

“凯子，你喝多了吧。”吴大非回来了，“人家老田是为了给徒弟腾屋子！你什么也不知道，别乱说！你以为都像你似的妻管严啊。”此话一出，众人哄笑起来。

“吹吧！你别看我跟她叫三姐，那是因为人家比咱大。那是爱称，可不是怕她！”于子凯每次喝多都要磨叨这点事，大家早就习以为常。可偏偏老天非要捉弄于子凯，这边正吹得起劲，那边却来了电话。于子凯一看，正是三姐，立刻直奔洗手间。

“‘家那边有点事，我先回去了。’”菅鹏举学着于子凯的腔调，“看看我猜得对不对。”

不争气的于子凯从洗手间回来，果然重复了一遍菅鹏举的话。大家望着于子凯仓皇而逃的背影笑得肚子痛。田迹墨追上去，问于子凯：“张丹妃去你家了？”

“那我还能骗你？她上午过来的，中午娃娃也来了，然后她们三个就走了，说是去逛街了。要不我怎么知道你们吃饭把我给甩了呢？”

“娃娃也去了？”

“去了啊！怎么了？”

“没事，你赶紧回家吧，不然三姐又要严刑逼供了。对了，齐兵和刘星的事，你对三姐说过吗？”

“咳！我是那种人吗？”于子凯喊了个出租，一边开车门，一边回头说，“不过，三姐好像已经知道了，貌似，是你老婆告诉她的。她今天还问我呢，我说不知道。”

“坏了！”田迹墨嘀咕着，猛然意识到不好。这个张丹妃呀，三姐那个大嘴巴，你告诉她就等于告诉了全世界啊！

3

田迹墨急匆匆地跑回“大马”，发现除了史小舟和慕容竹，其他人都围拢到了一桌，正在嘀嘀咕咕地商量着什么。看到他回来，却又都不说话了。

“呀？神马状况？密谋造反？有什么话居然还需要背着我说啊？”田迹墨开了句玩笑，赶紧把齐兵拽到一边，想跟他单独聊聊。可是刘星一直握着齐兵的手不撒开，也跟了过来。田迹墨看了看刘星，又看了看齐兵，欲言又止。

“怎么着，田哥，是不是有什么秘密我不能听呀？”自从上次老刘跟田迹墨说了刘星的事，田迹墨对刘星已经没了那么多偏见。此刻她这副样子还真是孩子般直率和天真。

“没事，田哥。说吧。没什么刘星不能听的。她该知道的，都已经知道了。”

田迹墨想了想，还是把自己和张丹妃吵架的事复述了一遍，提醒他俩做好准备。

“哼，你看看你，还当哥的呢，就这么把大兵出卖了呀？”刘星嘴上这样说着，脸上可是一点责怪的神情都没有，“田哥哥，你也不用为难。这些事，反正早晚要面对的。我觉得娃娃没错，可是我也没错。”刘星装着老气横秋的口吻。

“有什么好准备的，看到你徒弟了吗？我们准备得够充分吧？我都快累出屁来了。结果呢？白忙一场，人家两口子不照样挺好吗？我越来越看得开了，该到一起的人，你拦也好，拆也好，终归还是会到一起；不是你的姻缘，谁也强求不得。”齐兵一边说一边看着刘星，握着的手更紧了。

“小样，你个未婚小青年倒给我这已婚的大哥上起课来了？”

“嘿，你们文人那句话怎么说来着，‘长江后浪推前浪，前浪死在沙滩上’嘛！田哥哥，你落伍啦！”

“这哪个文人说的呀？我说正经的呢！听这意思，你们俩下定决心要在一起了？”

“对！”二人异口同声。

“总之呢，我的事你就不用管了。你还是操心自己的事吧！”

“田哥哥，你快坐下来，大家正批斗你呢！”

“啊？”田迹墨完全不知所谓，被齐兵和刘星按着脑袋坐了回来。

“老田，你浑大发了啊你，现在是越来越独断专行了呀！”吴大非最先发言。

“老田，你是不把兄弟们当兄弟了呀！”齐兵紧随其后。吴大非最先发问。

“田哥，谁都知道，咱俩关系最好。按理说，我是应该站在你这一边的。可是这次，我也不能替你说话了。”菅鹏举落井下石。

“田哥哥，我算明白什么叫墙倒众人推咯！”还有个刘星幸灾乐祸。

“等等哈！你们什么意思，参众两院集体发难，坚决弹劾我下台是吧？我怎么惹了你们了？我到底犯了什么罪了我？”

“老田，我问你，大东的店你想兑是不是？”吴大非最先发问。

“是啊！”

“三十八万，是不是？”

“小吴，这你怎么什么都知道？”田迹墨看着菅鹏举，菅鹏举故意把头扭开了。看来肯定是他问过了大东，又告诉了大家。

“你有钱吗？”

“我……我准备拿房照贷款。”

“我呸！亏你想得出。人家于子凯的话糙理不糙，那是你房子吗？再说，就你那七八十平的破房子能贷来多少？我在银行不比你知道？”齐兵又接过话头。

“我可不是背后说我嫂子坏话啊，田哥。以我对嫂子的了解，她不可能答应你。”菅鹏举又来插话。

“这么大的事也不跟我们商量一下，怎么着，信不着我们，是不是？”吴大非举个酒瓶子来回摇晃，田迹墨还真怕他一生气照自己脑袋来一下，连忙认错。

“是，我不对，我错啦……这不是还没来得及嘛。”

“田哥，等你来得及，人家大东早就出手了。想占便宜的可不止你一个！今天我过去的时候，好几个人在那儿呢，都要兑。”菅鹏举说道。

“行了，别跟他废话了。”吴大非不耐烦地冲菅鹏举摆摆手，“刚才我们研究过了。齐行长出大头，20万；我和菅子出小头，18万。明儿一早保准到位，别的你就别管了。”

“大兵，今儿那顿饭又是你结的账吧？哥欠你的够多的了……”

“得！别跟我说这个，你少干涉我婚恋自由就行了！”齐兵说得刘星咯咯地笑起来。

“小吴，你那砖厂外边欠的钱还都没要回来呢。前几天还听于子凯说，你都要周转不过来了……”

“我说你们文人怎么那么没劲，再说我翻脸了啊！”

“菅子……你不是还要进货么？”

“田哥，我们看好你。这算是投资潜力股。我啊，我还指望你帮我找个女朋友呢！你就当我溜须你了。”

十一、张丹妃的单飞

1

一如田迹墨所料，娃娃已经从李三姐口中知道了齐兵和刘星的事情。张丹妃从家里出来，原本是要回娘家住的，可又实在没法跟父母交代清楚缘由。实话实说是肯定不行的，脾气暴躁的父亲也许会第一时间找上门去，痛骂田迹墨，撵走史小舟二人，以捍卫他房子的尊严。可要是不说，好好的回什么娘家呢？在大部分人的思维逻辑当中，媳妇无缘无故回娘家，肯定是受了丈夫欺负。思来想去，也没有好的办法，只好去请教李三姐。以她和于子凯结婚近 8 年的丰富经验，对于处理这些家庭琐事，应该是很有心得的吧。

张丹妃推开李三姐化妆品店的门时，李三姐正声色俱厉地给店员小张上课。她烫着满头的爆炸式大卷，穿了件大绿的羊毛衫和粉色的体型裤，踩着双大红色细跟尖头的高跟鞋，脖子上一条镶钻的纱巾。因为粗胖腰围和矮短身高的缘故，整个人呈一个“V”字形，双手掐腰，唾沫横飞，一说话脖子和腮边的肉上下颤动，不像是化妆品店的老板，倒像是个卖猪肉的。

“这店面就像人的脸，你能每天不洗脸就见人吗？跟你说过多少次了，上班第一件事就是打扫卫生，最后一件事也是打扫卫生。你看看这灰，啧啧啧，用力点擦！早上没吃饭呀？——哟，丹妃来啦，这一大早的，你怎么来了？进里边来，坐，快坐。——去打盆水来，把抹布洗一洗。这也要我教你？”

“唉，可真操心。现在这些90后的小丫头，打娘胎出来光被别人伺候了，什么都不用干，还总嫌赚得少。可不像咱们那会！”不等张丹妃开口，李三姐一边整理着柜台，一边自顾自地说个不停，“哦，对了，你跟我也不一样。你可比我强多了，家里就你一个孩子，还有两栋楼，老公又那么争气，你连班都不用上，坐在家里享清福就行了。你看我们家于子凯，这么多年连个科级都没混上，整天在外面吃吃喝喝的……”她一抬头看到张丹妃背的小挎包，捧过来赞叹着，“哎呀，你新做的手工包？太漂亮啦！你真是心灵手巧！”

“闲着没事，练练手。刚做完的，你要喜欢，拿去吧。”张丹妃大方地说。

“那怎么好意思，你这都用上了……”李三姐爱不释手地抚摸着。

“那要不，有时间我给你做个新的好了！用不了一个礼拜就能做完。”

“嘿，那我就先谢谢啦！喝点什么？我给你倒杯水去！”

“别忙了，我坐坐就走。就是想散散心溜达溜达，一不小心就转到你这儿来了。”

“散心？怎么啦，有什么事了？看你那小眉毛皱的，肯定是有事！来，跟三姐唠唠！走什么呀！”

李三姐循循善诱，张丹妃和田迹墨夫妻的那些事，很快就和盘托出了。

“这个田迹墨，也太过分了！哪有这么干的，把媳妇撵出去，让自己的朋友住？还什么什么徒弟，他这要开山立派，当祖师爷了呀？我可不是挑拨你们夫妻关系，这房子是你们家出钱买的，凭什么他说借出去就借出去呀？丹妃，不是我说你，这也就是你，性子太软弱。换了是我，一脚踢他马桶里去！他也太欺负人了呀！”

张丹妃本来还没觉得那么委屈，让李三姐这么一说，心酸得眼泪都快下来了。

“男人，你不能太惯着他。你越惯着他，他越得寸进尺。男人是什么？是猪，只能圈养，不能放养。饿的时候你给口吃的，困的时候让他有地方住，过年了得从他屁股上片下两块肉吃；男人是狗，得给他拴上链子，得给你看家护院，得围在你身边转悠，外人来了，不管是谁，得冲上去咬！”

“三姐，瞧你说的，不至于吧？”张丹妃听得直想笑，这些理论很创新啊。

“不信？”李三姐撸起袖子看了看手表，“现在九点半，再过两个小时，你看着，于子凯保准骑着自行车给我送饭来。晚一分钟我都扒他的皮！对了，我给他打个电话，让他多带一份。”

“别让我姐夫破费了，咱们出去吃吧。我请！”

“傻妹子，他们单位食堂的，又不花钱，不吃白不吃！吃完咱俩找娃娃一起逛街去！”说着，走进里屋去给他“猪狗不如”的老公打电话去了。

一上午，张丹妃就在李三姐的店里聆听她的谆谆教诲，包括奇妙无比的驭夫思路，不占点便宜就算吃亏的生活理念，上至明星下至坊间的传闻八卦等不一而足。有李三姐在，演一台戏，根本不需要三个女人。

张丹妃努力地配合着李三姐，实在接不上话，就按照田迹墨“有效沟通”的理念，问一句“然后呢”。她发现，自己老公的这个办法还真管用。当李三姐用满是羡慕、嫉妒、恨的口吻谈到齐兵和娃娃的时候，张丹妃总算有了点应答的资本，一不小心，就泄露了齐兵和刘星的事。

“天哪！娃娃太可怜了！齐兵是禽兽呀！是傻瓜呀！刘星这个小贱人就是图他的钱呀！他这都看不出来吗？行长怎么当的呢！”李三姐惊声尖叫，马上给娃娃打电话，“娃娃，姐跟你说，你要有点思想准备呀。

你们家齐兵……”

娃娃的第一反应是不相信。这不可能。可是回忆一下车祸那天的情形，一些迹象的确可疑。她给齐兵打电话求证，却一再被粗暴地挂断。直觉告诉她，三姐说的很可能是真的。她立刻伤心起来，躲在办公室里咬着嘴唇，默默地流了好一会眼泪，在纸上不停地写着齐兵的名字，又不停地画上×。临近中午的时候，她跟领导请了假，开车去了李三姐的店。进门前拿出小手帕仔细地抹了抹眼睛，这才假装镇定地推开门，笑意盈盈地说：“三姐，凯哥，丹姐，我来啦。”

张丹妃看着她红红的眼眶，不由有些心疼。这个白纸一样单纯无邪的姑娘尽管出身高贵，但在感情面前，也不过是个容易受伤的孩子。齐兵是她的初恋，对一个少女来说，初恋有的时候就是生命的全部。她不禁想起当年的自己初遇田迹墨时，不也和她一样吗？田迹墨不是本地人，家庭条件又不好，可她还是一见钟情地爱上了他，又冲破一切家庭的阻力嫁给了他，甚至连进电力系统做正式员工的机会都让给了他——爱情的最初，不都是从不顾一切开始的吗？

于子凯两口子对娃娃的欢迎级别至少要比对张丹妃的高出几个档次。那可是副市长的千金，怎能有丝毫怠慢？又是奶茶又是小食品的，摆了一桌子。本来几个人正打算吃于子凯从单位带回来的盒饭，这会李三姐连忙语气坚决地提议下饭店。于子凯连声说好，却被李三姐挤对了一通：“你那帮哥们这会儿正在国际酒店潇洒呢，你跟我们几个女人混什么呀？”

于子凯让李三姐噎得满脸通红，看着张丹妃来了句：“丹妃，你老公不够意思啊，我都不知道！”

张丹妃知道这不是一句玩笑，不冷不热地说：“他知道你今天上班，就没喊你。”

“那好吧，我找田迹墨算账去，呵呵。娃娃，你三姐新进了不少高档的化妆品，看着好就拿去试试，别客气。那什么，我先走了，你们三姐妹慢慢聊！”

“谢谢凯哥，我不化妆的。”

“就是，咱们娃娃天生丽质，清水芙蓉！走吧，娃娃、丹妃，他们男人搞小圈子、小团体，咱们女人也有‘联盟阵线’！”李三姐一边说着，一边回头跟店员交代了两句，然后一左一右地挽着俩人出了门，直奔美食一条街。

2

张丹妃和娃娃都没什么胃口，一顿饭吃成了李三姐的专场表演，狼吞虎咽，大快朵颐，很有点“女食神”下凡的风采。李三姐这顿可算是下了血本，多吃一点菜，就能少吃一点亏。她百忙之中还腾出空来，分别给二人出谋划策。

“丹妃，听我的，不回去了！他田迹墨不是赶你出来吗？我呸！”李三姐顺势吐了个鸡骨头，“好！咱干脆不回去了。晾他个十天八天的，看到时候谁哭！”又压低了声音说，“你放心，男人离不了女人，几天不吃腥能馋死他！”

娃娃听得面红耳赤，连忙打岔：“丹姐，今天去我那儿住。刚好我自己，也挺没意思的！”

“娃娃，你用不着伤心。姐给你想了两个办法。一呢，你装什么都不知道，该怎么对他就怎么对他，甚至比以前还要好。发动点情感攻势、金钱攻势什么的，我就不信那个小狐狸精能拼得过咱！这什么时代呀？拼爹的时代！不过这办法咱姐妹儿太亏了，他齐兵也就是有个行长的老爹呗，咱们爸爸还是市长呢，跟他低声下气还真丢份儿，所以这个办法从兵法上说，算是下策。二呢，直接杀上门去，骂那狐狸精一顿。实在不行姐姐上去挠她个满脸花，看她下次还敢不敢勾引你老公！她要还不知道好歹，姐姐天天去她家门口堵着她，我看她还见不见人？这办法简单、直接还干脆。要我说，你就这么办！”

“娃娃，你田哥也许是骗我呢，他的丑事怕我知道，往齐兵身上栽赃也有可能。别胡思乱想，也别冲动。咱们谁都没看见，不是吗？眼见为实。也许没那么严重。等我回头再好好盘问盘问他，你也观察观察齐兵。”

这个安慰娃娃很受用，不管是真是假，至少给她保留了自欺欺人的余地。她感激地看着张丹妃，轻轻点了点头。

“还想怎么严重？非得捉奸在床啊？丹妃你这话说得可不对！到那时候什么都晚了。你们家老田我知道，他说破天去也就是一‘闷骚型男’，男盗女娼的事那得藏着、掖着、偷摸地进行，公然带着小三儿满街溜达不怕人看的事，只有齐兵这种花花公子干得出来！”李三姐说完也感觉自己有点失言，瞄了娃娃一眼，赶紧往嘴里塞了个拔丝香蕉，烫得眼泪都出来了。

娃娃说去卫生间，张丹妃跟了出去。

“娃娃，别上火。三姐也是好心。我们都不想看你伤心啊。”

“我知道，丹姐。可是齐兵他……为什么谈个恋爱要这么累啊！”

“呵呵，我想累都累不着，因为没有恋爱可谈了。现在跟你田哥结婚不到一年，就已经无架可吵了。等你到我这时候，结了婚，就会很留恋谈恋爱时候的累了。吵嘴啊，闹别扭啊，闹误会啊，分了又合，合了又分的。这‘累’里面呀，有甜蜜呢。”

“真的吗？唉，丹姐，晚上你给我好好讲讲你和我田哥的事，好不好？我也学习学习。嘻嘻！”俩人路过吧台，争了两下，最后还是娃娃结了账，等再回到屋子的时候，她的心情已经好了不少。心情最好的自然是李三姐，没花一分钱，让娃娃领了这么大的人情。这样的事，她一向很愿意做。

吃完饭，三个人漫无目的地在街上溜达了一圈。李三姐是那种典型的有店就进，有价就砍，见衣服就试，试了也坚决不买的女人。周而复始，乐此不疲，还跟张丹妃俩人大讲特讲她的“购物经”。

“现在谁还在实体店买东西，再有钱也不当那冤大头！把喜欢的牌子、款式、合适的尺寸记住了，上网买去！上网还不能立刻买，你得耐心点，等特价，等打折，等团购……你们俩都不爱上网吗？总也看不到你们上线。那不行，得跟上时代发展的脚步呀！我虽然比你们大，可比你们潮多了。我还有微博呢，以后不爱打电话就 @ 我，挺好玩的！”

张丹妃和娃娃相视一笑。她俩刚才趁她不停试衣服、砍价的时候，一人买了一样：张丹妃买了条男款牛仔裤，娃娃买了双男士皮鞋。买完就赶紧送回了娃娃的车里——这要给李三姐看见，还不得把她气死。

晚饭又是娃娃请的。在张丹妃的提议下，几个人去了附近的一家茶餐厅。李三姐附在娃娃耳边说：“我再喊个人来，行不行？”

“好啊！”

“那我可给她打电话了！总去人家那做免费体验，也不买治疗仪，多不好意思。”——原来是才才。

“这小丫头不错，没什么心机，性格开朗，人也大方。她母亲过世十多年了，家里就一个老爸，为了她一直没找老伴呢……”正八卦着，远远地看见才才走过来了，李三姐伸手一指，“喏，来了！”

3

才才看起来心情很不错。她一路哼着歌，连走起路来都像是踩着舞步。一身蓝白相间的长款休闲衫、暗紫色的紧身牛仔裤，一双精致的粉红色运动鞋，毫无遮掩地绽放出她的青春和活力。

张丹妃过去听田迹墨提起过李三姐给菅鹏举介绍对象的事情，不过从来没见过女方什么样。今天一见才才，第一感觉就是：她和菅鹏举不可能有结果。一个是年轻貌美、气质高雅；一个是大龄剩男、软弱呆傻。也只有李三姐这种乱点鸳鸯谱的热心肠突然神经抽筋，才能想得出把她介绍给菅鹏举。

才才一落座，李三姐简单地做了介绍，就迫不及待地问起相亲的事情。一提起“草菅人命的菅”，才才忍不住啼笑皆非。她详细地描述了整个经历，言语中丝毫没有抱怨李三姐的意思。

不过李三姐听着可有点不是滋味了。“哎呀，这个菅子呀！说实话，我没见过他，不知道长什么样。就是听我们家于子凯说是个大老板，人又老实。唉，你看看我，太草率了，这叫什么事啊！”

才才生怕李三姐面子挂不住，忙开玩笑：“三姐啊，跟那小胖子在一起的那个什么‘田啰唆’还勉强，下次再给我介绍，就照这个标准的来吧！”

张丹妃一口茶水险些喝呛着，娃娃和李三姐都笑得前仰后合：“那是丹妃的老公！”

“啊！丹姐……”才才脸颊绯红，不好意思地看看张丹妃，赶紧打圆场，“美女眼光略同呀！你可千万别多心，我开玩笑的。”见张丹妃似乎还有些不放心，又补充了一句，“我已经有男朋友了！”因为声音过大，引得其他桌的顾客侧目。才才环顾四周，见人家都看怪物似的看着自己，也忍不住笑了起来。顿时，四个人笑成一团。

至此，四个风格迥异又个性鲜明的女人终于完成了会面。这次会面是关键性的，甚至是历史性的。它标志着一个女权主义组织雏形的初现，在“一言堂”的李三姐同志的引领下，这个由一位70后和三位80后组成的女人帮，将会对圈内微男、微女的爱情命运产生极其微妙的影响。相识不到半个小时，她们就已经聊得推心置腹，相处得情同姐妹，形成了实质意义上的攻守同盟。这对尚不知情的男人们来说，打击无疑是致命的。今后，他们再绝密的行动也难逃女人们的法眼，再完美的谎言也会露出无法掩盖的破绽。谁说女人只是半边天？只要给她们机会，她们想做的，是只手遮天！

经过组织成员的激烈探讨，采取一人一票的民主手段，最终，本次大会针对三个议题均形成了决议草案：

一、如何对付无法无天的田迹墨：采纳李三姐的意见，张丹妃在外面住几天，晾着他！直到他知错、悔过、求饶。

二、如何对付可能出轨，也可能没出轨的齐兵：佯装不知，紧密跟踪，仔细观察，严厉监督，软硬兼施，威逼利诱。

三、才才需在三日内，把那个做国际贸易的帅哥男友“牵”过来供大家审核、鉴赏、把玩。如组织内成员有半数或半数以上成员反对，则不得录用，由李三姐负责重新给才才介绍。

如此这般笑闹许久，直到茶餐厅打烊，四人才尽兴而归。娃娃少女情怀，哭也痛快，笑也痛快，好像大家一番安慰之后，烦恼就真的不存在了，甚至忍不住嘲笑自己杞人忧天——学会自欺欺人，也许是很多女孩子在爱情道路上的成长必修课。张丹妃心情也好了许多，其实她心里早已原谅了田迹墨。不过跟几个女伴在一起，让她找到了婚前的感觉：自由、放松、惬意和快乐——没有男人的单飞日子，也许，真的还不错。

十二、田迹墨的寂寞

1

慕容竹既已坦白，史小舟也没必要继续演戏。毕竟，戴起面具的脸，自己看着都别扭。他说出真相之后，得到的是慕容竹软趴趴打过来的一记粉拳和一个温暖、持久的拥抱。

爱情就像个玻璃杯。当杯中装满可乐的时候，人们会说这是可乐；装满白开水的时候，人们会说这是白开水；只有当杯子空着的时候，人们才说这是一只杯子——装满身份、背景、金钱、偏见的爱情，还是真正的爱情吗？还好，史小舟和慕容竹及时地还原了杯子的本来面目。空杯就空杯吧，那有什么关系？它空着，就是为了让相爱的人们一起努力，用幸福把它填满。

这样一来，田迹墨给史小舟预留房子也就没了必要，齐兵直接送他们去了宾馆。明天，慕容竹就要跟史小舟回家了——回他真正的家。

田迹墨原本想给张丹妃打个电话，看看时间已是夜半，还是算了。一个人躺着，脑海里全是一个个幻想中的场景，翻来覆去睡不着。自己马上就要开公司了！想到很多人得知自己开公司之后的复杂表情，他就想笑。张丹妃，老公绝不会让你失望的！李三姐，岳父大人……你们等着瞧吧！看我田迹墨如何大展拳脚！他闭上眼睛，在脑海中不停勾勒着公司未来的美好蓝图，似乎成功近在咫尺，人生真正意义的“第一桶金”唾手可得。兴奋之余，田迹墨干脆放弃了睡眠。他先是打开电脑，更新了一条微博，昭告天下："田迹墨的婚庆公司即将成立，敬请期待"；然后把以往自己主持的所有录像、主持词等资料、素材搜集整理出来；又登录全国各大知名的婚庆公司网站学习、借鉴经验；甚至还下载了很多企业管理类书籍的电子版。

做完这一切依然毫无困意，于是又到《生活真理报》前挥毫泼墨，发表感悟："直到这一刻，我才明白，做梦总能梦到的，其实不叫梦想，那是欲望；想想就兴奋，折腾得你无法入睡的才是梦想……"

上午八点半，能量过剩的田迹墨一边嚼着面包，一边做大扫除。他踩着往日里张丹妃清理房间的足迹，像模像样地拖地、擦桌子、整理杂物，把拿下来的结婚照等放回原处，甚至亲手洗了自己的内裤和袜子。正在田迹墨吹着口哨，享受难得的劳动之乐时，神秘人的手机信息又来了，只有三个字：

"恭喜你！"

有那么一秒钟，田迹墨简直不寒而栗。这到底是人是鬼啊？这一次再也不能放过她了！田迹墨第一时间回拨了过去。果然，那边还没来得及关机。漫长的等待过后，有人接了，却没有说话。

"听着。我不管你是谁，再敢骚扰我，我……我就报警了！"被折磨得快崩溃的田迹墨也仅此一招了。

那边沉默了好久，最后还是挂断了。不一会，又发来一条短信："你最希望我是谁？给你三次机会，答对了，我就出现；答错了，我永远消失。我保证。"

我最希望的？这个问题太抽象了。这是脑筋急转弯吗？

——"给点提示行吗？"

——"还有两次机会！"

——"那你还是消失吧！"

——“……还有一次……”

好吧。太好了，GAME 也该 OVER 了。最后一次，田迹墨在手机信息栏打上了“张曼玉”，可还没等他按“发送”，门铃却响了。

2

菅鹏举、齐兵、吴大非一拥而入。三张银行卡，整整齐齐地摆在了茶几上。田迹墨觉得自己应该说点什么，可一时又不知道说什么。最后他给大家发了一圈烟，文不对题地说：“我，一夜没睡啊。”

“还等什么哪？给大东打电话，约地方见面。咱们痛快儿地把事办利索了。”吴大非比田迹墨还着急。

大东没食言，一切进展顺利：检验物品，拟定合同，签字，一手交钱、一手交钥匙。双方握手，大功告成！从这一刻起，田迹墨，已经不仅仅是个小主持人，而且是滨海最大的婚庆公司老板了！

必须庆祝一下。田迹墨找了家饭店，把能喊的人都喊了过来。

“来吧，咱们先敬田总一杯！”齐兵的提议得到了大家的响应。

“田总，什么时候开业啊？”

“低调，千万要低调。什么田总，只是个光杆司令嘛！”田迹墨一饮而尽杯中酒，拿出“老总”的派头和口吻，坐下来不无得意地说，“眼下公司是有了，接下来还有很多方案需要制订，很多细节需要完善，很多事情要尽快落实。比如公司的定位、业务宣传与推广……还有，招兵买马。这些都搞定了，才能开业啊。”

“定位？还定什么位？婚庆公司嘛，结婚那些事儿呗！跟婚礼有关的你都得管。啊，对了，入洞房的事你可别管啊。哈哈……就像我这砖厂，只管烧砖卖砖，至于你是盖房子还是铺路，怎么盖怎么铺，我可管不着！”吴大非撇撇嘴。

“田哥，推广的事情你就不用担心了，广告的事包在我身上。我保证，你的公司在一夜之间会让全滨海的人都知道！”

“师傅，往这看，往这看哪！”史小舟拍着胸脯，搂着慕容竹大呼小叫，“两个大活人呢，还招什么兵，买什么马。我俩要求不高，给口吃的就行！”

“大伙说说，起个什么名字好？肯定不能用大东原来这个。”

大家激烈地讨论起来。什么金玉良缘啊，誓言啊，福禄寿喜啊……七嘴八舌，但了无新意，任何一个名字都有人支持，有人反对，意见没法统一。

于子凯敬了田迹墨一杯酒：“以后是关系单位了，既是朋友又是合作伙伴，咱俩得多亲近。”

“合作伙伴？”田迹墨疑惑不解。

“你想啊，新人找你办婚礼，新郎、新娘都得化妆啊。化妆就得用化妆品嘛！”于子凯此言一出，立刻招来不少冷嘲热讽。

田迹墨正色道：“别笑，于子凯说得有道理。我们至少可以互相推荐，这也是一种营销策略嘛。比如我这如果有新人要结婚，可是还没新房，我就可以推荐他们去小吴的砖厂拉砖盖房子去。”

又是一阵哄堂大笑。最后，对各方意见，田迹墨做了个总结：“同志们说的都很有道理，跟我的很多想法不谋而合。我向大家汇报一下我的思路：要做就要做与众不同的，我这个公司，要能够为举办婚礼的人提供‘一条龙’服务。前期策划、婚车、婚纱租赁、新娘化妆、摄影摄像、会场布置、酒店预订、司仪乐队、个性礼品、周年庆典、个性请柬设计制作、主持人培训……反正从前期到后期，所有跟婚礼有关的业务全都囊括！绝对是正规的大公司那种运作方式！”

“老田，你干脆连婚后夫妻矛盾调解也负责了吧，维护一下妇女权益什么的。像于子凯这样总遭受婚内冷热暴力的，你得管管啊！”齐兵笑道。

“田哥哥，没对象的你是不是还负责给介绍对象啊？那你干脆再开个婚介所吧！嘻嘻。”刘星帮腔。

“这个好！这个好！田哥，你就先拿我开刀吧。你先想办法把我跟才才捏到一起。如果连我这样的你都能搞定，那说明你这公司真有实力。”不用看，做梦都想有对象的这位，是菅鹏举。

“好啊！”田迹墨猛拍了一下大腿——当然，还是菅鹏举的大腿——“太好了！乱乎大半天，总算说出了点真知灼见！民间有高人哪！这个提议好！我给单身男女免费介绍对象，经我介绍成功的情侣，肯定首选让我的公司举办婚礼呀！延续这个思路，我们不但自己要成立婚介机构，包括网站和实体部门，而且必须要跟市内所有婚介所、婚介网站搞好关系，让他们众口一词地推荐我的婚庆公司！”

“凯子，做网站的事情就交给你了！”田迹墨又回敬了于子凯一杯酒，意味深长地说，“不白做哦！”

“老田，你这盘子，铺得可不小，够规模了。”齐兵也端起酒杯，“你怎么办我都支持。反正我也帮不上别的忙，需要用车队，跟我说就是了！”

大家呼呼啦啦地全都站起举杯，“乐队、DJ，老本行。”老刘的表态简短干脆；“田哥哥，我还能边歌边舞呢！”刘星说着，原地转了一圈摆了个舞姿；“师傅，我有化妆师的证书呢，国家认证的哦！”慕容竹也找到了自己的位置；“介绍对象别光想着菅子，还有我呢！你可别只是说说就算了啊！”吴大非也不忘自己的“剩男”身份。

“今天大致先讨论到这，我回去再好好考虑考虑。到时候需要大家帮忙的地方还很多呢。”

3

田迹墨还真不是说说而已，刘星的提议的确给了他很大启发。“婚介”加“婚庆”的组合构想另辟蹊径，绝对值得尝试啊。回到家，整整一下午他都在《生活真理报》上勾勒草图，重新整理思路，挨个审度身边的朋友，认真细致地酝酿全盘的计划。大东兑给他公司的时候，已经留下了很多有用的资源和联系方式。他惊喜地发现，自己身边的资源几乎也都能利用得上，连张丹妃都有工作干了：当会计——管钱的活必须得自己家人干，何况她本来就是这专业的。

那么眼下就只剩下两件事了：招聘主持人和公司更名。田迹墨马上发微博：“招聘主持人！待遇从优。”同时把这一任务布置给菅鹏举：“所有出租车，立刻打广告！”至于名字，这还需要慢慢想想，田迹墨在网上搜索了好一阵也没有灵感。

临近晚上，田迹墨肚子有点饿。他习惯性地走出书房，喊了句：“老婆，什么时候吃饭啊？”忽然想起张丹妃早被自己“撵”走了。他自嘲地笑笑，打开冰箱，却发现冷藏室里空无一物，最后的两块面包和一袋酸奶，早晨的时候就被自己吃掉了。

是不是该喊她回来了。田迹墨举着手机，犹豫不决：借了这么多外债办公司，这么大的事情也没和她，尤其是没跟她们家商量，她会不会不支持？以她的性格，没准又翻脸。再说了，这边什么情况，她就不能主动打电话问问？都两天了，‘徒弟走没走呀’‘公司的事情怎么样了呀’……分明是毫不在意！罢了，她爱什么时候回来就什么时候回来吧，难道会在外面待一辈子不成？何况，没老婆管，自己无拘无束的也挺好，想抽多少烟就抽多少烟，想睡多晚就睡多晚，想看苍井空就看苍井空，想看绘里香就看绘里香……总之想干什么就干什么！想到爽处，田迹墨不由哼起了迪克牛仔的《麻辣男人》：“……唱一首麻麻麻麻辣辣的歌，喝一口麻辣麻辣麻辣麻辣的酒，天亮了也要喝，天塌了也要喝，怕什么？这世上除女人，还有什么吓得了我！”

多么写实的歌曲啊！饥饿有什么可怕？田迹墨开始呼朋唤友，四处打电话——

“齐兵，吃饭了没？”

“吃过了，有事？”

“啊……没事。我就想跟你说，你跟刘星的事啊，你得好好想想，娃娃那边，你迟早得给个交代，总这么下去可不行。是不是？对不对？那个，我没事，挂了啊。”

“小吴，干什么呢？”

“吃饭呢。请几个客户。”

“又有新客户？”

“是啊，还是那帮欠我货款的孙子。这年头，欠钱的都是大爷，你得好好巴结。我都恨不得给他们跪下磕几个响头了！”

“嗯……这个思路还是对的。韩信当年不忍胯下之辱，何来日后手中百万之兵。忍吧。生意场的潜规则，由不得你！对吧？那个，我没事，你接着吃！”

“菅子，在家吗？”

“正打算出门呢。”

“干什么去？”

“嘿嘿，吃饭。”

“吃饭就吃饭，你笑什么呀？想吃什么说吧，我请！中午我看你也没怎么动筷子，菜不合你口味吧？这么着，晚上哥请你吃顿好的！”

“不用啦，改天的吧。我跟才才吃饭。”

“哟……行啊，小伙子，偷偷摸摸地有了进展，也不及时向组织汇报！记得衣服穿得帅气点，挑个好一点的地方，有情调的那种，像咖啡厅啊，西餐厅啊，你可千万别领人上大排档，吃麻辣烫什么的！之后陪人家逛逛夜市，再看场电影，选个爱情动作片……”

“爱情动作片？”

“爱情片、动作片。你小子怎么想法总这么龌龊啊！行了，赶紧去吧。把握住机会呀，哥等你好消息哦！”

“徒弟……算了，你好好陪陪慕容竹吧，好好照顾人家！老大不小了，做男人要有责任心，懂吗？人家这么一大好的姑娘交到你手里，你得知道珍惜，懂吗？好了，记住师父的话。有什么事情随时找师傅啊！”

——这帮小子也太不是东西了，怎么忍心把我这么大一老总抛弃一旁，忍饥挨饿呢？

田迹墨生了一会闷气，环顾空旷的房间，倍感凄凉。他起身去了厨房——大不了自己动手，丰衣足食！最多也就是口味差点，能填饱肚子就行！结果发现：大米袋子空了，锅里的剩饭已经臭了，橱柜里只剩半棵烂掉的白菜。田迹墨绝望地回转身，躺在沙发上望着天花板发呆。临近 9 点，一夜没睡觉的他又饿又困，实在受不了了，终于爬起身给超市打电话：“喂，超市吗？给我送两桶——不，五桶方便面！三袋榨菜……”

4

面足菜饱的田迹墨躺在空旷的大床上，紧紧地抱着枕头，望向窗外璀璨的霓虹灯和无边的夜空，婚后第一次感觉到了寂寞。久违的寂寞。

寂寞的田迹墨想起很多往事。他想起第一次在公交车上见到张丹妃，不小心踩掉了她的鞋花。两人居然同一站下车，他硬要拽着张丹妃去修鞋。张丹妃还以为遇到了色狼，拎着高跟鞋边跑边喊“救命”。他想起第一次去张丹妃家里，她父母对他这个没工作也没背景的农村小子充满不屑的表情和语气。他还想起他在婚礼上信誓旦旦却底气不足地说：“张丹妃跟着我一定会幸福。”想起刚结婚的那段日子，他雄心勃勃地开办《生活真理报》，一心想把婚姻营造得像童话里那样浪漫……

其实，《生活真理报》本是他和桂琳的约定。两个人都喜欢文艺，都那么感性，骨子里都是不切实际的浪漫主义者，充满了对完美婚姻的无尽遐想。热恋中的两个人不止一次地设计结婚之后的完美生活：比如去哪里度蜜月；如何把房子装修得如梦似幻，就像童年的城堡；买菜做饭收拾屋子怎样既分工又协作；未来的宝宝一出生就多语教育，最好开口一说话就是：“Dady、mami 哈拉嗦，I'm hungry！什么时候米西？”……还有，就是共同开办一份家庭报纸，合作出版一本书，等到双双老去的时候，一起品读，一起回忆……

想到张丹妃，田迹墨既有思念，也有甜蜜，更多的是愧疚：这个他叫作“老婆”，法律上认定为“妻子”的人，并不是此生真正想娶的人；想到桂琳，他既有怨恨，也有渴望，更多的是遗憾。为什么相爱的人总不能在一起？他多希望能和她终身厮守！

希望？“最希望见到的人”？！田迹墨被自己的想法吓了一大跳，难道，难道是桂琳？！真的，真的会是桂琳吗？他手忙脚乱地拿过手机，哆哆嗦嗦地发送信息。无论答案是否正确，这都是他的最后一次答题机会——也该有个结果了。

十三、菅子的煎熬

1

“到底该穿什么衣服呢？”放下田迹墨的电话，菅鹏举还在镜子前纠结。穿衣打扮对于其他人来说，是本能；对于他来说，是课题。若是平日也就罢了，今天要跟才才约会，这个课题必须要深入推敲、细致研究、反复讨论、慎重决策。

蓝黑T恤、棕色冲锋衫、运动鞋？太莽撞，太犀利。不符合自己的一贯风格。羽绒服？太颓废，太窝囊。约会地点又不是在北极。西装、领带、黑皮鞋？太拘谨，太正式。不符合约会的浪漫氛围，何况又太冷。红衬衣、黑夹克、休闲鞋？既热情，又庄重。好吧，就这样。对了，一定得穿条结实点的裤子，绝不可重蹈覆辙。

嗯，下面是梳头、挤黑鼻头、刮胡子……这镜头很熟悉是吧？没办法，菅鹏举就是这么认真而执着。作为一位标准的“相亲综合征”深度患者，请不要拿看待正常人的眼光看待他。

再下面呢？恭喜你猜对了，他又一次出门就遇上变天。风很大，天很阴。菅鹏举自己也觉得老天实在不够意思，一去见女人，它就来捣点乱，存心跟自己过不去。

菅鹏举再次来到了胡同的拐角处，招呼出租车——慢着，他警惕地向四周看了一眼——还好，没有骑电动车的。月暗星稀，连行人都很少。马路对面有个老太太，伸胳膊扔腿地做着健身动作。大妈，有点保健常识好不好，电视上专家都说了，要运动也要进行有氧运动，这城市的街道上满是二氧化碳，您老锻炼个什么劲呢？

出租车眼看到了，菅鹏举马上上车，就要顺顺当当、毫无悬念地去接才才了，可还是又出事了。历史总是这么惊人地相似，以后这个街角应该在某显眼处立个牌子：“事故多发，小心谨慎！”

2

菅鹏举刚打开出租车的车门，只听身后传来一阵尖锐的刹车声。老太太，就是刚才那位老太太，连声呼号都没发出，就躺在了路旁上。菅鹏举转过身，借着微弱的路灯，看到了满地的鲜血。他被吓坏了，扶着出租车门的手微微发抖。刚才还活生生的人，就在自己眼皮子底下遭遇这么惨烈的车祸，如今是死是活都不知道。

事故车辆没挂牌子。要么是新手，要么是酒驾，要么是超速。不然，无法解释那么宽的马路，它怎么愣是会穿过绿化带，开到人行道上。

肇事司机下了车。从身形上看，应该是个女的。她显然也被吓坏了，身体后倾，进两步退一步，好不容易走近了躺在马路中间的老太太，小心翼翼地探了下头，“啊”的一声尖叫，转身就跑。仓皇中，连高跟鞋的鞋跟都跑断了。她上了车，毫不迟疑地启动，转瞬就消失了。

围观是国人的一大爱好，尤其近几年。好事坏事都要围观，至少多了茶余饭后的谈资，而且绝对遵守围观纪律，只评论其事，不参与其中；只形容，不行动。几分钟之内，事故地就围上了不知道从哪儿蹦出来的十几个人，指指点点，哀之叹之。其中有俩中年妇女，还为谁口中的见闻更接近车祸真相引发了争执。

“喂，还看什么看，走不走啊你！”出租车司机有点不耐烦。

“等，等等。我打，打电话报警，打120呀！”菅鹏举气都喘不匀了。

“打什么打，没用了。”出租车司机探头望了望，不屑地撇了撇嘴，“等120来，人早完了。那车速，至少七八十。我眼看着撞上去的，那老太太都飞起来了。唉，上车走吧。这热闹有什么好看的？快点！”

菅鹏举不知道哪根筋不对，也不知道从哪来了那么大一股劲，他三步并作两步地跑了过去，冲进人群，把老太太从地上抱了回来。他打开出租车后门，一屁股坐了进去。鲜血滴答，瞬间就浸湿了他的衣裤和车座。面对出租车司机抗议的吼叫，菅鹏举说出了这辈子最不假思索的一句话：“师傅，我是鸿达广告公司的经理，我保证，你的车一辈子免费更换坐垫套，一辈子免费大修。快点，医院！快点！我求求你了！”

司机本来还想反抗，可已势若骑虎，只能服从。到了医院，他也没敢要菅鹏举的钱，一溜烟地开走了。

3

老太太进了急诊室。在门外等待的时候，菅鹏举稍微冷静了下来。看看表，约会时间又过去了半个小时。恋爱是大事，人命也是大事。但人命是别人的，爱情可是自己的。如果老太太抢救过来还好，万一没抢救过来，那就是既丢了人命又丢了爱情。怎么想都是得不偿失。

但菅鹏举没后悔。从小到大，他从没梦想过当英雄，英雄离他太遥不可及。他胆小如鼠，走夜路都要在心里默念“阿弥陀佛，菩萨保佑”；

看到有人吵架打架，都要绕着走；上学的时候连女生都公然嘲笑、欺负他。

这一次，连他自己也有些纳闷，怎么会做出这样的举动。见义勇为，这四个字听起来都那么刀光剑影、浴血搏杀，可是一向怯懦的自己竟做到了。不为别的，只因为不忍，只因为善良。

才才终于打来电话，铃声急促，菅鹏举根本来不及想好借口。他只能再一次磕磕巴巴地说：“对，对不起。我好像又，又迟到了。”

“你真行！我跟我爸爸为了等你，到现在还没吃饭呢！你到哪儿了？”

“我到……我在市医院。有人被撞了，不是我撞的，真的……”

才才真是服了这个怪咖了：“第一次相亲你迟到，你被人撞了；这次约会你还迟到，别人被撞了？怎么撞来撞去都有你的事呢？未来某天火星撞地球，你是不是也打算掺和一下呀？”

“不是的，事情很复杂……”

“有什么复杂的呀。我爸只是想跟你谈谈做广告的事情，又没说不给你钱。你看你推三阻四的……”

“是这样的。我今天出来，走到街上……”

“好吧好吧，回头再说你的血泪史吧，你到底能不能来？！”

“……能，我马上就来！”菅鹏举一跺脚。

菅鹏举火速赶往健康体验馆。当他一身是血地出现在才才和她父亲面前的时候，两个人都惊呆了。

“菅子，你……你不会把人撞死了吧？”才才都要被吓哭了。

“不是我撞的，真不是我撞的。”菅鹏举成了复读机，来来回回就这么一句话。

“小伙子，你赶紧自首吧。”才才的父亲到底见多识广。

“我都没开车，怎么会撞人？”菅鹏举急中生智。

“对呀！那到底怎么回事？”才才这才松弛了一下神经。

“有个老大妈被撞了，撞人那司机，那女的，她跑了。我就把人送医院去了。”

“救活了？”

“不知道呢，还在抢救。我主要是赶来认个错，我还得回去看看。”

“走吧，我们一起去。”才才他爸还是满腹狐疑，不很相信。他十分担心这个极有可能是杀人凶手的菅鹏举会给自己带来麻烦，弄不好就是包庇罪啊，到时候说都说不清楚。跟去看看，见机行事，至少，把自己和才才摘清了。

4

三人来到医院，医生正疯了似的找病人家属。没有家属，见到菅鹏举总算踏实了：“就是他，就是他。来这边交钱！”

“还能活吗？”才才父亲抢先问。

“还在抢救。说不好。”

“真不是你撞的？”才才跟着菅鹏举奔着交款处一路小跑。

“不是。”菅鹏举满衣服兜找银行卡。

“不是……不是你亲人吧？”

“不是，我不认识她。真不认识！”菅鹏举突然大叫一声，“糟了！我没带钱！换衣服，忘了！你和才叔叔在这儿等我，我回家去取！”

“哎哎哎，你不能走！想跑？”俩护士一起才算把菅鹏举拽住按到了长椅上，任凭菅鹏举怎么辩说都没用。

“你缺不缺德啊你？别跟我们说，一会儿跟警察说吧！”原来刚才菅鹏举突然消失的时候，医院这边已经报警了。

“Rh 阴性 A！赶快联系周边医院！”一个戴着大口罩的医生从急救室里走出来，急切地安排着，额头上都是细密的汗珠。

“医生，怎么了？”才才问。

“病人失血严重，急需输血！可是，病人的血型非常特殊，医院的库存已经没有这种血型了。”

“Rh 阴性 A 是被称作‘熊猫血型’吧？”才才父亲忽然站起来问。

“Rh 阴性都叫‘熊猫血型’。你是 A？”

“是。”

“Rh 阴性？”

“是！”

“护士，快给他验血！”

在菅鹏举和才才惊异的目光中，才才的父亲大义凛然地进了化验室。

“才叔叔，你身体没事吧？”菅鹏举关心地问道。抽完血出来，才才父亲脸色有点苍白。

“我去买点东西。”才才扶着她父亲坐下来，转身去了医院门口的超市。

“我比你身体还结实呢。喏，看到这肌肉没有？”才才父亲右臂的衣服袖子还没撸下来，顺势展示了一下肱二头肌，“看你这体型，得有200 多斤吧？该加强锻炼咯！”他父亲若无其事地笑笑，随后问起了菅鹏举事情的经过。

菅鹏举完完整整地复述了一遍。“才叔叔，你一定要相信我。”菅鹏举像个受了委屈的小学生，在寻找老师的保护。

“小伙子，”才才父亲往菅鹏举这边挪动了一下，用力地拍了拍菅鹏举的肩膀，“叔叔相信你！你是好样的！当年才才她妈……”

“爸，菅子，快先吃点东西吧。”才才急匆匆地跑回来，手里拎着一大包食品。

才才父亲攥住才才的手，饱含深情地看了看她，又转头对菅鹏举说：“十年前，她妈上街买菜，突发心脏病，倒在路边。那么多人就在边上看着……等我得知消息赶过去，再送到医院，人就不行了。医生说，哪怕早来 5 分钟，她就不会有生命危险。她才 43 岁啊……才才那会儿刚上初中。”才才父亲眼里已隐隐有了泪水，才才也不禁悲从中来，泪光盈盈。

“那时如果有人能像你一样，就好了……”他长叹了口气，唏嘘不已。

菅鹏举很想说些什么，好好安慰这对父女，却不知怎么开口。他想起在撞车事件中，才才父亲表现得自私、狭隘、得理不饶人，和现在的悲天悯人、无私奉献判若两人。也许，正是当年才才母亲的事情，改变了他的性格。可是，真正关键的危急时刻，人的本性还是真切地表露出来。所以，才才父亲才会那么义无反顾地主动献血，才会告诉菅鹏举这些他本不愿意提起的伤心往事。

警笛鸣响，两辆警车停在了医院门口，四名警察走了进来。恰在此时，急救室的门开了，被撞的老人被推了出来。

“医生，怎么样？”三个人一起站起来。

“病人体质很好，送来得很及时，命是保住了。不过脑部受了严重震荡，又失血过多，有几处小骨折，现在还处于昏迷状态。”

“那还能醒过来吗？”

“问题应该不大。先住院观察一段时间吧。”

“谁是肇事者？”一个高个子的警察走到跟前，威严地直视着三个人，语气冰冷。他边上站着一个小个子，另有两个警察正向询问医生情况。

“我……不是我，我不是……”菅鹏举瑟缩着，紧张得手都不知道往哪儿放。

“没有肇事者，是他把人救了！”才才分辩道，“你们可不能冤枉好人！”

“哼哼，是不是好人还不好说。走吧，跟我们走一趟吧。”

“我，我不去。不是我撞的！真不是我啊！”菅鹏举都快尿裤子了。

“去录口供，你害怕什么？！真不是你，你也得去。请你们配合我们的工作。除了他，没有其他相关人员了吗？”

“才才，到底怎么回事？”一台奔驰停在警车边上，下来个斯文帅气的高个子男青年，穿身西服，戴着眼镜，拎着一大兜水果和一捧康乃馨，一进医院大门就冲才才喊。

“李书歌，你怎么来了？”才才连忙快步迎上去。

“电话里听你说在医院，我担心有什么事情，就连忙赶过来了。”李书歌一把握住才才的手，神情既关切，又亲昵。

“你不是说在加班嘛……”才才一脸娇嗔。

“什么班也没有你的事情重要啊！这边的，是伯父吧？”李书歌松开才才，把东西放在长椅上，伸过手去，“伯父，您好！我叫李书歌。”

“哦，听才才说过。呵呵。”才才父亲微笑着和李书歌握手。

“哟，伯父，看您脸色可不太好。您也别着急，这医院的水平还是很可以的。对了，他们的副院长林教授跟我关系不错，需不需要我言语一声？”

“什么呀！你别瞎说。”才才把李书歌拽到一边，一五一十地讲述着事情的起因和经过。

菅鹏举认得这个叫作李书歌的人，就是上次在才才公司门口见到的那个人。看来，他就是才才的男朋友了。心里一刹那醋味升腾，万念俱灰。狠了狠心，跟才才父亲道了声“再见”，对警察说：“警察同志，咱们走吧。”——与其在这里看心上人跟别人卿卿我我，心如刀绞，还不如去警局接受盘查，忍受煎熬。

“哦……”听了才才的讲述，李书歌恍然大悟，“伯父，那咱们走吧。人不是都抢救过来了吗？没有咱们什么事情了吧？”

“你和才才走吧，先去吃口饭。”才才父亲迟疑了一下。

“那边家属还没来，我在这里再守一会。你们去吧。”

“我也不去。”才才有点不高兴，“这里也没有你的事情了。你走吧，加你的班去！”

“那怎么能行，我陪你！等我再去买点熟食——伯父，您喝酒吗？”

十四、杯具洗具常相聚

1

跟着警察叔叔走完全没菅鹏举想象得那么可怕。他先被带到了事故现场，进行了具体的描述，又到警察局录了口供，签字按手印，之后被叮嘱手机随时开机，保证随叫随到，就恢复了自由。通过现场勘察和查询监控录像，真相很明显：菅鹏举不是肇事者，菅鹏举是救人者。伟大的菅鹏举同志是人民的好儿女，是新时代的活雷锋。那高个是事故大队的队长，临走还冲菅鹏举竖起了大拇指，学着东北人的口吻："是个纯爷们！"

纯爷们菅鹏举回家换了身衣服，拿上银行卡火速赶往医院。一见到他，李书歌长出了口怨气："你怎么才回来呀！伯父、才才，正主回来了，咱们可以走了吧。"

"才叔叔，你们先回去吧。警察说已经在寻找她的家人，估计一会儿就能来了。我再等一会儿，您先回去休息。"

"你坦白从宽了呀？没受酷刑吧。"才才递给菅鹏举一个鸡腿，笑着说。

"谢谢！"菅鹏举受宠若惊地接过鸡腿，一大口咬掉一半，一边嚼着一边说，"我没事了。就是说了一下当时车是怎么撞的，我又怎么把人送到医院的……"菅鹏举刚要讲述后来警察怎么夸奖他，忽然从身边蹿出一个人来，以迅雷不及掩耳之势，给了他一记响亮的耳光，菅鹏举的眼镜和鸡腿都被打飞了。还没等看清楚状况，打他的人一把推开病房的门，钻了进去。所有人都愣住了。

菅鹏举俯身在地上摸眼镜，病房里传来了撕心裂肺的哭喊："妈！妈！这是怎么了……"

才才捡起眼镜递给菅鹏举，一个镜片已经裂了。几个人一起挤进了病房。一个板寸平头，身形瘦小的人穿着绿色的运动服，背着一个很大的双肩包，正握着病人的手，背对着他们趴在床上抽噎。菅鹏举捂着腮帮子，委屈地说："小兄弟，你打我干什么？"

"小兄弟"转过头来，怒气冲冲地瞪着菅鹏举，愤恨的目光像是在说"打你算轻的，没杀了你就不错了！"——眉清目秀，皓齿红唇，杏眼圆睁，竟是个女的。眼见假小子似乎随时要腾身而起，再来一记狠的，菅鹏举下意识地后退了一步："大，大姐，对不起，我看错了。"

"滚，你滚！"假小子怒不可遏。

"姑娘，你冷静点。你弄错了，你妈妈不是他撞的……"才才父亲正帮菅鹏举解释，一个护士走了进来。

听了才才父亲的话，假小子狐疑地看着菅鹏举。

"都别吵！这是医院，想吵外边吵去！病人家属来了是吧？先把钱交了！你们也都出去！病人需要安静，知道吗？"

几个人都退了出来。望着假小子的身影，菅鹏举心有余悸。见他还捂着半边腮帮子，才才忍不住："打你也活该！还'大姐'，你怎么想的？人家最多二十四五岁！"

"才才，咱们走吧。这都八点多了。我送你和伯父回家。"李书歌再次提议。这一次，才才父亲没有反对。

"菅……菅鹏举是吧，嘿嘿，这名……你也回去吧。雷锋也当过了，巴掌也挨过了，还指望人家对你千恩万谢呢？哈哈！……有车没有？不用我送你一程吧？”李书歌揶揄地笑着，手里还拎着来时拿的水果和鲜花。

菅鹏举本来的确要走，可见了李书歌那副幸灾乐祸的臭嘴脸，心里的醋劲儿和恨意就不住地燃烧。当别人为悲伤哭泣的时候，你就不能收起那张丑恶的笑脸吗？碰到不幸，如果不能伸出援手，至少还有起码的做人底线吧？这个李书歌，怎能有资格做才才的男朋友？！

“你们先走吧。我，我再等会。”菅鹏举看了一眼才才，他多希望这个时候才才说点什么啊——虽然明知不可能。

“也好。鹏举，你跟人家把事情说清楚，一会也回去吧。一晚上没吃饭了。”

“好，好。才叔叔，我知道了！”“鹏举”，他居然用了这么亲昵的称呼！才才父亲的话犹如一股暖流，滋润了菅鹏举孤独干涸的心田。他满心感激，一直送心爱的才叔叔一行上了李书歌的“大奔”，又坐在医院大门的台阶上发了一会儿呆。

2

“二万三？怎么会这么贵？”是假小子的声音。菅鹏举走回去，看到假小子正跟院方争执。假小子身上显然没有这么多钱，尽管她手里攥着厚厚的一摞钞票，却有很多是 10 元、5 元的小面值。

“还差多少？我有。”菅鹏举想都没想就掏出了银行卡。

菅鹏举垫付了一万多。办好了一切手续，菅鹏举和假小子跑东跑西，按照医生指示，买了一大堆药。俩人在病房外的长椅上坐下来，菅鹏举总算交代清楚了事情的原委，他还在不住地道歉，为自己的那一声“大姐”。

“是我错了，当时慌了，真的慌了。”俩人坐在走廊的长椅上，假小子边道歉，边默默地流泪，“你挨了我一巴掌，还这么帮我……要不，你还我一巴掌吧！”

“不……不用，不用！”

“我今年25。你不嫌弃，我就喊你一声哥。”假小子抹了一把眼泪，“哥！你是好人！是我们家的恩人！”说完，却又泪如泉涌，“扑通”一声跪在了菅鹏举面前。

“我，我30了！别！妹……妹妹，你别这样啊！”菅鹏举站起身，好不容易才扶起假小子。

“我叫佟胜北。你喊我小北就行了。”她咬着嘴唇，强忍着不哭。

“菅鹏举。菅，草菅人命的菅……我是姓这个姓，可是，人命绝不能草菅……”

“都怪我。今天吃完晚饭，妈妈是喊我一起出去散步的。我如果陪着她，就不会出这事了……”

“你妈没事。刚才医生不也说了么，你妈体质好，又没伤到脑部和内脏，都是外伤。养一段就好了！你也别太自责。怪只怪那个司机。那个女的一看就是新手，还开那么快……”

“菅哥，你说，能抓住她吗？”

“应该跑不了，有监控。警察已经在调查了。你放心吧！”

“菅哥，你脸都让我打肿了，眼镜也打坏了……真不好意思，我下手太重了。”“独眼龙”菅鹏举隆起的半边腮帮子清晰地印着五个指痕，小北看着愧疚不已。

“没事，不重，挺轻的。”

“得了吧，我可是练过的。小时候身体不好，总有病，我爸爸就找人教我练武术。在少北武馆学的，那可是玩实战的……”

“难怪你打扮得就像个假小子。”菅鹏举没心没肺地说。

小北丝毫不以为忤，接着说：“对啊。我爸爸妈妈就是拿我当男孩子养的。从小到大，我都是跟男孩子在一起玩。有什么事情，还得我替他们出头呢。”

“对了，你爸爸怎么没来？”

“他……他死了。死六年了。”小北低下头，眼神黯淡下来，“那个时候，我们还在农村。冬天，有几个孩子在村头的水库玩，掉冰窟窿里了。我爸爸路过，救起来三个，剩下的没救上来。我爸爸也没能再出来。他是冻死的。我妈妈说我爸爸还会回来的，她总去水库那儿，一待就是大半天。我怕她受不了打击想不开，就在城里租了房子，搬了出来。没想到，又出这样的事……”

“对不起，我这人嘴笨，总是说不该说的话……”

“没事。我性子也直，就喜欢直来直去。不管你爱说不爱说，爱听不爱听，愿不愿意去想，事实已经发生了，抹也抹不掉。生活本来就是这么残酷的。”

小北的脸上浮现出悲伤，但更多的却是沧桑和倔强。菅鹏举一时语塞，想不出什么话来安慰她。

“我去看看我妈。”小北走进病房，母亲还在昏迷。看着那张毫无血色的面孔，她又偷偷抹了几把眼泪，喊护士来换了瓶药水，装作若无其事地走出来。

“菅哥，刚才那几个人，是你家里人吗？”

“不是。他们……那个女孩子叫才才，是我相亲的对象。”菅鹏举神情里不由带着些骄傲，但一想到李书歌，又沮丧了起来。

“很漂亮啊！一看就是城市里出来的姑娘，白白胖胖的。不像我，一看就是农村的孩子，又黑又丑。”

“她……她是挺漂亮的……”菅鹏举眼前立刻浮现起才才那张脸，“哦，对了，她父亲还给你母亲输血了呢。听医生说，你母亲的血型很特殊，那会又找不到你，刚好才才的父亲跟你母亲血型吻合。”

“那我还得谢谢嫂子呢！”

“呵呵，呵呵。”这声“嫂子”在菅鹏举这儿很受用。

“菅哥，你是做什么的？”

“我开了一家广告公司。你呢？”

“我？白酒推销员、家政服务、擦鞋工、城市清洁工……”正说着，另一个病房里的人出来，往纸篓里丢进一个空的矿泉水瓶。小北从兜里拿出个塑料袋，捡起瓶子装了进去。走回来冲菅鹏举晃了晃——“还有拾废品！一个两毛钱呢！”

“这么多？你一个人干得过来吗？”

“干不过来也要干。不然怎么生存？我还会瓦匠、刷漆、铺砖……”

“那，那都是男人干的活啊！”

“女人怎么了？男人干的活女人就不能干了吗？花木兰还替父从军呢！”

“那是古代呀。现在的女孩子……”

“菅哥，我跟人家比不了。人家是小姐命，我呢，是丫鬟命。而且我学习不好，上课的时候光画画了，高中都没读完。想活着，就只能靠力气吃饭。”

“你……”

“你想说我，这么瘦小枯干的，能有什么力气，是吧？来，咱们掰腕子！”

“我……”

“来呀！挺大个男人，敢不敢？！”小北往菅鹏举肩膀上一拍，差点没把他拍趴下。接着拽着他的手，按在长椅上，不由分说地跟他比试起来。菅鹏举汗珠子都累下来了，还真不是对手！

“怎么样？”小北嘿嘿一笑，“不服再来！”

“服了！服了！”菅鹏举气喘吁吁。

“哎呀，菅哥，你还没吃饭吧？”站起身的时候，小北瞟到椅子下面的鸡腿，连忙不好意思地问。

“没吃。我胖，你瞧我这大肚子、大屁股，不吃正好，可以减肥啊！呵呵。”

“把你的鸡腿给打掉了。等我妈好了，我请你吃饭，给你做一个可乐鸡！让你尝尝我的手艺！”

见小北心情好了一些，菅鹏举也来了点幽默细胞：“没事。我这猪腿还没掉呢。”一边说，一边拍打着自己的大腿。小北呵呵地笑起来。

“你等着，我现在就给你做。”

“现在？”

3

小北把背包拿了下来，打开。菅鹏举偷眼望去，里面的东西还真不少：一个大一点的塑料袋里是几个按瘪了的矿泉水瓶、易拉罐；全套的擦鞋用品；一瓶强力去污剂；几块洗得干干净净的抹布；几个卷了毛的牙刷；环卫工作服……都是与她工作相关的东西。最下面，是一个有些脏兮兮、皱巴巴的小本。小北拿出来，又从侧包里抽出一支铅笔。回头敲了菅鹏举脑袋一下："不许偷看！等着！"菅鹏举老老实实地坐好。

"好了，吃吧！"几分钟之后，小北把本子递给菅鹏举。

是一幅素描。近景是一只雄赳赳的大公鸡，在田野里散着步，只是两条腿都画成了被烧烤过的样子；远景是一个人从一堵墙后面探出头来，嘴角流着口水。菅鹏举仔细看了看，原来是自己。只是比镜子里的自己顺眼了不少。

"哈哈，画得还真像！"

"怎么样，好吃吗？"

"好吃！"菅鹏举由衷地点头，还咂巴了两下嘴，"就是有点淡。"

俩人都笑了起来。菅鹏举发现，跟小北说话，自己会不由自主地放松下来，脑子似乎也转得快些了。他往前翻着本子，一页一页地看着小北的画。

"小北，你简直是天才呀！画得太好了！"菅鹏举赞不绝口，翻到中间一页的时候停了下来，"这张，这张是什么意思，我没太看懂……"

"算你有眼光！我家里还有很多本我画的连环画册呢，有机会拿给你看！你说的这张叫作《空城》，这是我自己觉得最好的作品。我家里的墙上挂着一幅大的，三米多长呢。"小北耐心细致地给菅鹏举讲解起来，"喏，这里，这是一个繁华的城市，到处都是高楼大厦，可是没有人。这里也是一个城市……可是也没有人。所有的城市都空了……所有的人都向往城市，觉得城市里才有梦想，可是城市已经被掏空了，跟梦想里的不一样了。于是人都走了……"

"人都去了哪儿？"

"这儿。这里有一棵树。这是地球上最后一棵树。树下面的是最后一个人……”

“小北，为什么只有一个人啊，太残忍了。我觉得……我不知道说得对不对……”

“真啰唆！你说啊！”

“应该有两个人。你应该为这个世界保留一点希望啊……”

“好吧。这样？”小北说着，又在上面补充了一个小脑袋。

“我想想啊……两个人也不好，他们应该有一个孩子。孩子才象征着希望。”

“那干脆双胞胎吧，一个孩子太寂寞。”小北又涂抹了一笔。

“两个人没什么玩的呀。”菅鹏举故意出难题。

“不行了啊，你可别说得是三胞胎，他们好斗地主。我这都没地方加了。其实，你说的根本不对，我那一个人，根本不是一个人，是代表人类的意思；那一棵树，也不是一棵树，是所有的植物、空气和水……菅哥，你书读得多，艺术细胞可不多哪！”

“我是不懂装懂，你这破丫头是懂装不懂！真看你菅哥老实了！”

两人说说笑笑，谈得很投机，小北又出去买了些食物，两人边吃边聊，偶尔一起进去照看小北母亲，转眼接近半夜了。小北一看时间吓了一跳，忙劝菅鹏举回家。

“菅哥，你回去吧。这么晚，你妈也要担心了。把手机号留给我，我尽快还你钱！”

“我自己住，我爸爸我妈妈跟我哥哥住。没事！你凌晨不是还要扫大街吗？你先去睡会，今天我替你盯着吧。反正公司没事。快进去看看，又过了四十分钟了，是不是又应该喊护士换药瓶了？”

小北进病房看了一眼，一出来才发现菅鹏举已经歪着脑袋，靠在长椅上睡着了，雷鸣般的鼾声在寂静的医院走廊里回响。忙了整整一晚，他是真的累了。小北捅了捅他，喊了两声，见他死猪一样没有反应，便从包里掏出环卫工作服，小心翼翼地盖在了菅鹏举身上。想了想，又把自己的外衣脱下来，盖了上去。

十五、现在？现在！

1

田迹墨目不转睛地盯着手机，激动不安地等了好久，那边再也没有信息回过来。他有些失落，也有点解脱。看来玩到最后，还是被人家涮了。暴露了自己小秘密的同时，也暴露了矜持表面下掩盖的骚动不安的心。他自嘲地笑笑，抱着枕头进入了春梦连连的梦乡。

这一觉一直睡到临近中午。田迹墨爬起来，走到阳台伸了个懒腰，迎着刺眼的阳光，审阅着街道上川流不息的出租车。几十分钟过去，没有一台车打了他公司的招聘广告。他颇有些恼火，拿起电话就臭骂了菅鹏举一顿。

“菅子，你这办事效率也不行啊。照你这速度，咱们的四个现代化得什么时候能建设成啊？”

“啊，你说广告啊，还没来得及呢。”菅鹏举的声音听起来很疲惫。

“等你广告打上去，我孙子都会喊爷爷了！”

“田哥，我这边出了点事。我在市医院，还没去公司呢。”

“医院？怎么了你？”

“电话里说不清，你来了就知道了。对了，给我带点饭菜来。最好有点猪头肉、烤羊腿什么的。别忘了啊！多带点啊！——护士！护士！换药水了！”

田迹墨忧心忡忡地喊上齐兵、吴大非火速赶往医院。

“大兵，快点！”田迹墨坐在副驾驶，拎了几兜子刚从饭店要的菜，车停停走走，油汤都洒出来了。

“老田，你不是玩我俩吧？菅子住院，你拎这玩意去？他洗肠了？”

“我哪知道！他反复嘱咐我要带饭菜去，弄不好得的是饥饿症。”

菅鹏举真要得饥饿症了，一见到田迹墨他们，一个饿虎扑食抢过饭菜，放到长椅上狼吞虎咽地就吃了起来。

齐兵和吴大非不解地对望了一眼，又看了看长椅上的清洁工衣服和一件女式运动服：“你这是得病吗？”

“里面，在里面呢。”菅鹏举吐了一口骨头，噎得脖子都粗了。

田迹墨推门看了看，床上的是个老人，闭着眼睛，似乎正在熟睡。

“哦，不是你，是她？”田迹墨伸出手指往里面一指。

“嗯！”菅鹏举又吐了块骨头，“真香啊！”

“这是你什么人？”

“不，不认识。”

“不认识？”几个人一起叫起来。

“菅子，到底怎么回事？哎，你眼镜呢？”

“我昨天电话里不是告诉你要跟才才约会吗？”

“啊，是啊。你们是在医院约的会？”

“哪儿啊，昨天才才她爸爸都来了。”

“哦，你们仨人约的会。可是这跟屋里那大妈有什么关系？”

“不是！哎呀田哥，你别总打断我，你听我讲啊。我嘴笨，你容我慢慢说。是这么回事……”

“我靠，菅子，有你的，这是助人为乐啊！”听菅鹏举啰啰唆唆地讲完，吴大非捶了菅鹏举一拳头。齐兵和田迹墨也一致赞扬菅鹏举的善举。

“行，今年感动中国，哥死活给你投一票！”

“哥儿几个都是你亲友团，也跟着光荣光荣！”

“要说你也挺冒险。老太太醒过来万一赖你撞的，也够你麻烦的。”

“嘘！嘘！”菅鹏举终于吃饱了，抹了抹嘴，在唇前竖起食指，“一直昏迷着，一个小时前才醒，你们小点声！”

“哎，不对啊。你助完人就走吧，怎么还留这儿了？她家人呢？”

“就一个女儿，叫小北。早晨 4 点，扫大街，上班去了。我也没事，在哪儿都是睡觉，就将就着在这待一会儿呗。8 点多她回来一趟，给我送了碗豆浆。我也没好意思说走，她就又走了，做家政去了，把我眼镜也拿走了，还一直没回来。我不可能给老大妈自己扔这里，对吧？”

“对！好人做到底。”

“他们家可苦了，孤儿寡母的，我听着都心酸。”

“有个女儿啊？还是个小美女吧……”吴大非很敏感。

“哦——”田迹墨豁然开朗地点起头来，“哦”得很是意味深长。

“哦——”齐兵很快会意，也抑扬顿挫地“哦”了一声。

“救了老的，泡个小的？小样，挺龌龊啊你！”吴大非很直接。

“小吴，不能这么说。这顶多算是英雄救美的升级版。对吧，大兵？”

“那是，起码不亏本。菅子头脑不简单哪。”

“喂，你们可别瞎说啊，小北是我妹妹。”菅鹏举很骄傲，拍着胸膛自恋着，“她认我当哥了。”

说曹操曹操到。小北穿着身牛仔，背着大背包跑了进来，离老远就喊了声“菅哥”。几个人赶紧闭嘴。

小北满头是汗，对田迹墨三个人视若不见，直接到了菅鹏举跟前，从背包里拿出个眼镜盒递给他：“你试试合适不合适，给你配了个眼镜！”

菅鹏举戴上眼镜连说“合适”，不停客气着：“小北，这多不好意思……”

“别来这套！”小北粗声粗气地说，“我妈怎么样了？”

“醒了！”

“醒了？太好了！——妈！”小北喊了一声就要进病房，被菅鹏举拉住了。

“等一会儿吧，她刚睡着。医生说没事了，过一阵子就能出院了。”

“多亏你了，菅哥！你一直没睡好吧，走廊里又那么冷……”

小北旁若无人地表达着对菅鹏举的感激和关怀，菅鹏举再一次手足无措。齐兵看看田迹墨和吴大非，吐了吐舌头。

“我靠，这就他妈腻味上了！”吴大非撇了撇嘴，低声背诵流氓话，“干哥哥干妹子，胡搞瞎搞一辈子……”

“没我们什么事了吧？”齐兵用眼神示意另外俩人，“那我们先走了啊，菅子。不打扰咯。”

“你们……”菅子也不知道说什么好。

三个人转身走到走廊拐角，小声商量了几句，又折返回来。吴大非拿出一小叠钱塞进菅鹏举口袋：“多少是这么点意思，好好替我们哥儿仨孝敬孝敬老太太。”

菅鹏举想要推搪，田迹墨说：“菅子，我们事情多，没法经常在这儿，而且咱们这帮人里，就你最有保姆天赋。你多照看吧。”

齐兵说：“钱可不是给你的，你不要算怎么回事啊。走咯！”说完搂着田迹墨和吴大非就走。

2

“回来！”

三个人惊讶地转头——是小北喊的。

“三位都是我菅哥的朋友吧，看上去也都比我大，那也是我的哥们儿了。认识认识，我叫佟胜北，大家都叫我小北。”说着伸出手来。

三个人都愣了两秒，机械地伸出手去，分别自曝名号。小北挨个儿握手，到了大非这儿，停顿了一下。

“大非，小北……嘿嘿，这名字听起来就有点相克呀！是吧，大非哥！有时间咱俩搞搞，多腻歪腻歪！”

“嗯？”吴大非刚开始还没听懂，等和小北握上了手才知道小北这是报复他刚才说那些粗话。小北的手攥得又硬又紧，像一个铁箍，一个回合下来，吴大非就疼得冒了汗。几个人也都看出了不对劲，菅鹏举连忙拽小北的衣角。

小北松开了手，大大咧咧地一拍吴大非的肩膀：“大非哥，还没到三十呢吧？这么虚可怎么搞！得加强锻炼哪！”

“哎哟，怎么着？还碰上位女侠。哥告诉你，哥也不是没练过。我这是没准备好……算啦，今儿好男不跟女斗！”

“别价，大非哥，要不咱俩过过？”看大非摩拳擦掌地做样子，小北也假装摆了个起手式。

“在这里？就现在？”

“现在！”

“小北，别闹啦！”菅鹏举还当真了。

“菅哥，我跟大非哥闹着玩呢！”小北顺势双手一抱拳，像是旧时卖艺人表演完毕，正色道，“钱我收下，看得出几位哥哥都是真心实意，我要客气那就是虚伪了。咱们以后日子还长，事了了，我请大家喝酒。”

吴大非干笑几声，几个人也连说“不必不必”，如蒙大赦地夺路而逃。三个人边走边谈论着小北：“整个一假小子，头发比我还短呢！”齐兵捋着自己的头发：“我说大非，吴老大！你今儿可栽一女娃娃手里啦。哈哈。”

吴大非多少有点丢了面子，可从心底里反倒喜欢小北像男人一样的豪爽劲：“这妞儿，多带劲儿！有个性！我喜欢！”

“你喜欢个屁。那是人家菅子的菜！”

“菅子的春天提前来临了。”田迹墨在台阶高处站定，深深吸了一口气，对着阳光做了个拥抱的姿势，转头对齐兵俩人说，“看你俩以后还敢不敢再拿菅子开涮。就小北这女保镖这架势，扔嵩山少林寺那儿都得达摩院首座。”

“小小的人啊……”正说着，来信息了。田迹墨低头一瞄，见了鬼似的大惊失色，又直勾勾看了半天，“啪嚓”一下，手机扔到了地上。

“怎么了这是？你也让小北吓坏了？”齐兵捡起来递给田迹墨，顺便看了一眼信息内容，只有两个字——“是我”。

“你们先走吧，大兵，小吴。我，我有点事情和菅子说。”

3

田迹墨转身又进了医院。不过，他没去找菅子，而是钻进了卫生间，打起了电话。“桂琳……真的是你？”

那边沉默了半晌，忽然传来了轻微的抽泣，又过了好一会，才说：“是，是我。”

“我早该想到是你的……我真笨！”

“不怪你，是我不想让你那么早认出我来。我是不是应该出现，我一直下不定决心。你……还好吗？”

“我……你记得奥斯特洛夫斯基临终前说的话吗？”

“‘我们所建成的，与我们为之奋斗的，完全两样’？”

“是啊！可能，是我们的青春透支了太多的快乐，让今天生活幸福的起点变得太高吧。”

“你还是一点没变，就连谈话，都要让自己像个哲人。”

“没办法，你不常夸我是天生的思想家么。呵呵。可惜啊，光有思想填不饱肚子，而且思想没法交易，要不我非去市场卖两斤！对了，你怎么知道我的电话？”

“只要想知道，总会有办法。你出了书，咱们同学都很以你为豪，四处炫耀呢。你都不肯告诉我，还是我自己上网搜索看到的。”

“我知道了！微博？你看我微博了！微博里我留过电话！”

“你第一次发微博，我就看到了。对了，我给你发信息，没给你带来什么麻烦吧？你老婆……”

“没事。我这是 3A 级信用单位，质量国家免检！”

“哦。”桂琳略有些尴尬，忙转移话题，“你要开婚庆公司？”

“是啊，正在筹备呢。现在就差人力资源了。找临时串场的主持人，没办法体现咱们自己公司的文化，塑造不起服务品牌；挖同行墙脚，一是没那么多钱，二是不太道德。而且，我还打算做主持人培训，需要既有实践经验，又有理论基础的讲师……这公司，想起来很简单，真一开起来，头疼的事也真多。”

“你老婆呢？让她帮你啊。”

“亲爱的，你以为谁都像你一样秀外慧中，能文能武啊？”田迹墨本是玩笑的一句“亲爱的”，说出口就后悔了。电话两端都沉默了片刻。

“桂琳，可惜你离得太远了，不然有你这才女帮我，这公司不火都不行了！”

“我不远。是这声‘亲爱的’，太遥远了……”

桂琳语气里充满了淡淡的哀怨，田迹墨的心猛地疼了一下。一时思绪翻江倒海，往事像缓缓回放的电影，一幕幕在眼前重现。从最初高中时代在天涯论坛上的彼此欣赏、爱慕、QQ 传情、相互表白，确定网恋关系，到两个人一起努力考取同一所大学，假期里一起打工，一起吃泡面，用攒了几学期的钱一起去西藏旅游，一起进学生会，一起主持……第一次视频、第一次牵手、第一次拥抱、第一次接吻……几乎与恋爱有关的每一个最初都像雕刻一样印在青春的记忆中。当然，也包括最后的分手。田迹墨永远无法忘记，分手那个晚上的滂沱大雨，大雨中两个人歇斯底里地哭泣，桂琳一遍遍地喊着“我爱你，对不起”……就在那一刻，他才真正体验到现实的残酷，誓言的脆弱和自己作为一个男人的渺小与无助。

“迹墨，你恨过我吗？”

“不，为什么要恨你？当初分开不是你的错，只是今生，这一段姻缘，不属于你我。唉，不说这些扫兴的了。已经过去这么多年了……我们都不是当初的笨小孩了。”

“是啊，五年了。一切都变了……我不知道，此刻跟我通电话的田迹墨，还是不是当年的田迹墨。”

“人之所以觉得珍贵，正是因为当初没有珍惜，或者无法珍惜。这就是遗憾的真正含义。我不但不恨你，还很感激你。毕竟，最美好的日子，是你，一直和我在一起。”

“是的。作为一个女人，我也应该很满足。因为有一个男人，给了我一份完美的爱情，可以让我每一次想起的时候，都带着微笑，都感到温暖，觉得自己算是真正充实，真正快乐地活过。”

“瞧咱们俩，又开始吟诗作对了。一个人开始喜欢回忆，意味着他已经开始变老。咱们可别未老先衰啊！不说过去了，咱们数数风流人物，看看今朝吧。”

“嗯。你现在……过得怎么样？”

“时间顺流而下，生活逆水行舟。过得如何这个问题，其实是最难回答的。我要说‘还行’，那是最大的敷衍；我要是‘很好’，那是最大的谎言。反正，除开所有的挫折与磨难，日子始终按部就班……唉，我发现，一跟你说话我就特有作诗的灵感和冲动，好像又回到了学生时代。别说我了，你呢？萧雨这会儿都正科了吧？”

“副处。龙虎市最年轻的副处级干部。”

“哦。”话到此处，田迹墨忽然觉得尴尬。也许，这并不是他想要的回答；也许，潜意识里，他很希望听到萧雨不好的消息。一向口若悬河的他突然词穷。在初恋面前，一个男人最大的悲哀莫过于混得不如初恋现在的老公吧。田迹墨觉得自己迅速变得渺小，苍白、失去重量和尊严。电话那端的桂琳，想必有一丝小小的得意吧。

“不过，跟我没有关系了。”

“没有关系？你的意思是……”

“对。我离婚了。”

“啊……怎么会……对不起，我真的不知道，实在不好意思。”田迹墨不明白，为什么自己会变得这么客气起来。桂琳离婚了！她离婚了！田迹墨五味杂陈，说不清是种什么感觉。“为什么？他对你不好吗？”

“刚结婚的时候还好。你也知道，他心是很细的，很会体贴人。我一度告诉自己，不要总是不知足，跟一个最懂浪漫的男人轰轰烈烈地谈了场恋爱，跟一个最懂婚姻的人在一起平平淡淡地生活，还求什么？很快，我怀了孕，他对我百般呵护。大冬天，我半夜想吃冷面，他跑遍整个龙虎市给我买。”

“那不是挺好的吗。说心里话，上学的时候，他对你就挺好的。”

“可是，这样的日子没过多久。怀孕快半年的时候，我摔了一跤，意外流产，掉了一个男孩。我特别伤心，他却和他家人一起责怪我。那时刚好他逐渐走上仕途，应酬一天比一天多，经常出去喝酒。每次喝完回到家，他就骂我，从掉了孩子的事情说起，数落我的种种不是，骂得很难听，到最后开始打我。醒酒了，又跪在地上跟我认错，每次都是这样。我就是从那时开始上网找你，四处打探你的消息。我那时真的特别需要你的安慰，也只有你，能安慰我。因为我谁都不敢说。你知道吗？他在外面，包括我父母和他父母面前都表现得特别成熟、稳重、负责任。我跟他提离婚，他扬言要杀了我。我真的很怕……”

“像《不要和陌生人说话》那里面的安嘉和？”

“是的。我真想不到，在实际的生活里真有这样的人。”

“萧雨这个孙子，打女人，真他妈不是个男人！”

“我想到了死……”

“你可真傻！你还是那么软弱，不懂得抗争。死只是逃避！解决不了任何问题！”田迹墨的心又一次隐隐地疼起来。

“是的……如果不是我软弱，当初也不会和你分手……”

“我，我不是这个意思。”

“最后我实在受不了了，就告诉了我妈妈。可我妈妈居然都不相信。她宁可相信女婿，也不肯相信自己的亲女儿。她还怀疑我，是不是一直放不下你，心思不在萧雨身上。这真是可笑，可悲！我把衣服脱了，给她看我身上的伤，她这才信了。

萧雨不肯离婚，打了整整两年的官司。你知道，他们家族在当地势力很大，一直拖着我。最后，总算是下了判决。”

“琳琳，别灰心，会好起来的。一切都会好起来的……我……我恨不得杀了萧雨！”田迹墨不由地攥紧了拳头。

“呜呜呜……”桂琳痛哭失声，“你知道吗？有一次我实在受不了了，就开了煤气，在电脑前打遗书……”

“你疯了啊！开着电源，是会爆炸的！”虽然明知桂琳没有死成，田迹墨还是很焦急。

“我以为我一定会死了。可是，就在快失去意识的时候，我想起了你。我想在死之前，再看一眼你……我拨了120。”

“琳琳，傻丫头，你真是个傻丫头……”

“迹墨，你还肯喊我琳琳，喊我傻丫头……我，呜呜呜……我想你……我想见到你……”

“琳琳，我……”

“你想见我吗？”

“现在？”

“现在！我在滨海。”

十六、闷骚男很难

1

田迹墨只觉得有点晕。如果说桂琳的出现在他潜意识里期待已久，那么，桂琳的到来则让他猝不及防。放下电话，他忽然体验到菅鹏举每次相亲前的心情，紧张得不停地做深呼吸，在洗手间的镜子面前照来照去，以正衣冠、理头型、定心神，还给齐兵打了电话借车。在八年未见的初恋情人面前，他要尽最大可能保持高大光辉的形象，绝不能丢份儿。

刚要出卫生间，迎面撞上来洗手的菅鹏举。菅鹏举很吃惊："田哥，你，你不是走了吗？"

"啊……我，我来监督你，看你有没有什么乘人之危的不轨之心。哥告诉你啊，心急吃不了热豆腐，感情得慢慢培养。"

"田哥，你这话说哪儿去了。人家小北也说了，让我把她当妹子，或者是兄弟。我对人家也没有那心。再说了，兄弟是那么不专一的人吗？我不能对不起才才，是不是？"菅鹏举还真大言不惭，"你瞧，刚才才还特意来了一趟，送了饭菜，还有汤呢！"

"真的吗？这么关心你？"

"不是我……"菅鹏举不好意思地挠挠脑袋，"是给小北她妈妈。才才的爸爸做的，让才才送过来。说是什么'健康养生汤'，大补的。嘿嘿，我偷偷尝了一口……"

"哦，哦。才才她爸这是要夕阳红啊！嘿，有趣！"

“夕阳红？”

“笨蛋，这都看不出来。有时间跟你说。那什么，你忙着吧，抽空把我的招聘广告安排一下。我走了啊！”

看着田迹墨慌慌张张、匆匆离去的背影，菅鹏举很纳闷：“不大对呀！”

田迹墨从齐兵手里接过了车钥匙，顺便借了几千块钱。齐兵也没问为什么，只说了句：“慢点开。”

“没事！放心吧！走了啊！”田迹墨冲齐兵招手再见，倒车出来，直接刮掉了边上那辆本田的倒车镜。田迹墨忙打方向，一脚油门，车轰鸣着冲了出去。

齐兵原地叹了口气：“老田这是怎么了？”

2

田迹墨这一路又是闯红灯，又是超速，历尽凶险。他也不知道自己到底怎么了，反正手脚都不太听使唤。好不容易到了酒店下面，他下了车，拿出根烟叼在嘴上，走到花坛的一棵大树前，掏出打火机。他的手有些抖，点了几次也没点着。他把烟和火机狠狠地丢向大树，趴在树干上稳定了一下情绪，然后开始对着大树给自己上课。

“紧张什么？你说你紧张什么？人家就是跟你见个面，也没说要怎么样，瞧你那点儿出息！你心里有鬼吧？我就知道你心里有鬼！看你那骚样！你就是个闷骚男！表面上满嘴道德仁义，骨子里全是男盗女娼，什么玩意儿？越是衣冠楚楚，越是禽兽不如！人家是那样的人吗？这么大人了，怎么还什么都不懂？我都瞧不起你！你也是有家有口的人了，是爷们儿吗？我就问你是不是?！是爷们儿就要分得清轻重，看得懂是非，坚持住原则，扛得起责任，有所担当。好了，说得好不如做得到，接下来我看你表现。滚吧。”

田迹墨教育完自己，掏出电话准备喊桂琳下楼。这时，他惊讶地看到，树后面出来一个垂头丧气的老头，头也不抬，灰溜溜地朝着不远处的奔驰车走了过去。没过几秒，又出来一个丰乳肥臀的少妇，一边整理着头发和衣领，一边恶狠狠地瞪了一眼田迹墨，叨咕了一句：“你有病啊？”

田迹墨愣了一下，忍不住哈哈大笑，回了句：“你有药啊？”

3

桂琳终于还是出现了。一直到桂琳上车，田迹墨始终没有抬头。他目不斜视地盯着仪表盘，说了句：“去吃饭吧。”

“听你的。”

“吃什么？”

“听你的。”

田迹墨知道桂琳在目不转睛地看着他。越是这样，他越是不敢看桂琳。他打开 CD，想放首曲子缓解一下紧张的气氛，却没找到唱片。桂琳打开手包，挑选了一下，塞进去一张。音响里传来她和田迹墨两个人的声音：

“尊敬的各位领导、敬爱的老师、亲爱的同学们，大家下午好！金牛辞旧岁，瑞虎迎新春。今天，我们欢聚一堂，共同庆祝新春佳节和西华大学建校三十周年。在这双喜临门的日子里，我们非常荣幸地邀请到了西华大学的老领导、老干部，对于他们的光临我们表示热烈的欢迎和衷心的感谢！出席大会的还有……”

田迹墨的思绪一下被带回了大学时代。那是他第一次和桂琳联手主持，两人还对唱了一首《广岛之恋》。那次晚会很圆满，得到了领导的肯定和同学们的赞赏。他和桂琳也因为那次晚会更为人所熟知，史小舟说的二人成为“迹墨口才冠西华，桂琳姿色甲天下”的“学校一景”就是在那次之后。

田迹墨终于忍不住偷偷看了桂琳一眼，发现她的脸上满是泪水。田迹墨的心“咯噔”一下，又有些疼。

总算到了地方。俩人走进“凯伦咖啡”，田迹墨竖着衣领，低着头，贼眉鼠眼地四下观望。进了包间，随意要了两份套餐，桂琳笑着说：“你打算一直不看我？”

田迹墨终于抬起头来。桂琳！这就是那个他曾深深爱过七年的桂琳！一别经年却始终魂牵梦绕的桂琳！给了他所有青春的美好和疼痛的桂琳！

桂琳一点没有变。乌黑的披肩长发，如瀑布般倾泻下来；标准的鸭蛋脸，细腻的皮肤吹弹可破；新月一样的弯眉更衬得杏眼含春，深邃、宁静得如一潭秋水，却在眨眼之间灵动、活泼得像闪烁的晨星；小巧的鼻子，既精致挺秀又可爱大方；樱桃小嘴，唇红齿白，嘴角微微翘起，任何时候看着，都像是在微笑。除了耳朵上的两个银色的耳钉，桂琳没有任何刻意的装饰。

“你一向喜欢长发。所以，这么多年，我一直没有变过发型。”桂琳轻轻拂过一缕头发，“好看吗？”

“好看。我很想找一些华丽的形容词来修饰，就像高中的时候，咱们第一次视频之后，我给你写情书的时候那样。可是最后，我还是只能用这朴实的两个字。”

“我变了吗？”

“变了。”

“是老了吧？”桂琳叹了口气，“八年没见，你还是这么嘴下不饶人。”

“变咯！变得更妩媚也更端庄，更有女人味儿了。”

“呵，口是心非，花言巧语，别跟我来骗小姑娘那一套。”桂琳“扑哧”一声笑了出来，“老娘可是三十岁的人了。”

“除了你，我骗过别的小姑娘吗？你看看你，说你好也不行，说你不好也不行。那我还是不说话了。”

“别找借口！你是怕跟我说话吧？一路上大气都不敢出，瞧把你吓的，我又不吃人。进了咖啡厅像特务似的，生怕遇到熟人吧？”

“没有，没有！我有什么好怕的。心底无私天地宽嘛，你别那么敏感好不好。”

“算了吧。你刚才接我的时候，是不是又对着树演讲来着？”

“你怎么知道？”

“我都看到了。以前在大学的时候你不也经常这样么。我记得参加中央电视台《挑战主持人》大赛复赛，在后边候场的时候，你紧张得不行，我一个劲儿地安慰你。你忽然往楼下跑，等我跟下来，就发现你对着大树说个不停。”

“唉，最后，还是没能进得了决赛。”

“可是在我心里，在咱们华西大所有师生的心里，你依然是最棒的！”

“长在穷乡僻壤，总觉得自己是最高的那棵青松；等到了大兴安岭，才知道自己渺小得像根稻草。不见沧海，溪流自以为广；不见老虎，猴子当了大王。嘿，你看，我现在是不是没有过去那么心高气傲了？”田迹墨自嘲地笑笑。

“嗯。三十而立嘛。你的心态很好，淡定多了。这说明你成熟了呀，不像当年，什么事情都必须争第一，不允许自己失败。我记得有次拓展训练，你是队长，做个什么游戏来着，咱们输了。你晚上连饭都不吃，我劝你你还跟我吵架。”

“我倒觉得，现在的自己需要一点争强好胜的劲头。进入社会之后，锐气和棱角都被磨光了，有点习惯了不公、习惯了世俗、习惯了不知上进、习惯了没有真实疼痛的麻木，习惯了当一天和尚撞一天钟的日子。”

“这都要开公司了，还说自己不知上进？别谦虚了！”

“开公司只是想给自己找点事情做。我原本在一个国企上班，可实在受不了那帮贪腐官僚的臭嘴脸，整天在办公室编造点假大空。你说可笑不可笑，一个靠国家垄断政策吃饭的国企，还非要假惺惺地搞点什么企业文化？在不公平的体制内，会有真正自由和博大的文化吗？靠溜须拍马、阳奉阴违、瞪着眼睛说瞎话才能和谐的人际关系，这不叫文化，这叫‘坟’化。是终将被市场经济大趋势淘汰，走向衰败，走进坟墓的！你了解我，你说我的性格怎么可能适应这样的环境？”

“你永远是那么叛逆不羁，充满个性和奇特的思想。总是试图改变环境，从不肯屈服于他人，主动地适应环境。这是你的缺点，却也正是我欣赏你的地方。”

“嗯。开公司，可能也是想体现自己的思想吧。所以，我公司的员工必须先经过我亲手培训。他们如果个个都能像你一样认同、理解我的想法就好了。可惜……难啊！”田迹墨想着，如果桂琳能在公司，该有多好。可是……实在是有太多的“可是”了。

“我……我也未必真的理解你。对了，你还写作吗？上一次的书，都已经是六年前的了吧。这几年怎么都没出书？”

“写。唯一值得自我安慰的事情，就是我还拥有文学的梦想。你还记得吗，当初我对你说过，在我心中，有两个女神，一个是缪斯，一个……”田迹墨迟疑了一下，“是你。”

“我们还说要开办一份报纸呢。”桂琳的脸上浮过一丝红晕。

田迹墨顺嘴就要说《生活真理报》的事情，想了想还是没说。“可是现在还有人读书吗？文学已经彻底沦为商品，书店里有多少花花绿绿包装着的图书，只是读者嘴里的快餐。饿了，吃一口，能吃饱就行。有谁在乎吃下去的是不是垃圾食品？有谁在乎有没有营养？”

“好啦。又愤青了。”

“我承认我愤青，在这个物欲横流的社会中，我的天真和单纯跟世俗格格不入，这注定了我是一个异类，永远是一个幼稚的、长不大的小男孩。”

“管他幼稚还是成熟，只要你的‘女神’还在就好。”桂琳语带双关，“执着于梦想，总有一天你会成功的。我相信你！”

“你曾经是我的女神，而爱情曾经是我的信仰。后来我知道，在物质第一性的生活面前，精神世界的追求往往只是虚妄。弗洛伊德说过……”

“好啦，别转了！迹墨，我希望我面前的你一如当年一样真诚、真实，而不是满嘴苍白的句子，用来伪装不安的情绪。”

“我有伪装吗？我有不安吗？——我，可以吸烟吗？”田迹墨从兜里拿出烟来，半天找不到火机。这才想起来，他的火机已经被自己丢了。

桂琳拿出一个火机，顺手把田迹墨叼在嘴上的烟抢了过去点燃。她抽烟的姿态很老练，让田迹墨看得目瞪口呆。桂琳深深地吸了一口，吐了个烟圈，把火机递给田迹墨：“我们过去在一起的时候，你抽烟什么时候问过我可以不可以？怎么现在，彻底变成绅士了？”

“你……你怎么抽烟了？”

“我，不可以抽烟吗？”

“不可以！”田迹墨既震惊又生气，“我不管你是什么原因，都不可以！”

“为什么？因为女人抽烟不雅？”

“当初，因为抽烟，你总跟我吵架。还说我不戒烟就……就不肯嫁给我。可是现在你居然……居然也学会了抽烟！我没问你为什么，你还来问我？！想想你当初劝我戒烟的理由吧——健康！你……你这是糟蹋自己！”田迹墨咆哮起来。

田迹墨是真的有点生气了，他站起身，隔着桌子探过来，想一把抢过桂琳的烟，却一下握住了桂琳的手。时间一刹那静止了。田迹墨和桂琳一动不动地互相凝望着，桂琳手里的烟掉在了地上。

田迹墨的心跳加重起来。他松开了手，坐回原处，声音小了许多：“有什么大不了的，不就是离婚了吗？这都什么年代了，离婚算什么？再过两年，没离过婚的才稀有呢！”田迹墨端起桌上的柠檬水喝了一口，“不好意思，我……没资格管你。你愿意抽，就抽吧。”田迹墨把烟盒拿出来，丢在桌子上。

“不，我喜欢你管我。”桂琳幽幽地说，“可是，为什么，为什么你不早一点管我？为什么……”她低下头，又轻微地啜泣起来。

“你，你别哭。是我错了，不该冲你大喊大叫的。别哭了。你知道，你每次一哭，我就慌了……”田迹墨是真的慌了，就只知道道歉。服务生进来送饭的时候，意味深长地看了看他俩，用目光示意田迹墨，餐桌中央有纸巾。田迹墨这才想起来，连忙递过去。

“哼。你都不如一个十八九的小男孩细心。真想不明白，就你这么粗心大意的，当初我怎么就傻乎乎地看上了……”桂琳擦了擦眼泪，“吃吧，在滨海的这些日子，我没吃过一顿好饭。”说着低下头吃了起来。

“你来了很久了吗？”

“第一条信息开始。”

“为什么才肯见我？”

“是你才肯让我见。”

“谁让你故弄玄虚的……”

“你那么聪明，猜不到只能说明，你从来没想过我。”

“我……”

“其实我一直在犹豫，该不该见你。我不想给你带来麻烦。真的。”

“没事没事，这能有什么麻烦。就算不是恋人了，至少还是老同学，对吧？老同学见个面，又有什么大惊小怪的。现在没人那么封建了……”

“迹墨，你能不能不要总是自欺欺人？”桂琳目不转睛地看着田迹墨，“老同学……这个冠冕堂皇的定位，是为了骗我，还是为了骗你自己？”

“难得糊涂。自欺欺人未必是坏事。”田迹墨扒拉了一口饭，躲开了桂琳的眼神，装作很随意的样子，问了句，“你打算什么时候回去？”

“你这么着急让我回去？”桂琳尽力掩饰着内心的失望。

“不是，我没这个意思，我就是问问。”田迹墨有些惊惶，“你出来久了，家人会担心的——你吃饭啊！”

“不吃了。吃饱了。”桂琳开始收拾东西，“帮我查一下，去龙虎的动车最早是几点？”

“干什么？”

“我出来太久了，家人会担心的。我可不能让他们担心。昨天我妈还给我打电话呢。”

“你……生气了？”

“没有，我哪有那么小气。本来就是今天要回去的。”桂琳的声音和表情都是冷冷的，“我来，只是要跟你见一面，知道你过得很好，有车有房，事业腾达，家庭美满，也算是了了心愿了。”

田迹墨很想说些什么挽留，想了想，还是拿出手机查询了一下车次。这样的见面难称圆满，这样的离别也并非本愿，可是，不这样，又能怎样呢？他知道桂琳是在耍性子，闹脾气——这么多年过去了，在这点上她还是一点都没变——但他只能装作不知道。

“我知道你没有别的想法，我也没有别的想法。真的……《没有想法》，这是李晓东的校园民谣吧。呵呵。你还记得这首歌吗？”

“快点查呀。田迹墨同学，我们都不是学生了。还校园民谣，幼稚不幼稚啊你！”

“D28。下午 3 点。晚上 6 点前能到家。既然你这么坚决……”

“好。”桂琳打断他的话，看了一眼手表，“老同学，先送我回酒店收拾东西吧。2 点多了，得抓紧。”

4

送桂琳去车站的路上，田迹墨开得很快，他生怕自己会改变主意。他的脑袋里激烈地做着斗争，如同之前去酒店接桂琳的时候一样，田迹墨不敢看桂琳。他一路上没头没脑地讲着上学时候其他同学的趣事，一到与二人有关的地方，就刻意地绕过，开始下一话题。虽然田迹墨嘴上一直说个不停，跟初时的一言不发判若两人，但实际上，他自己知道，他是更加紧张了。

到了车站，田迹墨自告奋勇地去买票。队伍很长，田迹墨突然很希望永远排不到自己，或者说是等到自己的时候，票卖光了。他回过头远远地看着桂琳，她拼命咬着嘴唇，不让自己哭出来。

一声长笛，火车进站了。广播开始一遍遍地催促乘客。田迹墨说："车来了。"

桂琳说："我走了。再见。"

田迹墨很想拥抱她一下。他望望四周攒动的人群，终于鼓起勇气，伪装出笑容，张开了双臂。可是桂琳已经转身。桂琳纤弱孤单的身影，一点点，一点点地被人潮吞没。风从候车站大厅敞开的门猎猎地吹进来，田迹墨只看到桂琳飘飞的长发，凌乱而凄美。她没有回头。

这一幕似曾相识。那一次，在华山顶上，因为田迹墨一直跟漂亮的女导游说个不停，桂琳吃醋，这样跑掉过；那一次，在网吧里，因为他非要和舍友打游戏不肯陪桂琳，桂琳生气，这样跑掉过；那一次，在大街上，因为他不肯陪桂琳逛商场，又嘲笑桂琳买的衣服难看，桂琳伤心，这样跑掉过……

田迹墨忽然用尽全身的力气肆无忌惮地大喊："琳琳！琳琳……"

可桂琳还是走了，轻轻地走了，就像，她从不曾来。田迹墨无数次幻想过的重逢，就这样不欢而散。像是一场猜得到开头，却猜不到结局的梦。

十七、亲爱的……亲爱的？亲爱的！

1

田迹墨回到家后，整整一下午，不吃不喝。他不停地翻看着手机，盼望桂琳会发来信息或是打来电话。可她没有。倒是菅鹏举和史小舟来了几次电话，他没有接。

他倒在沙发上，一根接一根地抽着烟。烟雾缭绕中，很多往事、很多人的脸孔交替浮现。他盯着墙上的挂钟，一分一秒地数着时间。一生中几万个日日夜夜，数不清的离合悲欢，就是这样，一分一秒，一点一滴地被时间带来，又被时间带走的吧。

他心中涌起深深的悲哀和失落，不只为桂琳的突然出现和离去，更为他再也无法回头、再也不能重来的青春。审视自己三十岁的人生，他忽然像青春期的小男孩一样多愁善感，觉得孤独、无助和迷茫，不知道自己究竟想要什么。对过去的怀念远远超过对今天的珍惜，对未来的畏惧远远大于期待。如果可以，他也许宁愿永远地活在回忆里。

他走到《生活真理报》前面，拿起笔来，很想写点什么。勾勾抹抹了数次，却一句完整的话也无法写出。什么是生活？真理在哪里？他知道，此刻真实的自己，在生活面前只是个虚伪、胆怯、不敢面对的懦夫。

暮色渐渐浮上来，他把自己笼罩在一片黑暗之中。窗外街道旁的灯盏闪烁着亮丽的霓虹，炫目的缤纷就在眼前，却那么缥缈，有一种极强的不真实感，让田迹墨感觉不到自己的存在。

他打开窗，冷风一下子涌进来。他打了个哆嗦。寒冷把他拽回现实，让他有了一丝清醒。也许想给自己空虚的心灵一点补偿和安慰，或是精神出轨后的自我救赎，他鬼使神差地拿起手机，给张丹妃打了电话。

“喂？亲爱的……我想你了。我徒弟走了，你快回来吧。”

“迹墨，我……哎哟……”张丹妃刚说了半句，另一个女人的声音插了进来：“田迹墨是吧？我告诉你，你们家丹妃跟我们在一起。你要是识相呢，赶紧请我们吃香的、喝辣的，好好表现一下，将功赎罪，我们就帮你好好做做张丹妃的工作。要不然，你老婆可就不回去咯！你就独守空房吧。哈哈……”

“三姐，麻烦你把电话给丹妃，让我跟她说两句话。”田迹墨耐着性子说。

“我现在是丹妃的代言人。有什么话，你对我说吧。”电话那边又是一阵笑声。

“三姐，我们年轻人说点情话，唠唠小夫妻那些事，你这一把年纪听了会觉得肉麻的。”田迹墨恨得牙根痒痒，不噎这臭三八几句她还真拿自己当肉包子了。

“哟，才憋你三天就受不了了呀。我们正 Happy 呢，现在没空理你——哎，别抢别抢！”

电话里又换了另一个人的声音：“田哥，我是娃娃。丹姐和我们在一起，吃完饭我就送她回去，你别担心！”娃娃压低了声音，“三姐有点喝多了，你别跟她计较！”那边的声音显得有点嘈杂，似乎还听到一个男人在说话。

奇哉怪也！这些女人怎么凑到一起去了？田迹墨还想说点什么，那边却把电话挂了。

2

这边田迹墨百思不得其解，那边的女人联盟正喝得热闹。“南海渔港”的豪华包间里，联盟成员都在，众人以李三姐为中心围坐一团，紧挨着才才和另一位特邀男嘉宾——李书歌。

才才兑现了承诺，这次聚会把李书歌带了过来。精心打扮过的李书歌刚一出现就引来娃娃的赞叹：长相帅气，个头高挑，全身名牌，举止优雅……很明显，外形这关，他轻松过了。

李书歌礼貌地跟每一位姐姐妹妹打过招呼，变魔术似的掏出几捧鲜花，人人有份，算是见面礼。

三姐抢先接过最大的那捧，嘴里却说着：“别以为几朵破花就把我们摆平了，女人就那么好糊弄呀？”

“初次见面，实在不知道各人的喜好。这样吧，今天这顿算我的！”

“好！干脆！三姐就喜欢大男人干脆。来，快坐下，三姐跟你喝一杯！”

“三姐，你可比戏剧里的那个刘三姐气质好多了！”李书歌忙不迭地给李三姐倒酒。他不是傻子，看得出这群女人里，这位大胖妞算是头领。

李三姐一张胖脸笑得像朵大菊花，花枝乱颤地不停谦虚着：“不行不行，老了老了，跟你家才才没法比！来，三姐先干了！”三姐豪情万丈地一饮而尽，冲才才挤眉弄眼地来了句：“才才，眼光不错嘛！”有了“带头大姐”的肯定，不用说，品行这一关，李书歌也过了。

一旁的张丹妃看得很郁闷。李书歌这个小子真是人才，驴粪球到他嘴里估计他都能说比香饽饽好吃。她一会儿低头摆弄两下手机，一会儿望望窗外，一会儿跟娃娃谈两句齐兵，对李书歌反胃的表演视若不见，充耳不闻，李书歌向她敬酒的时候，她也只是酒杯微碰了下唇，点到为止。

娃娃却没觉得有什么反感，还私下里和张丹妃说："男才女貌，配才才刚好。"也许是生在官宦之家，对此类瞪着眼睛说瞎话、站着拍马不腰疼的主儿见惯不怪了。张丹妃轻轻一笑，没有回话。

那边的才才自然微微有些得意。如自己所料，男朋友这么轻易地征服了自己的姐妹们——就像当初征服自己一样。他身上似乎有种魔力，很容易抓住女人的心，或者说，是抓住女人的弱点。——这是很多女人的悲哀，明知有些事情是假象，有些情话是谎言，但她们却很享受被骗的过程，从不去想被骗的结果。

李书歌的"审查会"最后开成了庆祝酒会。在李三姐的带领下，姐妹们共同祝福才才和李书歌幸福美满。娃娃不喝酒，用矿泉水顶替了；张丹妃兴致不高，每次只是象征性地举杯；李三姐和才才、李书歌三个人还真是没少喝。酒量不佳的才才很快不胜酒力，躺到一边的沙发上休息去了。最后只剩下李三姐和李书歌，二人推杯换盏，喝得不亦乐乎。

3

客观地说，张丹妃这几天过得很轻松、很自在、很热闹。娃娃特地请了假，每天陪她；李三姐更是主动热情，十分热衷于吃饭、唱歌、蹦迪等各种形式的聚会活动。住在娃娃那儿，她也不需要做饭、洗碗、擦地、收拾屋子，这一切让张丹妃暂时忘记了时间，也忘记了自己已婚的身份。可是，她很快厌倦起来。这样的日子才仅仅过了两三天，最初的兴奋感就消失得无影无踪，变得越来越食无滋味，乐无心情。尤其到了晚上，张丹妃总会想念田迹墨的臂弯和胸膛。虽然那里总有浓浓的烟草味，但也有家的温暖。好几次，张丹妃想要联系田迹墨，最终还是放弃了。李三姐总在耳边吹风，每次见面第一句话就是："田迹墨找你了吗？我告诉你，你可千万不能主动联系他，不能惯他臭毛病！记住三姐说的，坚持住，谁更能坚持，谁就胜利了。这一次你如果落了下风，这辈子都会受他欺凌！"耳濡目染，连不谙世事的娃娃都站在李三姐一边了。其实在娃娃心里，她仍然对齐兵的"小三事件"存有幻想，从她的角度出发，她宁愿那个"小三儿"是她田哥的。从这个意义上讲，她甚至有些同情她的丹姐。这几天齐兵单位人事变动，事情很多，所以虽然没有跟她联系，但她也全都"理解万岁"了。

张丹妃一遍遍地回顾和田迹墨吵架的事情，觉得自己也的确有言语不当的地方。几天的短暂分别，让她想起了两个人婚前婚后很多浪漫幸福的事情。可没想到现在事情演变得越来越骑虎难下，无论是碍于面子，还是真的被李三姐的谬论洗了脑，张丹妃到底还是没有勇气主动联系田迹墨。

就在内心充满矛盾的时候，田迹墨的电话终于打了过来。她接过来，听到田迹墨那声"亲爱的"，心立刻就融化了。可是还没等她说话，手机就被李三姐抢了过去。一顿抢白，自作主张地挂掉电话后，李三姐还在喋喋不休地给张丹妃上课："他都没说亲自来接你！认错态度不诚恳啊，不着急。咱们喝完了你再回去！"

张丹妃这回可再也坐不住了，趁着李三姐去了厕所，她和才才、娃娃打了声招呼就夺路而逃，回家的途中还特意到菜市场买了些菜。

张丹妃到家的时候，田迹墨已经从纠结当中解脱了出来，正在电脑前苦苦思索，设计新公司的名称和标识。听到开门的声音，他忙从卧室里走出去迎接。

“老婆大人远道而归，舟车劳顿，一路风尘，请恕下官未能远迎之罪！”说着一腿半屈，做了个清朝官员拜见皇上的动作。

“去！去！去！就知道贫！帮我拿一下。”张丹妃一边换鞋，一边把两个袋子递给他。

“亲爱的，你应该说‘爱卿平身’！”田迹墨接过袋子，打开一个看了一下，美滋滋地说，“哈！‘天天想你’麻辣鸭脖！王家肘子！朝鲜辣白菜……”

“就知道吃！试试裤子。”

田迹墨接过裤子，比量了一下，道：“不用试，肯定正好！还是你心疼老公呀。”说着把嘴凑上来就要亲张丹妃。

张丹妃一把推开他，道：“看你这满脸的大胡子，赶紧刮刮去，脏死了！”

张丹妃到厨房把米下到锅里，就开始收拾屋子。随处可见的方便面桶、香肠皮、小食品袋子和塞满烟头的烟灰缸，暴露了田迹墨单身日子里的主要生活内容。不用看，被子没叠，袜子、内裤也都没换。张丹妃拎着一套新内衣走进卫生间，捅了捅正在刮胡子的田迹墨：“脱下来！”

“不好吧。人家还一点心理准备都没有呢。”

“别废话，脱！”

“亲爱的，你怎么这么急不可耐啊！等吃完饭也来得及嘛……”田迹墨明知张丹妃不是这个意思，还嬉皮笑脸地故意这么说。

张丹妃嗔怒道：“你想得美！”嘴角却露出了微笑。她不由分说地扒下田迹墨的脏衣服，一股脑儿地丢进了洗衣机。

“救命啊，女流氓非礼我呀……”田迹墨夸张地挣扎着，边跑边叫。看着这个比自己大好几岁，却像孩子一样爱胡闹的男人，张丹妃实在无可奈何。

两个人的小屋子里，一派春意盎然。吃饭的时候，田迹墨把公司的事情原原本本地讲述了一遍。原以为张丹妃会责怪他先斩后奏，没想到张丹妃只是叹了口气。

“老公，你喜欢，那就去做吧。”

“老婆，要不怎么说你是世界上最善解人意、最温柔体贴、最贤良淑德的女人呢……”

“少来这套。你啊，就是两分钱买个茶壶——嘴好！兑都已经兑了，事情都已经做了，还跟我商量什么？我支持也好，反对也罢，还不都是一样？”

“那不一样啊。咱们这个家，虽说我是一把手，大事小情都是我说了算，但也是要讲组织原则的嘛。既要讲究集中，更要讲究民主。再说，张丹妃同志，从个人感情上，我也是很需要你鼎力支持的嘛。每一个成功男人的背后，都有一群伟大的女人……”

“一群？”

“啊，一个，一个！我的意思是，你一个就顶一群！”

“你做公司，如果说话还像这么不靠谱，不赔死了才怪！”

“呸呸呸，童言无忌，大风吹吹去！怎么会赔呢？来来来，你听我给你讲，咱们公司跟其他婚庆公司的最大区别就是我们兼具婚介功能！我是这么想的……”田迹墨把张丹妃拉到电脑前，细致地讲述了自己的整体构思。

“亲爱的，现在是万事俱备，只欠个好名字了。你说，咱们的公司到底叫什么呢？一定要清新响亮、内涵丰富，又要与众不同、过目难忘。”

“这个……这个我可不会想。你是文人，还用别人帮你想呀？”

“群策群力嘛！你动动脑，能给老公提供点灵感就行！亲爱的……”田迹墨搂着张丹妃，脸贴脸地撒着娇。

“我真不行……亲爱的……”张丹妃轻轻吻了吻田迹墨的脸蛋。

“亲爱的？”田迹墨挠挠脑袋。

“嗯？”

“亲爱的！哈哈！亲爱的！”

“什么呀？”

“就叫‘亲爱的’！‘亲爱的’婚庆礼仪文化公司！太好了！”田迹墨兴奋得手舞足蹈，抱着张丹妃原地转了几个圈，扔到了床上。自己也扑到张丹妃的身上。

“亲爱的？”

“亲爱的！老婆你太伟大了。这名字，太有个性了！好听、好记、好宣传！好的名字是公司成功的一半！”

“亲爱的……”张丹妃念叨着，还是不太理解。

“你也不用为上班的事情操心了。财务总监，‘亲爱的’婚庆礼仪文化公司财务总监，张丹妃小姐！怎么样？既能发挥你的特长，又不用你太操心。”田迹墨贴着张丹妃的耳朵说。

“我？我可做不了。”张丹妃完全没想到田迹墨的公司里还有她的事。

“怎么做不了？很简单的。你把你在《生活真理报》上记录柴米油盐酱醋茶的功夫拿出来，记录公司的各种账目往来，偶尔去税务局填填单子，报下税就可以了。”

“我不会呀！不行不行，真的不行。”张丹妃翻身坐起来，捋了捋头发，“我还是去开发区那边吧。娃娃都说好了，下个月就可以去上班了。”

“出去打工能有多大前途？又要看人家脸色，又要欠好大个人情，何必呢？”田迹墨也坐起来，搂着张丹妃的腰，真诚地说，“老婆，咱们不用去求别人。开个夫妻店多好，彼此还能有个照应。”

“什么庆典、礼仪的……听起来头都大了。——你先下来一下。”张丹妃一边整理着床铺，一边说，“文化这类事情我更不懂，也帮不上你什么忙。我去了，反而碍手碍脚的，影响你运作。”

“你看看你，怎么总是泼老公的冷水呀。”田迹墨很失望，点了根烟，在地上来回踱步，“娃娃跟你的关系再好，毕竟不是亲姐妹，就像我和大兵一样。何必非要靠别人的施舍呢？自己创业，奋发图强，干一番事业，不好吗？”

“朋友帮忙，怎么能叫施舍呢？”

“从朋友的角度出发，你有难处了，她来帮忙，这种行为的确是出于友情。但你本来可以通过自己努力解决的问题，非要利用朋友关系，从某种程度上讲，那就是接受施舍。”

“那你开公司的钱不够，不也是大兵他们施舍给你的吗？”张丹妃很能抓住要领。

“……那是两回事！我向你借房照，你不肯。我上天无门，入地无路，通过自己的努力无法解决。实在没办法了，才向他们借的！简直不可理喻！”田迹墨的火气一下被点燃了，“亲爱的”和“老婆”也被直呼其名代替，“张丹妃，你怎么就这么怕吃苦，这么不上进呢？”

“怕吃苦？怕吃苦我就不会嫁给你了！”张丹妃转身走进卫生间洗衣服去了。田迹墨被噎得再也说不出话来。

“道不同，不相为谋。天下唯小人和女子难养也！”田迹墨安慰着自己，拿起电话催促于子凯：“凯子，我这公司名字可定下来了。亲爱的，对对，就叫‘亲爱的’！怎么样？精辟不？经典不？嘿嘿！……下一步，就靠你做网站了。切记，整个氛围一定要温馨、浪漫、隽永……回头我把大致的板块和栏目设置等具体的东西给你 Email 过去，你看一下。多久能搞定？……”

十八、自杀式人体炸弹

1

不管怎么说，“亲爱的婚庆文化公司”还是成立了。田迹墨这几天安排人做灯箱、立牌子、搞装修、打广告，忙得不亦乐乎。当然，最重要的是招聘人员。跑业务、零杂工、文员之类的都好办——史小舟夫妻俩就对付着先用了，连打更都不用再找人了，刚好他俩也没地方住——就是主持人队伍不好组建。按照田迹墨的设想，既不挖同行墙脚，也不找跑单串场的“个体户”，那只能从应往届相关专业的毕业生中找人才了。

菅鹏举的出租车广告效应还是很明显的，应聘者不少。但是，想过田迹墨的关，还是有难度的。学历、工作经验，甚至外貌等“硬件”都是其次，关键是软件——应变能力、文化修养、大脑思维等综合素质。两天过去了，一个满意的人选也没挑出来。

今儿是周末，田迹墨还没起床，史小舟的电话就打了过来：“师父，你快来吧，一票人等着你面试呢。”

“不着急，你先挨个儿看看他们的简历和长相，帮师父筛一遍。男的让竹子筛，女的你来筛。连你们俩都看不过去的，直接 PASS。”田迹墨一边打着哈欠，伸着懒腰，一边不慌不忙地穿衣服。

“师父，我都筛过了。”史小舟那边咽了咽口水，压低了声音，“一水儿的美女，个个前凸后翘，‘胸’涌澎湃的，都比慕容竹给力！她们还以为我是老板呢，冲我一个劲儿抛媚眼、套近乎。早知道咱们滨海有这么好的资源，我也用不着大老远地跑北京捞鱼去啊。”

“赶紧给我闭嘴吧！要当爹的人了，还这么不靠谱！素质，注意点素质成吗？咱们这大小也算个文化公司！”

2

赶到公司，人还真不少。田迹墨摆出老总的架子，看都不看，径直上了二楼。进了办公室，大大咧咧地往老板椅上一坐，粗略扫了一眼电脑里应聘者的简历。他吩咐史小舟：“喊他们上来吧。”

“全都喊上来？”

“对。”

“师父，你打算一起面试啊？能行吗？”

“诸葛亮舌战群儒，骂得对手们痛哭流涕；柳大华下盲棋同时干掉几十个人。师父同时面试十几个应聘者怎么了？让你喊就喊！”

应聘者们听到命令，一起挤进屋子。田迹墨威严地环视了一周，从衣服兜掏出一摞小卡片递给史小舟，吩咐他发下去，每人抽一张。这是他昨晚精心制作的，正面写着字，后面写着序号。

“各位，每张卡片上都写着两个词，给你们一分钟时间准备，然后讲一个短小精悍的故事，故事要与爱情有关，并且要把这两个词巧妙地结合进来。当然主题越鲜明、故事越感人、情节越吸引人越好。这是今天的第一道面试题。谁准备好了，可以自告奋勇站出来。有没有人？那我随机喊序号了……”

“狮子狗、金婚？”一个留着长发、扎着耳环、脖子上有文身的男青年看着卡片嘀咕。

“有疑问吗？”

“狗最多也就活个20来年，怎么可能金婚？这也太扯了吧。”男青年还很振振有词。

“一位怀春少女丢了条狮子狗，一个男孩拾到还给了她。二人由此相识、相知、相爱，携手白头，直到金婚。主持人访谈他们，他们唏嘘不已地讲述了这段故事。可以吗？”大家都笑了。

“这是所有卡片里最简单的两个词，很幸运，你抽到了；但很不幸，你被淘汰了。你的思维方式决定了你不太适合干主持人这个职业，建议回去多看点脑筋急转弯，锻炼一下。谢谢你，再见。”

“玩人呢？我擦！”男青年愤愤不平，转身就下了楼。

“与人告别最基本的礼貌就是道声‘再见’，哪怕你是被淘汰的应聘者。当然，跟遗体告别除外。”田迹墨看着他离去的方向，又把头转向其他应聘者，“如果你们中有人被录用，那么就请从现在开始用心，因为，这将是公司对你的第一堂培训课。——5号！”一个着装时尚、染着红发的女青年站了出来。

“你卡片上的词是？”

“梳子、战争。”

“好。开始讲吧。”

“花木兰揣着梳子上了战场。然后……战争……战争……”

“这个创意不错，继续。”田迹墨颔首表示赞许。

“然后呢，战争的双方是美国和伊拉克……”受到了田总的鼓励，“红毛女”信心倍增，她越说越起劲，说到最后总算让美国一个好色的大兵爱上了伊拉克的平民美女。

“不好意思，我想请问一下，这里面有花木兰什么事？美伊战争是现代的啊？”

“当兵的都是平头，不用梳子呀。可是花木兰是女的，她得用。她，她在美军里服兵役……”

“哦，你是想说，花木兰穿越了。”

“对！对！田总您真是紧跟时代！穿越您都知道！”红毛女很激动。

“不好意思，你也被淘汰了。谢谢。再见。”

史小舟在边上笑得都要抽筋了，其他应聘者不好意思大声笑，咬着牙，拼命抑制着。

“7号！”一个矮个女孩子站了出来。“你的词是？”

“田总，我很好奇，如果您来讲梳子和战争的故事，会怎么讲？”

“哟。这还一个不打破砂锅誓不休的。你叫什么名字？”

“王丽。”

“你有男朋友吗？”

“有。”

“敢问你男朋友的名字是？”

“刘宇。”

“OK，我也来个穿越的吧。”田迹墨站起身走到应聘者的面前，绘声绘色地开始了表演，“2012到了，火星就要撞地球了，外星人摩拳擦掌也即将入侵了。战争的警报响彻滨海市的上空，全体市民在军警的指挥下，统一进入了防空洞。刘宇和王丽手拉着手挤在一起，他们很惊恐，因为战争意味着流血和牺牲；却又很镇定，因为有爱人在身边相守。防空洞就要封闭的时候，王丽忽然说，她的东西掉在了防空洞外——那是她奶奶的奶奶的奶奶留下的一把梳子，这把梳子是结婚时爷爷的爷爷的爷爷送给老婆的。刘宇听了，二话不说，不顾王丽的阻拦就冲了出去。近了！近了！纯金打造、镶满钻石的梳子就在眼前了！这时，一颗炮弹突然呼啸着落在了刘宇身边……”

“啊！”王丽大喊一声，吓了田迹墨一跳，也吓了自己一跳。田迹墨定了定神，继续讲了下去：“居然是一颗臭弹，没炸！刘宇念叨着，‘现在连炸弹都有山寨版的了’，还冲镜头做了个 V 字形手势：‘Oh，yeah！’然后捡起了梳子，飞速跑回了防空洞，跟喜极而泣的王丽紧紧拥抱在一起。四周响起人们祝福的掌声……王丽，对这个结局，你还满意吗？”

慕容竹带头鼓起掌来。她不知道什么时候上了楼，给田迹墨倒了杯水。听完这个故事，她不禁深情款款地依偎到了史小舟怀里。

王丽不好意思地笑笑，按照卡片上的词讲了故事，可还是不行，完全不在路子上。没等田迹墨重复“你被淘汰了”，她自己主动走过来跟田迹墨握了握手：“田总，我知道我被淘汰了，不过，我很感谢您的故事！将来我结婚，一定要请您的公司来给我办庆典！谢谢！再见！”

王丽虽然被淘汰了，但却是带着一脸幸福离开的。她一边走一边打手机：“喂，刘宇……上次是我错了，我太任性。原谅我好吗？”

……

3

这一上午，除了多了几个预订婚礼庆典的年轻人，依然一无所获。中午，田迹墨和史小舟、慕容竹在一起吃盒饭。

“师父，你的题是不是太难了呀？”

“就是。师父，你这是选主持人，又不是选编剧！”

“你们错了！一个好的主持人，不是只会背台词的漂亮花瓶和传声筒，从站到台上那一刻起，他就是全场的统治者。他不但是主持人、编剧，还是策划和导演！台下所有的人都是他的演员，都是他剧本里的人物。他不光要完成几个重要环节的把握和衔接，更要恰如其分地利用一切机会与人互动，营造喜庆、感人的氛围，把控整个庆典的走向：哪里该平铺直叙，哪里该高潮迭起……这就要求他必须具备应对、处理一切突发事件的能力。这是一名主持人最基本的职业素质。咱们公司在主持人的选用上必须严格，以后走出去了，他们就代表着咱们公司的形象。靠什么打造品牌？靠什么占领市场？得靠他们啊！人家一提起‘亲爱的’主持人，必须得竖起大拇指！你们两个用心学着点，这里面学问大着呢。哦，对了，竹子不行，怀孕了。徒弟，你别整天光顾着围观看笑话，留点心！你长得就挺有喜感，走主持这条路肯定有观众缘！我好好培养培养你……”

“真的？师父？我能行？”史小舟还真来了兴致。

“别臭美了，师父这是抬举你呢。可是，师父，上哪儿去找那么高素质的人呀？”慕容竹话音刚落，只听一个声音传来：“我行吗？”后面还伴随着高跟鞋的脚步声。

田迹墨心里一惊：“这声音，很熟……果然是她。”

史小舟一见也惊呆了。他拽起慕容竹的手，道：“老婆，走，咱们下去看看那几个家政玻璃擦得怎么样了。”

“上午不是都擦完了吗？”

“哎呀走吧，再看看地面擦了没有。”史小舟连拉带拽，和慕容竹下了楼。

“你……你怎么来了？”田迹墨吞吐道地问道。

“我来应聘，不可以吗，田老板？”

“你疯了吧。”

“‘亲爱的’，呵呵，亏你想得出来。也只有你，能起得出这么有创意的名字。”

“你……你不是走了吗？”

“你巴不得我走是吧？”

“我没……没这个意思。”

“还好意思说。刚见了面就撵人家走，一点也不顾念‘老同学’的感情！”

“不……我后来在候车室的大厅使劲喊你，可你没听见。”

“喊我？喊我干吗？”

“我……”

“哦，又是刚做了决定就后悔是吧？反复无常、踌躇两端、不敢坚持、自欺欺人……你倒真是一点都没变，还是那个善良的、虚伪的、懦弱的文人田迹墨。”

“你怎么又抽烟……”

“怎么，贵公司不允许抽烟呀？那怎么田老板你自己不以身作则呢？”

“我……我在公司里从来不吸烟。所以，你也不可以吸烟。”

“为什么？我又不是……”

“从现在起，你是了。不但是我的金牌主持人搭档，也是我的主持人培训讲师。这样吧，业务总监、财务总监……各种总监，你也都兼了吧！”

“田迹墨，我可告诉你，我不是来给你这个老同学帮忙的，我是打工者，是要拿报酬的！”

“没问题！拿报酬没问题，不是来报仇就行！”

“哼！报仇？算你有自知之明呀！报仇，那是迟早的事！你小心点吧！”

“嗯……那个……”听到慕容竹上楼的声音，田迹墨清了清嗓子，“就算，就算你有过十多年的主持经验，也得，也得过了面试这一关。我们对待所有应聘者都是一样的！我们是大公司，这方面是很正规，很严格的！”边说边丢过去一张卡片，“给我讲个故事吧，要求是……”

“卑鄙、白痴”这是卡片上的字。看过之后，桂琳缓缓讲了起来：“有两个情窦初开的高中生，开始了一段网恋。同学里没有人看好他们，因为他们相隔太远，家庭条件又都很不好。但他们下定决心要在一起，于是约定报考同一所大学。不幸的是，男孩考上了，女孩没考上。女孩很伤心。男孩说，没关系，我等你。他偷偷撕毁了通知书，又重读了一年。第二年，女孩考上了，可男孩发挥失常，高考落榜。这次，女孩撕毁了通知书。”

“哎呀，他们怎么这么傻，到大学里等着也是一样的呀！”慕容竹忍不住插了一句。

“是啊，他们当初太小，太傻……”她看了一眼慕容竹，接着讲下了去，“第三年，他们终于如愿以偿。在大学校园里，他们不仅是同学，更是名满校内外的金牌主持搭档。他们的故事广为传说，成为人人羡慕的鸳鸯情侣。可是，就在这时候，男孩的情敌出现了。他是女孩子的同乡，家族在当地很有势力。他挖空心思追求女孩，可女孩不为所动。于是他跑回家乡，给女孩患重病的父亲治好了病，给她的母亲和很多亲戚安排了非常好的工作，用这些卑鄙的手段征服了女孩的家人。毕业那年，女孩的母亲以死相逼，要她和男孩子分手。女孩没有办法，不知道该怎么对男孩说。”

“他们分了吗？”慕容竹听得很入戏。

“分了。分手前一晚，他们住在一起，女孩要把自己给他，他不肯要。他说一定要正式结婚了才可以，他不肯亵渎她。整整7年啊，男孩从没有动过女孩。女孩哭着说，以后，她就不是他的了！她把事情如实相告。男孩子听了之后很淡然，说，那我更不会要了，因为你这辈子不属于我。分手那天，男孩送女孩去车站，他们抱头痛哭。女孩在上车的一刹那还在不停地回头。她想：‘留我啊，喊住我啊！你这个白痴！我们私奔也好，殉情也好，只要能跟你在一起，死我也不怕！’”

“对啊！挽留她呀！他明知女孩子是爱他的呀！”慕容竹急了。

“他没有挽留。他很潇洒很大度地说：‘祝你幸福。’”

“为什么不挽留呢？真是傻瓜。”慕容竹听得很生气。

“因为他自卑、他怯懦、他不敢面对，他是个白痴。”桂琳假装捋着头发，挡住哭泣的脸，尽量掩饰着自己的哽咽，“不好意思，我去下卫生间。”

“师父，这个怎么样？她行了吧？故事讲得真动听，像是真事一样，我都快哭了。”慕容竹拄着桌子，充满期待地问田迹墨。

“她……也许，她讲的，就是真事。”田迹墨心如刀绞，浑身冰凉，“楼下收拾得怎么样了？我下去看看。”

田迹墨生怕慕容竹看出自己的异样，低着头匆匆下楼。史小舟正指挥着几个家政做着大扫除，一见田迹墨，忙迎上去说：“师父，是桂琳吗？”

“嗯。”

“真是她呀！我还怕自己认错了呢！嘿，真怪了啊，五年多了吧，她没怎么变样，还是那么漂亮！”

“嗯。”

“她怎么来了呀？师父，是你喊她来的？行啊你，胆子不小！我师娘要知道，不得抽了你的筋，扒了你的皮，给你用上清朝十大酷刑啊！”

“哪天如来佛给我来个电话，我带你再跑一趟西天，取次经都没问题，还有什么不敢的？”

“师父，我怎么看你没那么高兴呢？”

“唉——徒弟，说实话，师父也没想到她会来呀！”

“你不正好缺人嘛，她来了完全可以给你当左膀右臂啊！”

“这是颗炸弹。”田迹墨走出门外，坐台阶上点了根烟，“不定时炸弹。”

“炸弹？”

“自杀式的，弄不好就会同归于尽。”

“这么严重？”史小舟也坐过来，忧心忡忡地问，“师父，那怎么办？”

“顺其自然吧。也许……是我多虑了。”

十九、传说中的铁头功

1

俩人正说着，一个家政一手一个，端了两盆脏水出来。她把脏水泼了之后一转身，道:“咦？田哥？你怎么在这儿啊？”

“小北？我……这是我公司呀。”

“你的呀！嘿，我说呢！”

“怎么了？”

“干一天活儿连顿午饭都不供，这么抠门的老板很少见嘛！”

“啊？是吗？我不知道啊！徒弟，你怎么搞的？！快去，给小北她们订盒饭！要带肉的那种！工钱，工钱全部翻倍！”

“不用了。等你老人家想起来，黄花菜都凉了！”小北说着，盯着一台缓缓驶过来的小中华车，语气里似乎带着一丝得意。

田迹墨顺着她的目光望过去，马上就明白了：车上的驾驶位置，坐的是菅鹏举！菅鹏举下了车，拎着几大袋子东西，挺着肚子满脸堆笑，像尊小弥勒佛。小北热情地喊着“菅哥”，迎上去接过饭菜，分发给其他家政人员。

“小北——哎呀，田哥，徒弟，你们也在。都没吃呢吧？来来来，一起一起，尝尝我的手艺！”

“咱可没那口福，吃过了！”田迹墨酸不啦叽地说。

“师叔，这个，是你女朋友呀？”史小舟趴在菅鹏举耳边悄悄地问。

“不是。我妹妹。”

“怎么没听说你还有一妹子啊？还这造型的……她不开口我还以为是男的呢。”

“小舟，别乱说话啊。他妹子少林学院毕业的。”田迹墨念念不忘小北 PK 吴大非的一幕。

“菅子，你也真是的，小北过来干活，事先不跟我说一声。”

“谁知道就这么巧啊。是你徒弟找的，不信你问他！”

“嗯。那还真是巧了。小北她妈妈怎么样了？你俩都不在那儿，谁照顾她啊？”

“我刚从医院那儿回来。没事！才才他爸爸在呢。她妈妈已经能下地走动了，再有几天就能出院了。”

“哦，那就好。明儿出院的时候喊我一声，咱们一起接老太太出来。你来就专程送饭来了？”

“当然不是啦。一呢，你这‘亲爱的’也算挂起牌子了，来看看有什么需要帮忙的没有，打听打听什么时候开张，咱得来捧个人场呀；二呢，刚好办点事路过。”

“办事路过？什么事？我看你这‘二’才是主要的吧。”

“田哥，你这眼镜真不白戴。”菅鹏举的把戏被田迹墨当场戳穿，有点不好意思，他往车上指了指，低声说，“我……我跟才才办点事。”

“才才也来了呀？怎么还不下车呢？”田迹墨一边大声喊着，一边向中华车走近了几步。

“田哥，‘亲爱的’这名字挺‘艮’啊！”才才一看藏不住，干脆大大方方地下了车。

菅鹏举捅了捅史小舟，偷偷指了指才才：“这个，这个才是你师叔的女朋友。”

“我勒个去的！师叔，有你的啊！”史小舟看了一眼才才，不由得重新打量起他这个貌不惊人的师叔来。

“才才，有日子没见你了啊。你们家那金门修好了没有？”

“早就修好了。不过这个新门的样式我不太喜欢，你那个开坦克的朋友——哦，对了，就是那个没良心的齐兵，是吧——什么时候有空，随时欢迎光临，我好趁机再换一套。”

“还是别了，我们菅子可招架不住你那招‘双龙出海’。”

“田哥，才才，你看你俩，一见面就打。田哥，你这当哥哥的……”

“哈！这么快就学会重色轻友了！菅子，行啊你，有进步。哈哈……我这儿跟才才开两句玩笑，你那就心疼得不行了。”

“田哥，别带个破嘴乱说一气啊。我男朋友可在车上坐着呢！”

“啊？”田迹墨看看才才又看看菅鹏举，又趴着车窗往里面看了看。

史小舟拍着菅鹏举的大肚子直乐：“师叔啊，你女朋友的男朋友也来了呀。”

“啊……这车啊？我刚买不久。二手的，不是什么好车！你看，我也不太会开，水平不行！”菅鹏举无言以对，干脆假装听不懂，来个答非所问。

“李书歌？”田迹墨一边敲着车窗一边冲车里喊，“是李少爷吗？”

“啊……哎哟，老田哪！我当是谁呢！刚在车里睡着了。”李书歌摘了墨镜，揉着眼睛下了车，假装刚睡醒的样子。然后他定睛看了看田迹墨，热情地伸出手来。

“你们认识？”菅鹏举和才才一起惊呼。

“不但认识，还打过交道呢！是吧？李少爷。”田迹墨冷淡地握了握李书歌的手，语气听起来不那么客气。

“对，对！打过交道！”李书歌连忙接过田迹墨的话，“菅子你认识于子凯吧？我们都熟，都熟！”紧接着话锋一转，“田总，这是你公司？不错呀！什么时候正式开业，记得给个消息，我怎么也得献个大花篮！”

“花篮？就你呀？免了吧。不献个花圈就不错了。”田迹墨的眼神里尽是不屑。

“哎，田迹墨你怎么说话呢？”一听这话，才才不乐意了，“人家好心好意的，你这什么态度呀？太过分了吧。”一伸手挽过李书歌的胳膊，“走吧，别搭理他。这种人，简直不识抬举，真是什么什么嘴吐不出象牙！”史小舟当场就要发作，看菅鹏举追了上去，这才没作声。

“才才，别走呀。你们先上车！田哥就是爱开玩笑，怎么还当真了？”

菅鹏举走到田迹墨身边，刚要交代几句场面话，忽然听到汽车启动的声音。再一回头，李书歌开着车带着才才走了！

“哎，这怎么走了？那是我的车呀！”菅鹏举一拍大腿。

“才才这次可要吃大亏了。”田迹墨一脸严肃地说。

“怎么了？田哥。”菅鹏举接过田迹墨递过来的烟，掏出火机给俩人都点着了。

“这个李书歌可不是吃素的，想当年，在咱们滨海市，那也算个人物呢！”

“嗯，是呀。他家挺有钱的，每次都开着一台奔驰……”

“狗屁！奔驰？指不定是谁的呢？那这次怎么没开啊？”

“他说一会跟我谈完事情还要赶饭局喝酒，现在查酒驾很严。”

“他跟你谈事？”田迹墨警觉起来，“什么事啊？”

“电子屏……”

2

几个人在这边说着话，谁也没注意七八个二十多岁的小伙子——清一色穿的黑夹克——杀气腾腾地从胡同一头跑了过来，冲着菅鹏举就嚷："李书歌呢？"打头的是一个五大三粗的壮汉，留着络腮胡，左脸有一道伤疤，看起来面目狰狞。

"他走啦。把我的车都开走了！"菅鹏举心说我还委屈着呢！

"你的车？你是他朋友？"

"嗯……这个……也算吧。"

"什么叫也算，你他妈的会不会说话？！"刀疤脸忽然一巴掌打掉了菅鹏举手里的烟，"跟大爷说话老实点儿！"

"我……这怎么了？"菅鹏举彻底吓傻了，说话都带着颤音。

"怎么个意思？"田迹墨把菅鹏举拉到身后，"哥儿几个有话慢慢说，弄误会了吧？"

"说你大爷！没你事，滚远点！""刀疤脸"一拳打过来，田迹墨被弄了一个趔趄，险些摔倒。

"× 你妈，敢碰我师父！"史小舟一路助跑，连人带拳头地往"刀疤脸"身上扑了过去，俩人扭成一团。其他几个"黑夹克"见这情况，也一起冲了上来。

田迹墨往公司大门里使劲一推菅鹏举："赶紧给小吴打电话！"操起立在台阶上的扫帚就抡了过去。

论个头和体格，史小舟都不比"刀疤脸"差，上来拼命那劲头儿，还真不见得就怕了他。田迹墨吃亏在个头小又单薄，武器还比较落后，何况眼镜一飞基本就再也找不着北了，所以不太顶用。再说，对方人又多，还有几个随身带着棒子，一通没头没脑地打下来，两分钟不到的工夫，两人就挂彩了。

“都给我歇了！”小北有如神兵天降，站在台阶上大喊。她左手操着块板砖，右手还拎着大半桶脏水，步履稳健地走了下来。

大家都停了手。史小舟有点打红了眼，从地上爬起来时还死死地攥着刀疤脸的衣领，嘴里骂骂咧咧，四下张望，想找件应手的兵器。一见小北手里有板砖，立刻就要上前抢。

“别现眼了各位，就那么三脚猫四脚虎的操行，还敢跟这儿舞枪弄棒的？！”小北“咣当”一声丢了水桶，把板砖也丢在一旁，架开史小舟的胳膊，冲刀疤脸比画了一下，“孙子，有种咱俩单练！”

田迹墨他们都惊呆了。公司里干活的人也都听到了动静，都跑了下来。慕容竹紧紧地抱着史小舟，桂琳扶起了田迹墨。两人来不及弄清楚缘由，都是一脸惊恐。

“刀疤脸”眼珠子都要气得掉出来了，脸上的刀疤气得猩红。对于他这种社会混混的小头目来说，挨打受伤是家常便饭，流点血、掉块肉都算不上什么，可要是在兄弟面前丢了份儿，那才是最不能容忍的。这儿一人当面喊他孙子，跟他叫板，分明是把他脸按地上踩呢！而且更气人的是，这人居然还是个瘦弱的毛头假小子！

“哟？黄毛丫头，奶子还没发育就敢往外蹦跶，装带头大哥呢？老子今儿就破了规矩，让你这骚娘们知道知道好歹！”“刀疤脸”怒从心头起，恶向胆边生，一副拼命的架势，冲小北就是一拳。

“扑通！”众人还没看清楚，“刀疤脸”就摔了个狗啃泥。爬起，再冲，又是“扑通！”一声。出乎所有人意料，小北还真是身手矫捷，出手不凡！其他“黑夹克”一看情况不妙，这位“女侠”还真不是看起来那么简单，哪里还顾得上“江湖规矩”，互相使了个眼色就要一拥而上。

围观的人越来越多，却没一个人敢出言喝止。慕容竹和桂琳只顾着把史小舟和田迹墨往后拉。

此时“刀疤脸”正揉着屁股从地上往起爬，小北一弯腰把砖头拎了起来，端了个马步，深吸口气，双手举起砖头，“嗨”地大喊一声，照着自己天灵盖就是一下。

在场的女性大气都不敢喘，吓得闭起了眼睛。只听得“咔”——很清脆的一声，砖头整整齐齐从中间断成两半。小北很潇洒地用脚一垫，接住了掉落的砖头，掸了掸头上的土，把两半砖头都拿在手里，冲刀疤脸若无其事地笑笑：“再来？你们一起上吧！”

3

“黑夹克”们正在犹豫，胡同那边传来了越来越近的、急促的汽车鸣笛声。看到那台熟悉的雅阁，早就吓得坐在地上的菅鹏举总算长出了一口气：“吴大非，你小子总算来了！”他和几个家政一起把小北拽回屋子，将信将疑地摸了摸小北的脑袋：“妹子，你没事吧？这是……传说中的铁头功？”

听说田迹墨和菅鹏举被人打了，吴大非气得头发都要竖起来了。他打了几个电话，带了七八车人，火速赶了过来。吴大非刚一下车就给他的兄弟们下了死命令：“那边两个胡同口，都给我守住了，今儿来惹事的有一头算一头，一个也不能走。”

“刀疤脸”一见这阵势立刻就慌了，再仔细一看，是吴大非，抱着九死一生的侥幸心理主动凑了过去，一边递烟一边点头哈腰：“吴老大，是您啊！”

吴大非一言不发，一脚踢向了“刀疤脸”的裆部，“刀疤脸”疼得屎尿齐流，一条腿跪在了地上。一见吴大非动起了手，他带来的一票人立刻就要拿着家伙什儿蜂拥而上。吴大非摆了摆手，示意他们别动：“都给我跪下！”

“跪下！跪下！”“刀疤脸”痛苦地回了一下头，见他的“黑夹克”小弟们反应迟钝，还你看我、我看你的不知所措，连忙提醒，“都他妈聋啊？”

脏兮兮的土地上，齐刷刷地跪倒了一大片。

“二龙，这么多年怎么还不见你长点出息？好的不学，学人家砸场子来了！”

“吴老大，我可没砸啊，我是来找李书歌那孙子的……”

吴大非上去就是一个大嘴巴：“我没问你呢，让你说话了吗？！”

“是，是，没让我说，没让我说。”“刀疤脸”捂着腮帮子不敢抬头，谦虚地聆听“吴领导”讲话。

田迹墨、菅鹏举和史小舟在众人的搀扶下走了过来。吴大非一瞧，田迹墨腮帮子和眼眶肿着，史小舟额头破了皮，除了菅鹏举，几个人都不同程度地挂了彩，更是火冒三丈，从身边人手里拿过根棒子就要开砸。

“大非，差不多就行了。”田迹墨连忙拦住他。几个人好说歹说，总算把吴大非拽进了公司大门，给他讲述着事情的经过。听说菅鹏举和李书歌还有联系，他很吃惊，不断告诫千万要离这小子远点。菅鹏举听得一头雾水，却也没问，想来他们过去结下过梁子。

吴大非回身指了指“刀疤脸”那一群人，撂下句话：“都跪好了。谁敢站起来，给我往死里打！”

小北见了吴大非主动上前打招呼：“大非哥，又见面了呀！”说着伸出手来。吴大非刚听说了小北的光荣事迹，那可真是佩服得五体投地，可伸出手去刚要相握，又怕小北使出“鹰爪功”来，忍不住瑟缩了一下。

小北哈哈一笑，很友善地握了握吴大非的手，开玩笑道：“大非哥，你这是人多欺负人少，不算好汉哪！”

“跟这些流氓就得用点流氓手段。小北，哥哥我今天算是彻底服了你了。你要不嫌弃，我正式认下你这个妹子，好不好？晚上哥哥请你喝酒！”

“行啊！我菅哥同意就成！”

“同意！那我怎么不同意！我妹子是女中豪杰呢！”菅鹏举也跟着自豪了一把。

“不过我可跟你说啊，大非哥，田哥这儿可是开着公司呢，还总有应聘的人来。你这黑压压跪了一片，可不是那么回事啊？”

“哎呀！对呀！有道理！老田，把你这事给忽略了。咱都是文化人，是吧！嘿嘿……二龙，你给我滚进来！”

“刀疤脸”龇牙咧嘴地走了进来，他还是半屈着腿，随时做好吴大非让他跪下的准备。

“这是我哥，比亲哥还亲呢。让你打成这样，你看……”

“我掏！我掏！医药费我掏！明儿就送过来！”

“这屋子里的东西也都坏了……”

“我……我们没动屋子里的啊！您瞧，这不都好好的没坏吗？”

“哗啦”一声，吴大非伸腿踢倒了一张木头椅子，那是家政们擦玻璃的时候垫脚用的。

“这回呢？”

“坏了，坏了。我赔，我赔！”

“明儿上午 8 点，我就在这儿等你。”

“不用您亲自来，我一准过来！”

“以后招子放亮点，看清楚门道再干活，别以为有几个小弟就可以当古惑仔了！滚吧！——对了，哪天要找到李书歌那孙子了，也记得通知我一声！”

“知道！知道！”

看着“刀疤脸”一伙人落水狗似的垂头丧气地离开，小北冲吴大非竖起了大拇指。吴大非一脸得意，对小北的赞赏很是受用，冲带来的人马一招手:“兄弟们，都散了吧。”

这边刚刚尘埃落定，那边警车就到了。警笛的轰鸣让大家心里一紧，再一看警车后面跟着齐兵的奥迪，这才长出了口气。于子凯先从奥迪上跳了下来，见到田迹墨等人嘘寒问暖了一番。齐兵询问了经过，又仔细查验了各人的伤势，跟警车上的人客气了两句，就让他们走了。

“大兵，咱可是正牌行长了，这种事你就别掺和了。有我在呢，你还怕搞不定？”吴大非说。

“萱子打电话过来的时候，家那边正有点事，过来晚了。既然都解决了，那我也先闪了。”

“大兵？产房传喜讯——你升了呀？这么大的事也不告诉哥儿几个一声！”田迹墨打趣起来。

“回头再说！”齐兵行色匆匆，一副心事重重的样子。

“晚上‘大马’等你！”

二十、男人哭吧，也可以醉

1

其实最近几天齐兵一直闷闷不乐。上周五的时候，竞聘结果出来了，他毫无悬念地成为龙港区分行的新行长，可他却一点都高兴不起来。一众平时关系不错的同事嚷着让他请客，他铁青着脸理都没理。仕途实在非他所好，若不是家人相逼，他宁可抱着一把吉他浪迹天涯。何况母亲一直在催促他和娃娃的婚事，他推托说单位这边正处在关键时候，等结果出来再议。现在结果出来了，下班到家就得面对这个问题。

果然，吃晚饭的时候还没动碗筷，母亲就又带头谈论起这个话题："最近跟娃娃处得怎么样？"

"还好。"

"平时多陪陪娃娃，别整天只顾着跟你那些狐朋狗友在一起！有空也去你唐伯伯家看看，这次行长竞聘，人家也是有过话的。"齐母不停地往齐兵碗里夹着菜，齐兵的饭碗堆得高高的。

"哦。"齐兵也不抬头，也不夹菜，碗里有什么吃什么。

"也不用拿什么贵重礼物，就是表示个心情。跟你说话呢？"

"嗯。"

"我那有个玉貔貅，你拿过去吧。小郑说是特意到法源寺开了光的，也不知真假。"

"再有一个多月就元旦了。要我看，年内抓紧把事情办了吧。明年生个龙宝宝，正好！你说呢？老齐。”

“唐市长那边也跟我提过几次了，最近省里来人检查，他那儿挺忙。回头找机会我再和他碰一下，争取把日子定下来。”

“诶，老齐，”母亲压低了声音，“老唐怎么说的？”

“什么怎么说的？人家也就娃娃这么一个千金，宠爱着呢。还能亏得着你的宝贝儿子？瞧你那点小心思！妇人之见！”齐父喝了口汤，瞪了齐母一眼，嗔怪道，“让孩子自己吃！都多大了，吃个饭用得着你跟着忙上忙下的？”说完拿着筷子敲了两下中间那个最大的碗，“来，兵兵，尝尝这个。早晨小王刚去鱼塘捞过来的，新鲜着呢！”

“我吃完了。”齐兵迅速扒拉掉一碗饭，筷子一放，起身就要走。

“别走呀！话还没说完呢！”

“你们不是都替我决定了吗？还用我说什么？”齐兵怏怏不乐地坐到旁边的沙发上。

“这孩子，怎么跟你爸爸说话呢？快30岁的人了，还这么不懂事！”

“不是替你做决定，这不是在和你商量么？你有什么想法也可以说嘛，有什么意见可以提嘛，咱们这个家庭绝不搞‘一言堂’。”

“和我商量？哼！”齐兵点了根烟，拿起遥控器打开了电视，转到音乐台，音量调得很大。

“饭后不要立即抽烟，危害加倍。”齐父慢条斯理，毫不动怒，口吻依然很亲切，“小一点声儿，小一点声儿。这么大动静是要扰民的——当然，能戒了最好。”

“老唐不抽烟吧？”

“抽过。不过那是二十年前我们当兵时的事了，转业到地方就戒了。老唐这个人，做什么事情都很有毅力，不得不佩服。”

“那是。不然人家能当上市长吗？兵兵，能少抽就少抽一点，能不抽尽量不抽。尤其是在你唐伯伯面前可千万不要抽。可别像上次吃饭……”

“好了好了！我不抽行了吧？！”齐兵把烟折断在烟灰缸，狠狠地戳了两下。

“兵兵，我看你情绪有点不太对头啊！心里有事情吧？来，跟我们说一说。说破无毒嘛，是吧？哈哈。”齐父放下了碗筷，接过齐母递过来的纸巾，擦了擦嘴，转过身来看着齐兵。齐兵一言不发，直盯着已经静音的电视。

“兵兵，你爸爸跟你说话呢！”齐母开始收拾饭桌。

“嗯，也难为兵兵。年纪轻轻就做到正科级，工作上的压力是可想而知啊！”见齐兵半天不开口，齐父自己打起了圆场，“不要畏惧。锻炼锻炼有好处。有压力才有动力，有动力才能不断进步嘛！记住，心有多大，舞台就有多大！我到部队第八年就升了正营职，那时候跟你现在年纪差不多。不过，我可没你这样好的环境哦。你爷爷家穷……”

“我倒宁愿没有这么好的环境。”齐兵嘀咕了一句。

“你说什么？”齐母火了。

“没说什么。”

“兵兵，你爸爸吃过的苦，比你走过的路还多。事业上的事情妈妈不懂，你多听听你爸爸的，没坏处。那都是在摸爬滚打的实践中总结出来的经验。”

“这句话说得很好！摸爬滚打、实践。小平同志说过，实践是检验真理的唯一标准。兵兵，不要小看这个实践，那是需要你学习，需要你奋斗，需要你付出的。为什么当初要送你去当兵……”

“我出去一趟。”齐兵突然站起身，头也不回地走了出去。齐父齐母对望了一眼，不约而同地叹了口气。齐母想了想，给娃娃打了个电话。

2

齐兵出门就去找刘星，俩人开车去了海边。天色已晚，又眼看快到冬天，海边空无一人。正是涨潮时分，海浪汹涌，海风很大。俩人裹紧衣服，默默地走着，齐兵始终一言不发。走了好一会，齐兵突然仰起头歇斯底里地叫喊了起来："啊——啊——啊！"刘星也不问，只是紧紧地握住了齐兵的手。

俩人回到车上，刘星说："又和家人闹别扭了吧？"

"你怎么知道？"

"每次你只有心情不好的时候才会带我来海边。"

"知道为什么吗？"

"因为……无边无际的大海会让你觉得自由。我瞎说的，对么？"

"是。"

"知道为什么我知道吗？"

"为什么？"

"嘻嘻，因为我和你一样喜欢大海！"刘星调皮地刮着齐兵的鼻头，齐兵脸上这才有了一丝笑意。

齐兵把离家之前的事情复述了一遍。他平日里是个少言寡语的人，有什么心事连田迹墨等好朋友都轻易不说，但不知道为什么，面对刘星，总是会情不自禁地吐露心扉。

"他们早就给我安排好了一切：送我去当兵，让我进银行，给我娶媳妇。我根本没有机会，也没有资格反抗，他们却还假惺惺地征求我的意见。真是可笑。”

“刘星，你怎么不说话？”

“刘星，你是不是生气了？你放心，我一定不会和娃娃结婚的。”齐兵看着刘星的眼睛，一脸真诚。

“没有。我在想，你真幸福，还有人肯管你。”刘星叹了口气，“如果有人肯管我，我也不会是今天这个样子。”

“你现在挺好的呀！别自卑！我喜欢你现在这个样子！”齐兵捧起刘星的脸，深情地望着她。

刘星依然沉浸在自己的思绪里：“他们管你，是因为他们在乎你，他们爱你。他们做的没有错呀。娃娃家庭条件那么好，娃娃对你也很好，如果我是你妈妈，肯定也要你娶她！”刘星勉强装饰出笑容，学着齐兵妈妈的口吻说，“傻孩子，你还小，等你也有了孩子，你就会理解做父母的苦心了！”

“我妈妈没什么主意，她都听我爸爸的。我爸爸把他在官场上那一套完全搬到了家里，典型的家长式作风，端着领导架子，动不动就上纲上线的，要不就是多少年前他如何如何……我都替他累！”

“大兵，听我的，娶娃娃吧！”

“你在说什么啊？！”

“我没开玩笑。真的。”

“你再这么说，我真要生气了！”

“知道第一次见你，我怎么想的吗？”

“你说。”

“我想，这一身名牌、开着好车、喝洋酒的小子是个典型的富二代，怎么让他注意我呢？好吧，我就给他唱首歌。”

“呵呵，还真是你唱歌我才注意了你的。因为你说献给那个瘦高的帅哥。我四处看看，只有我算是瘦高的。”

“然后你就给我献了最大的花篮，然后请我吃饭喝酒……和所有我勾引过的富家子弟一样。你和他们唯一的区别就是跟我正式交往之后，坦白了所有的事情。不像他们，只为了逢场作戏，占点便宜。一说到工作啊，家庭啊，都遮遮掩掩的，生怕让我知道。”

“我就想，还真碰到傻帽了？好。我吃你的，穿你的，用你的，还不让你沾我身子。这你总该不乐意了吧？没想到，你还坚持着。”

“我是真的喜欢你。”齐兵坚定地说。

“你真的喜欢我？是啊！很多人都这么说过。可是你不同，你真的不同。我一开始也不相信，直到那次撞车，你为了我，跟朋友闹翻，又跟娃娃闹翻。”

“你为什么要喜欢我呢？我只是一个没人管的孩子，还是个坏孩子。你知道吗，我十几岁就从家里出来，什么都做过。你能想到的最脏的事，我都做过……”

“不要说了。我不在乎！”齐兵一把捂住刘星的嘴，“以后我管你。管你一辈子！”

“不。我们不是一类人，永远不是一类人。你前途无量，而我，都不知道明天会在哪里。你管我？你怎么管我？你管不了我。我也管不了你。我连自己都管不了。你没有闻到我身上的酒味吗？我今天又去陪酒了……”刘星轻轻推开齐兵的手，“你有属于你的世界，我有我的去处。因为我只是颗流星，偶尔滑落在你的梦里……”

“我爱你。我爱你！不管怎样，我爱你！”

“可这只是暂时的，你早晚都要后悔的。梦就是梦，总会有醒来的那天……”

“不！我永远不会后悔！”

“你还不懂吗？好吧，齐兵，就算我相信你爱我，可我并没有真的爱过你。我只是爱你的钱！明白了吗？现在，你的梦该醒了吧？！送我回去，好吗？齐行长！”

3

这就是周五发生的事情。齐兵受了风寒，更主要是受了刘星的突然打击，回到家就病倒了，被送到医院挂吊瓶。周六又躺了大半天，实在受不了络绎不绝赶来探望的人们，他们貌似亲切的关心其实那么虚伪——对于消息灵通的钻营者来说，医院实在是疏通感情、增进关系的好场所——当天就又回到了家。周日上午刚好了一些，就听说了田迹墨打架的事情，连忙带了几个派出所的朋友匆匆赶来。途中又接到了母亲的电话，说家中有要事，催他快点回去。齐兵因此才匆匆离开。赶到家里一看，不出所料，哪有什么要事，就是娃娃来了。

娃娃正在跟齐兵母亲撒娇似的大吐苦水，控告齐兵和她相处过程中的种种罪状：如何不接她电话，如何陪她逛街到一半就突然失踪，如何不肯戒烟……可是当齐母忧心忡忡地问她觉得齐兵如何时，她却甜蜜一笑：“他……人挺好的。”

“齐兵这孩子孝顺，你看，这不是我一喊就回来了，可就是从小让我给惯坏了。你虽然比他小，但是比他懂事，要多让着他。反正他以后早晚得听你的，是不是？”

“我会的！”齐母三两句话就说得娃娃一切烦恼都没有了。

“妈，我回来了。有什么事？”齐兵没理娃娃，对着齐母明知故问。

“哦，没事了。你王叔叔——就是搞开发的那个——新弄了一个楼盘，说是户型不错，让我和你爸爸过去看看。晚饭就不用等我们了，你和娃娃出去吃吧。”齐母回头往书房里喊了一句，“老齐，咱们走吧！”

齐父早就穿戴整齐，做好准备了。他应了一声，临走的时候还假装批评齐兵：“好好的啊，有点男子汉的样！可不许总欺负娃娃！”

娃娃喜滋滋地跟齐兵父母道了再见。齐兵父母前脚刚走，娃娃就嘟起了小嘴：“你这几天跑哪里去了？电话也不接！”

“忙。”齐兵回到自己的卧室，打开了电脑，玩起了《魔兽世界》。

“喏，你试试！”娃娃从手边的袋子里拿出上次和李三姐她们逛街时买的皮鞋，递给齐兵。

“不要。”

“哎呀，你试试嘛。”娃娃干脆蹲下来，扳着齐兵的脚拿掉拖鞋，硬是把皮鞋给套了一只上去。

“你干什么！”齐兵不耐烦地反抗了一下，甩掉了皮鞋。膝盖一用力，把娃娃顶得失去平衡，坐在了地上。

“不喜欢也别踢人家呀！”娃娃爬起来把皮鞋收好，大大的眼睛里一下溢满了泪水，她生怕让齐兵看到，连忙抹了抹眼角，“我也不知道你喜欢什么样子的。那……我给你换一双运动鞋吧，好不好？”

“随便！又死了！”齐兵狠狠摔了一下鼠标。

“诶，齐兵，你玩的这个是什么呀？我很多同学好像也在玩。能不能教教我？”

“你别总给我捣乱好不好！”其实齐兵根本玩不进去，但他实在不愿意面对娃娃。他心里很清楚娃娃的无辜，但不知道为什么，每次见到娃娃，眼前浮现的首先是她父亲经常在电视里出现的严肃面孔，接着耳边又会响起自己父母那令人生厌的长篇大论。

“好吧。你先玩，等玩够了我再来陪你。”娃娃在齐兵的卧室里一边踱着步，一边四处张望着，不时发出些声响，宣示自己的存在，“哎呀，你也有《天堂有罪》的书呀？他是我最喜欢的作家之一呢！还收藏了这么多的刀，你们男人就那么喜欢舞刀弄棒吗？还有这个杯子，你都多久不用啦？你看，这里好脏。我来帮你擦擦吧。”说着，娃娃就找了块抹布，踮着脚擦拭起来。一个不小心，杯子掉在了地上，“咔嚓”一声。齐兵低头看了一眼，杯子口掉了一大块。娃娃惊慌失措地连忙收拾起来，不停地道歉。

“没事。”齐兵冷冷地说。

“对了齐兵，你中午还没吃饭吧？要不……要不我给你做饭吃吧！”

说完，也不管齐兵同意不同意就跑了出去。半个小时后，娃娃拎着一大堆菜回来了，一声不吭地进了厨房。其实这次来，她最大的目的就是给齐兵做一顿饭，为此她特意买了很多本菜谱补习烹饪知识。——她多么想给齐兵一个惊喜，哪怕只能得到一点点的赞许也好啊。

齐兵心不在焉地玩着游戏，不一会闻到了什么东西烧焦的味道。他也没注意娃娃在外面鼓弄什么，跑到厨房一看，娃娃正六神无主地看着锅里的菜，泪眼婆娑地说：“煳了……”菜是黑乎乎的一团，娃娃的脸和手也是黑乎乎的一团。

齐兵忍不住笑了一下，说了声“没事”，就又跑回屋了。午后慵懒的阳光让人犯困，再加上病也没好彻底，齐兵玩了一会儿，就趴在桌子上沉沉睡去了。

醒来时，娃娃已经走了。桌子上放了张纸条：“我真没用。弄破了你的杯子，又把菜做煳了。对不起。”下面还画了张扎着小辫子、噘着嘴、流着眼泪的小圆脸。齐兵长出了口气：“这个‘小芭比’总算走了！”然后揉了揉纸条，丢进了垃圾桶。这时猛然想起中午田迹墨的邀约，一看表都6点多了，连忙穿戴整齐，开车直奔大马夜店。一路上，他一边咬着面包，一边不死心地继续拨打刘星的电话，却依然是无人接听。有那么一瞬间，他深深体会到了娃娃的心情，并为此深深地悲哀。

4

到了大马夜店，人都到齐了。从桌子上的空酒瓶和几个人的脸色看，田迹墨他们来了有一会了。主力还是于子凯和吴大非，他们俩的桌子前已经摆满了空酒瓶，而且在吆五喝六，你来我往地举杯就干。齐兵也没跟任何人打招呼，落座先开了瓶酒，举起来冲大家交代了一句："哥儿几个，我来晚了，自罚三瓶！"

"喂，齐行长，今儿没见刘星啊！来，这杯我赞助。"吴大非举杯跟齐兵碰了一下。

"怎么着，才当上正的就把人家刘星踢了啊？"于子凯依然是不改幸灾乐祸的本色。齐兵板着脸，没答话。

"咱们大伙一起来吧。庆祝大兵高升！"田迹墨倡议道。

"官运亨通！"众人纷纷响应，都站起身举起了杯。

"干！"

众人落了座，就齐兵还站着，对着瓶子吹呢。

"哟，还玩真的呀？咱自己兄弟，用不着这样！"田迹墨劝道。

"差不多行了嘿，大兵你这是干什么呀？"吴大非也插了句嘴。

齐兵还是不说话，丢了手里的空瓶，又开了一瓶，接着吹。田迹墨感觉到他今儿的确有点异常，忙走过来想抢下酒瓶。

“让他喝吧。拦不住了。”老刘拎着一打啤酒走过来，拉住了田迹墨。

“嘿！刘哥，你挺怪哈！我想喝的时候你给我水，大兵来劲了你却火上浇油？！”

“他心里有事。”

“我那天也有事啊！”

“你？你的事是自寻烦恼，没事找事，就你那嘴也藏不住事；大兵的事才是大事，你什么时候听他主动说过烦心事？——咱们谁也帮不上忙！”

“有道理……刘哥，你哲学系的吧？冲你这刘伯温传人的范儿，我得敬你一个。干！对了，今儿兄弟我还让人无缘无故胖揍了一顿，也算是劫后余生，你怎么的也得敬我一个吧？干！——刘哥，我告诉你一秘密。”田迹墨酒量并不好，两杯下肚就有点飘，他搂过老刘肩膀，附在耳边悄声说，“我初恋情人回来了！让我给藏起来了。这会儿她还在我公司给我做方案呢。哈哈，兄弟牛不？干！”

“田哥，这大兵不正常，你也不正常了呀？”还是菅鹏举惦记他田哥。

“大兵想多，不想说。那咱们就别问，陪他多。懂了没有？你还等什么呀？赶紧给我走一个！”

说话这工夫，大兵的三瓶已经下了肚。老刘走上台，一边调试着吉他一边说：“我先给兄弟们来一首，助助兴！大兵，下一首你接着，有问题没有？”

“刘哥，瞧好！今儿，我他妈的专场！”一直没说话的齐兵终于说话了。

“好！”谁都没想到大兵答应得这么痛快，大伙一致叫好。

老刘沧桑的声音响起，“大马”里的小男人们都跟着唱了起来：“……男人哭吧哭吧哭吧，不是罪……”

二十一、喂，是亲爱的吗？

1

经过紧张的筹备，“亲爱的婚庆礼仪文化公司”终于正式开业了，“亲爱的在线”相亲网站也同步上线。

开业庆典搞得异常隆重。天公作美，风和日丽。“亲爱的”门前空地精心搭建了一个临时舞台，公司上空彩旗飘扬，气球高悬，礼炮轰响，舞台四周花团锦簇，锣鼓喧天，鞭炮齐鸣。田迹墨和公司的员工穿戴整齐站成两排，在公司门前笑脸迎宾。众人一水儿的红西服、白领带，胸前别着独特的“亲爱的”艺术字胸花。按照他的要求，欢迎语洪亮而一致：“亲爱的，欢迎您！”用他的话说，这叫VI系统和品牌建设。这欢迎语的好处就是喜感极强，来宾基本都是还没进门就先乐出了声。

菅鹏举和小北早早就来了，帮着搭建舞台，忙些杂务。让田迹墨没想到的是，“刀疤脸”也来了，还带了十几个小弟。

吴大非拍拍田迹墨：“别担心，给你捧场来的。”果然，“刀疤脸”满脸堆笑，一来就带头交红包。小北特意过去跟他打了声招呼，“刀疤脸”也挺不计前嫌，连声夸赞“女侠”的功夫，一副心悦诚服的样子。

于子凯一家子都来了。李三姐刚要掏红包，田迹墨赶忙拦住：“凯子帮我设计网站，我还没来得及谢谢呢，这怎么好意思？”

没想到李三姐小眼一瞪：“我这是冲丹妃，有你什么事？”说着就和迎上来的张丹妃亲亲热热地聊上了，“哎呀，人家都夸我这包好看呢！

我跟她们说是我朋友手工做的，她们都不信！丹妃，你手可真巧！”

田迹墨转了一圈，只看到在角落抽烟的齐兵，没找到娃娃。他走过去问齐兵：“娃娃怎么没来？”

“那谁知道。”

“你告诉她了吗？”

“你公司开业，干吗让我告诉？”

田迹墨一听齐兵带着气，也不敢多问。正说着，却见娃娃和才才、李书歌走了进来。齐兵视若不见，自顾自地喝着茶水。娃娃却顾不上和任何人说话，直接冲他跑了过来——只有看到娃娃对大兵的态度，你才能真正明白，什么叫“我的眼里只有你”。

“才才，你也来啦？”

“哼，田哥，当了大老板架子也大了啊！开业都不给个信儿！还好，我有线人。”

“线人？”

“丹姐，你怎么又瘦了呀。”才才说完就奔里面的张丹妃走了过去，看都没看田迹墨。

“才才怎么还认识张丹妃呢？看起来好像还很熟悉的样子。”田迹墨倒吸了一口凉气：女人们很不简单啊，过去看低她们了！

田迹墨本来没想理李书歌，可李书歌却自己往枪口上撞：“恭喜恭喜，开业大吉！”

田迹墨本来想挤对李书歌几句话，转念一想，大喜的日子还是算了，于是也假装热情地跟他握了握手。李书歌还要再来几句恭维的词儿，一眼看见了远处坐着的“刀疤脸”和吴大非，汗珠子立刻就下来了。也顾不上才才，跟田迹墨说声“还有事，先走了”，就一溜烟地跑没影了。

“刀疤脸”和吴大非也看到了他，追了两步没追上。“这孙子，腿真快。”“刀疤脸”骂了一句，“吴老大，他骗了你多少？”

“60 万……”

“啊？这么多？”

“60 万块砖。你呢？”

“8 万块钱。”

“真他妈孙子！”俩人一起骂了一句。

2

赶礼的都让进了屋，外面等着庆典的围观群众也越来越多了。之前发出去的上万份传单和菅鹏举出租车的顶灯广告、路牌、电台、电视台、网络的广告效应明显，卧龙街一时水泄不通，“亲爱的”门前人山人海。因为是本市第一家相亲网站，而且此次广告中的活动内容丰富独特，媒体记者也来了不少。

“要的就是这个令人瞩目的效果。”田迹墨志得意满。时间也差不多了，田迹墨走上舞台开始讲话。原本只想简单地讲几句就开始活动，没想到记者分外热情，接连提问。于是田迹墨便对公司和网站的业务进行了详细介绍，大肆吹嘘了一番公司的实力，描绘了波浪壮阔的发展前景，畅想了无比动人的美好未来，最后把公司和网站的开办成功地上升到推动滨海市文化事业大发展大繁荣，最终促进社会和谐文明进步的理论高度上来。

“好了。记者朋友们、来宾朋友们，时间所限，我就不多说了。庆典活动正式开始，掌声有请著名主持人——桂琳闪亮登场！”

田迹墨之前吹得满天飞牛，极尽夸张，这次总算说了句真话。桂琳的登场的确可称为闪亮，甚至是惊艳。她身着暗红色的低胸礼服，上面绣着盛开的白牡丹，既热烈又不失庄重；拖地裙摆更增大气姿态，靓丽的外形、一派脱俗气质更衬高贵典雅。桂琳刚一亮相就引来一片惊呼，下边七嘴八舌地议论着：有说像周涛的，有说像董卿的，还有说像李冰冰的。桂琳很低调谦逊地做了自我介绍，却比田迹墨的高谈阔论获得了更多的掌声。

“大家都已经看过了传单，相信对我们的活动内容已经有所了解。我再提醒各位一下，除了今天下午的接吻大赛、汇集多位著名艺人的歌舞表演和答题互动环节，晚上我们还将在‘大马夜店’酒吧举办‘六一剩人节’相亲派对活动。而且只要登录 www. 亲爱的 .com 网站进行注册，就可以参加现场免费抽奖，人人有奖，特等奖是 55 寸 SONY 液晶电视一台！”

在一片欢呼声中，桂琳接着说道：“说到这，我的第一题也要出来了，谁能告诉我，‘六一剩人节’如何解释？”

“我！”“刀疤脸”带来的一个小弟自告奋勇地跑上台来，大声说，“今天是 2011 年 11 月 11 日，一共六个‘一’，我们都是‘剩男’‘剩女’，所以叫‘六一剩人节！’”

“这位朋友答对了！请你放心，这么聪明帅气的小伙儿，只要经常关注‘亲爱的’，我们一定尽快帮你找到亲爱的，让你早日告别‘剩人’生涯！有请礼仪小姐送上奖品——‘大马夜店’酒吧贵宾年卡一张！”台下的“剩人”们一片笑声、掌声。

3

看到桂琳很快进入了角色，田迹墨放心地上了楼。

“这个女孩子很不错啊，我看比你强呢，老公。”张丹妃在公司二楼的窗前望着台上挥洒自如的桂琳，充满敬佩地说。

“啊，还行吧。她……她可是我高薪从北京请回来的。”

“我真是羡慕这种有外有内的女孩，能说会道，八面玲珑。她多大了？”

“还女孩呢，她比你大。30啦。”

“哦。结婚了吗？”

“结……结婚了。她老公也是做主持的。我打算过几天想办法也给挖过来。”

“那她现在住哪儿啊？你供她吃住？”

“我……那个……那哪行啊……哎呀，快2点了，你再不去上班又要迟到了。”

“那怎么不行。你就让她和你徒弟、徒弟媳妇一起在公司住呗。你得用点心，别让别的公司给挖过去。你不是常说嘛，人才就是竞争力，可得把她留住。”

“老婆，看来我平日没白教导你，慢慢地，你也可以出师了。‘亲爱的’下一位王牌主持人，就是你了！”看到老婆这么善解人意，田迹墨喜出望外，极少见地夸奖了一次张丹妃。

“我？我可不行，我要有那本事，也不至于每次吵架都被你损得无言以对了。哼！”说着嗔怒地瞪了田迹墨一眼。

“吵架是好事！老婆，我给你讲讲这吵架的学问。两口子偶尔吵一次，是各有各的个性和脾气；天天吵，是彼此不够包容和大度；吵一辈子都没分开，那是真正的浪漫和幸福。懂吗？”

“得得得，吵架到你嘴里也能变成幸福，你是满脑子歪理邪说！”

“你怎么还不去上班呀？迟到了不扣工资吗？”

“我请假了。诶，你说你这个人，你这开业，我总得捧场呀！总要赶我走。怎么，不欢迎我啊？”

“啊……欢迎！欢迎！热烈欢迎！老婆，有你坐镇，我心里就有底了。”

“我？我又帮不上什么忙。有她你才有底呢！”张丹妃往舞台上一指。

张丹妃的话也不知是有意还是无意，惊得田迹墨心里一紧，赶紧继续使出打岔的杀手锏：“老婆，咱爸知道我开公司这事了吧？”

“当然知道了！”

“那他怎么没来？”

“你敢让他来吗？”

“这倒是……他那老古董要是知道我还办什么‘接吻大赛’，非当场把舞台烧了不可。”

“去！你爸才老古董呢。本来就是嘛，‘接吻大赛’，亏你想得出来呀，一肚子花花肠子！参赛的人比你脸皮都厚吧？”

“都什么时代了。再说这事也不是我第一个干的，我这只是照抄照搬一下。咱们得与时俱进啦，老婆！那……你爸他怎么说的？”

“他说，这个小混蛋真能折腾。天要下雨娘要嫁人，随他去吧！”

“别逗我玩了！那是毛主席他老人家说的——你爸是把我当窜逃的

林彪了啊？”

“嘻嘻，那可不。谁知道你哪天就跟人家跑了！”

“不会！不会！”田迹墨拼命摇头道，“就算跑，我也拽着你一起跑。像大东似的，咱也四处旅游去，先去大城市铁岭看一看……老婆，那晚上的派对你参加吗？”田迹墨一边开着玩笑，一边观察着张丹妃的脸色，没看出什么异常，这才放下心来。

“我可不去！你那不是什么‘剩人’相亲派对吗？我都……”

“怎么？”

“我都快成孩子妈了，还去凑什么热闹？”张丹妃故意装作轻松随意的样子。

“啊？你怀孕了？！”田迹墨惊叫起来。这时舞台上刚表演完一段歌舞，音乐骤停，掌声刚落，桂琳正要上台。刚才两人说话已经不自觉地加大了分贝，此时田迹墨的喊声在一片安静中显得异常清晰刺耳，台下所有的人都仰起头，把目光投向了二楼的窗口，屏息凝视。

“真的假的？”田迹墨关切至极，对这一切一无所知，双手紧紧抓住张丹妃的胳膊追问着。

“废话，谁拿这事开玩笑呀……”张丹妃脸上滑过一道红晕，有些得意又有些不安地说，“用试纸测的，明天再去医院检查一下。”

“太好了！太好了！”田迹墨兴奋得一把抱起张丹妃原地转了几个圈，看着娇羞的老婆，重重地在脸上亲了一口。

“看来今天真是多喜临门，‘亲爱的’公司开业、网站上线，让我们再一起祝愿‘亲爱的’田总早得贵子！田总刚才亲身为大家示范了一下接吻的方式和要点，为接下来的‘接吻大赛’拉开了序幕。下面有请参赛情侣！”有那么一瞬间，一直看着田迹墨和张丹妃亲昵的桂琳脑中一片空白。不过她很快调整了情绪，面向观众的脸上依然是可人的微笑。

此刻又借题发挥，机灵应变，更是引得一片呐喊声，气氛达到了一个小高潮。

“抛砖引玉，我只是抛砖引玉。这亲法还是比较老土的，希望你们多多创新，亲出激情四溅，亲出刻骨思念，亲出时代气息，亲出爱意无限！”田迹墨探出头来，冲下面喊，有意躲开了桂琳含义复杂的目光。

老刘的乐队适时地奏起了个猪八戒背媳妇的背景音乐，众人一片笑声。张丹妃早就羞得缩回了身子，生怕别人看到。

整个庆典基本是在此起彼伏的笑声、掌声、喝彩声里结束的，效果非常不错，田迹墨新印制的一大盒名片居然都没够发。散场还不到两个小时，网站注册人数就接近了五百，还有人打来电话联系婚庆业务：

——“喂，是‘亲爱的’吗？”接电话的慕容竹乍一听到这称呼吓了一跳，随即和来电者不约而同地笑了起来。

——“你们公司这名字还真逗！哈哈！我本月 19 号结婚，还能不能来得及安排？”

……

4

晚饭在“南海渔港”，摆了十多桌。田迹墨一群哥们自然坐在一起。他抬头看看桂琳，她被热情的李三姐拽去了另一桌，紧挨着张丹妃坐着。这真是很奇怪的组合。田迹墨很担心两个人会互相爆料，互通有无，吃饭的时候一直心神不宁，偷眼观望。

“老田，晚上还有什么需要帮忙的吗，没有的话我就不过去了。厂子那边还有事呢。”吴大非问道。

“呀，对了，你不说我都忘了，还真有些事你们得帮忙。编筐编篓全在收口，咱们得把晚上这出戏演圆满。”

“首先，你肯定不能走。你要身高有身高，要长相有长相，要派头有派头，就是为了充场面，你也得给我去！”

“婚托啊！”于子凯道出了本质。

“嘘！人家小吴是根正苗红的大龄剩男，怎么就成婚托了呢？没准真能找到个中意的。你嘛……你要是去，那才叫婚托。还真别说，凯子长得也不错！”

“这话我爱听。我今儿晚上就试试，看还有没有魅力了！”于子凯边说边往李三姐那边看，“哥儿几个给我保守秘密就行！老田，你就说晚上有好多事情需要我帮忙，网站一些细节得重新敲定什么的，千万别说我参加你这相亲派对呀！”

“师父，我也要当婚托！”史小舟看出来这是桩好买卖。

“你当然得当啊！不但要当，还得是最典型的成功案例。在相亲派对的最后，你和竹子当场就得相亲成功！明白了没？”

“哈！我懂了！”

“田哥，那我……”菅鹏举无精打采，问得特没信心。

“行行行。你也托吧。反正大家都托了。”

“我菅师叔这一身肥膘，‘脱’了肯定特丰满！”史小舟还添油加醋呢。

“那才才知道了，会不会生气呀？”菅鹏举有点担心。

“不会，不会。师叔啊，我觉得她跟你的感情完全没深到会为你生气的程度。”史小舟本着“逮着蛤蟆挤出尿”的精神继续挖苦。

“菅子，说句题外话哈。徒弟这话说的是过分，但话糙理不糙。我觉得小北挺好，你怎么就非要在才才这一棵树上吊死呢？”

“田哥，当初你还说才才这姑娘好呢，怎么说变就变了呀？”菅鹏举还振振有词，摆出一副坚决上吊，死不悔改的姿态。

“就冲她能跟李书歌这孙子在一起，她也好不到哪儿去！可能你田哥我过去看走眼了。”

“李书歌呢，是不怎么样。人家大兵哪方面都比他强，也没像他这么张扬。可是他不好是他的事，这不关才才的事呀……”一听别人说才才坏话，菅子有点急了。

“张扬？他有什么资格张扬？他是个屁啊！他他妈的……”吴大非也激动了。

“都八百年前的事了，小吴，咱先不说这个，先说正事。到时候做游戏和问答互动的时候，如果没人上，你们要积极地带头配合。那个……大兵，电视盒子没问题吧？”

“早让人拉过去了。”

“那就好！”

“师父，什么电视呀？”

“笨。晚上抽奖。特等奖55寸液晶电视，这尺寸就是照着大兵家这个来的。到时候……就让竹子抽到吧！你俩一起抱着电视盒子，到台前来两句获奖感言、爱情宣言，再好好感谢感谢‘亲爱的’公司……这场面，多感人！”

“其实就一空盒子，我和竹子抱着的时候还得装作好像特别沉，都要抱不动了似的，是吧？可师父，真的不会穿帮吗？”

“不愧是我徒弟！穿什么帮？反正也没人认真看。”

“大兵，晚上你和娃娃也过来玩吧，大家热闹热闹。我看你俩最近好像不太对劲。”

“我不去了，有事。”今晚齐兵基本没怎么动筷子。

“挺多天没见到刘星了，你和她……”田迹墨趴着齐兵的耳朵小声问。

“分了。”

“哦？怪不得。有空跟我说说到底怎么回事。”

“老田，别总把我和娃娃往一起撮合了，行吗？以后她是她，我是我。你们先吃，我先走了。”

“你看你……”见齐兵的脸又阴沉了下来，田迹墨也不好再说什么，“唉，大兵这边肯定是有事！”看着大兵的背影，田迹墨叹了口气。

二十二、六一剩人节

1

晚上 8 点整，“六一剩人节”相亲派对活动正式开始。大马夜店一下挤进了一百多个男男女女，空间顿时显得局促。来参加的大部分都是年轻人，有十几个熟面孔是曾经来公司应聘过的，还有个别的中年人。大家也不管彼此相识与否，反正先占住个地方再说。有很多人都和同性朋友结伴而来，但进了“大马”也都被人流冲散了。

这场面老刘完全没想到，田迹墨和桂琳帮着忙活了半天，东挪西借了许多椅子，才算勉强安排开来，最靠前的人都快坐到台上去了。桂琳在台上拍拍手：“大家静一静。我们要把座位重新排一下。请看一下自己所在桌的牌子，分析一下自己的属性，尽量对号入座。比如，‘宅’的意思就是‘宅男’‘宅女’类型的……”

“我也不知道自己是什么型号的，怎么办啊？”顺着声音望去，提问的居然是“刀疤脸”。

“桌子上有性格分析测试表。题目都很简单，不知道的人可以做一下鉴定。”

听桂琳一说，大家这才注意到桌上放着一摞纸，桌角有一个精致的小牌子。

“我靠，我是冒险型的！真别说，这玩意挺准啊！”“刀疤脸”做完鉴定了就开始嚷嚷，“冒险型的在哪桌？”

中间位置有人喊："哥们，这呢嘿！"

"自信型的在哪儿？"

"这里，这里！"

"优雅型……"

"奔放型……"

……

"迹墨，你好像少设计了一种性格类型。还好你不参加相亲，要不然没地方坐了。"桂琳在田迹墨身边耳语。

"什么类型？"

"闷骚。"

2

又乱乎了一阵，大家总算坐定了。有的桌子一下挤了十多个人，有的桌子只有七八个人，空出来四张桌子。

田迹墨拿着话筒说："定睛一看，我们可以发现一个明显的规律：有美女帅哥的桌子人就是多。看来大家的类型多数是一样的：好色型。别笑，好色未必就是贬义词。爱美之心人皆有之嘛。屋子里有些暗，很多人抱怨看不清楚。来，灯光师，麻烦你开一下探照灯，从第一桌开始，在每个人身上依次停留三秒钟。大家看仔细了啊！"

喧闹的人们立刻安静了下来。"刀疤脸"生怕错过了哪个美女，忍不住站起身来挨个查望。

"都看清楚了吧？那边还有几张空着的桌子。想不想和你心中的他

(她）单独坐到那边聊聊？只要你足够勇敢，上台来发表爱的宣言，或是表演一个节目，就可以获得一张邀请券，也就是一次邀请你的意中人坐过去的机会。只要对方赞同，那个私人空间，还有今晚的免费酒水和‘亲爱的’公司婚庆套餐折扣卡，就是你们的了！”

田迹墨话音刚落，有几个人就争抢着要上台。没想到田迹墨接着补充道：“不过，你们要接受三十分钟的竞争者挑战。如果两个人中有一个中途被竞争者说服离开，意味着此次配对失败，两人都要坐回原位；如果半小时内两人都不改初衷，那么今晚，你们的地位不可撼动！当然，竞争者也要上台发表竞争宣言。”

众人还在议论和踌躇，忽见一个梳着齐耳短发的高个子女孩快步上了台，看年纪有二十五六岁。

“来，让我们为这位勇敢的女士来点掌声！”

女孩试了试话筒，大声说：“穿豹纹那小子，我看上你了！”众人一边欢呼一边找寻“豹纹男”。女孩想了想忽然又补充了一句：“谁跟我抢，我跟她没完！”说完立刻走下台，大步直奔最后面的一张桌子。——田迹墨差点笑出声来，原来“豹纹男”是吴大非！

见过很多大场面的吴大非突然成为全场焦点，显然有点惊慌失措。他一只手拽起衣服，不知道是问别人还是问自己：“我这，我这是豹纹吗？没注意呀……我……你……哎，哎，干吗……”

女孩不由分说，拽起他的手，奔着空桌子就走。

“主持人，看什么呢？赶紧上酒呀！”女孩一落座就开喊。老刘赶紧拿过去几瓶啤酒。“你紧张什么，我又不强奸你。来，是汉子走一个先。”女孩冲吴大非叫板。

众目睽睽之下，让一个小丫头将住了军可不行。吴大非一不做二不休，开了一瓶就跟女孩碰杯：“干！”俩人你来我往喝得挺爽，还真没有竞争者来捣乱。

榜样的力量是无穷的，尤其还是个女榜样。连女人都这么肆无忌惮了，咱就别装孬种、熊包蛋了！很快，不断有人上台发表爱的宣言，也有个别唱歌的。他们也想明白了，别管话说得多蹩脚，歌唱得多难听，反正先捞次机会再说！先到先得啊！

气氛一下子热烈起来。其实田迹墨和桂琳设计这个“抢座”环节，到不指望真的能直接成就某两人的姻缘，主要就是为了增进所有相亲者互相之间的了解。没想到吴大非倒成了第一个受益者，看起来跟那直率的女孩相处得还不错，至少是酒中知己，乐得嘴都有点合不拢了，让一旁孤斟自饮的于子凯和菅鹏举等人嫉妒得不行，怎么喝都觉得酒是酸的。

3

田迹墨正替吴大非高兴着，忽然有个四十岁左右戴眼镜的男人走上台。半秃顶的脑袋在灯光下熠熠生辉，站在话筒前肚子险些顶翻了话筒支架，他开口第一句居然是：“请问女主持人是单身吗？”

“呃…… 当然是。”桂琳也是一愣。

“那就好。”秃顶男从西服兜里摸出张皱巴巴的纸条，端正了一下眼镜，清了清嗓子，一字一句、一本正经地开念，“床前明月光，我叫王怀刚。少了牛粪，鲜花也闷；没有天鹅，蛤蟆咋活？有情有义有资产，就是爱情没人管。别看山中无老虎，我是钻石王老五。劝君更尽一杯酒，我连对象都没有！莫愁前路无知己，没有对象伤不起。千山万水总是情，主持人我追你行不行？”

他带着浓重的东北口音，下边的人都要笑喷了。不知道谁带头起哄：“行！行！”“师太，你就从了那老和尚吧……”

谁都没想到，桂琳居然笑意盈盈，款款下台，轻移莲步，跟秃顶男坐过去了！而且，还主动地、温柔地牵起了他的手！全场哗然。

田迹墨也没想到。就算他能替桂琳想到一万种机智幽默又保全秃顶男面子的拒绝方式，可怎么也想不到桂琳居然真的从了这个老和尚！

“徒弟，徒弟，别看热闹了，等什么呢，上啊！”田迹墨悄悄走到史小舟身边，捅了捅他。

“啊？我？”

“赶紧的，你就这么喜欢看‘美女与野兽’啊？快去给搅和了！”

“好！”

看着史小舟的背影，田迹墨长出了口气：关键时刻还得是自己的亲徒弟呀！桂琳也就是假装配合一下，怕冷了场子，史小舟一过去，俩人都算有个台阶下。

史小舟一行动，马上有了追随者。五六个男人都冲了过去。见此情景，田迹墨彻底放了心：桂琳啊，见好就收吧，你总不能把我自己晾在这儿主持呀。下边还有你的台词呢！

没想到，几分钟之后，所有竞争者都铩羽而归，悻悻地回到了原位。原来没等他们说上几句话，秃顶男就从包里掏出了一个精致的红盒子，打开是一枚硕大的钻戒——这玩意还有随时随身带着的——往桌子上一拍：你们谁还拿得出这么大的一颗，我转身就走。桂琳当即把钻戒捧在手上，脸上露出爱不释手的表情。

这下全歇了。史小舟本来也在按照规定程序假装批评秃顶男的缺点，陈述自己比他更适合做桂琳男朋友的理由，见钻戒一出，也没词了。他只好用了最后一招，趴在桂琳耳边说："师娘，我师父吃醋了，你别闹了，快回去吧。"

桂琳也趴在史小舟耳边："小舟，纠正一下，我不是你师娘，只是你的前师娘。想让我离开，就让你师父自己来。"说完就装出一副欢天喜地的样子，和秃顶男探讨起钻石来。

史小舟无奈地回去，小声转告了田迹墨。"这个桂琳啊，下午的时候地球人都看到了我亲吻老婆的一幕，现在让我忽然变成单身，那不是瞪着眼睛说瞎话吗？再说，派对里人这么多，保不准就有认得张丹妃的，我真要过去参加相亲游戏，那不是找死吗？"田迹墨暗自在心里嘀咕。

"菅子，菅子，你去！"田迹墨又来到菅鹏举身边动员，他桌子上性格类型的牌子是"宅"。这张桌子最冷清，只给所有测试的选择题都选择了"其他"那个选项的人预备。

"啊？我？田哥，我不行。我不去。"田迹墨再三怂恿，一向温顺的菅鹏举这次却出人意料地坚定。

田迹墨这才想起来，菅鹏举还不知道他和桂琳的事。饶是田迹墨七窍玲珑机灵百变，此刻面对桂琳出的难题也没了办法。放眼全场，无人能救田迹墨了。其他人或许早已习惯了现实社会中猪头般的老大款和仙女般的小美人结合的狗血戏码，惊诧了一阵之后，大部分不再关注桂琳这边，又都专心于跟同桌的异性交流，或是上台直接表白去了。

田迹墨没有应对之策，咬了咬牙决心自己完成剩下的主持。没想到这秃顶男还挺较真："喂，男主持人，三十分钟到了没有啊？我这疙瘩等着急了都！"

"到了，到了！恭喜这位聪明绝顶的男士！成功牵手……我们的女主持！"田迹墨的笑容很僵硬，语气很冰冷，"来，我们即兴采访一下这位男士。”

“以前参加过相亲活动吗？”

“参加过！一个月三四次吧。都是往那傻了吧唧地一坐，也没啥交流，一直没遇到可心的。还是你这整得好，这‘亲爱的’，真好，俺一下就找着亲爱的了！”

看秃顶男笑得金牙灿烂，田迹墨气得七窍生烟：“目前你们只是顺利牵手，说明你们有缘，但并不意味着她就是你女朋友了。以后如何，还要看发展。祝福你们！派对结束后不要忘记到前台领取‘亲爱的’公司婚庆套餐折扣卡。”

“不用了，不用了。俺穷得就剩钱了。到时候……”秃顶男脉脉含情地看了看桂琳，“到时候俺俩真要成了，就到你这儿办！不用打折。办最贵的！哈哈！”

“也请您像刚才的那位先生一样，发表一下感言吧。”

“那个，等我想两句哈——真金就不怕火炼，亲爱的终于相见。一山也能容二虎，只要一公和一母！”

田迹墨对这斗“嘴”诗百篇的秃顶男彻底无语了，老刘还没心没肺地给着“你是我的玫瑰，你是我的花”的音乐。

看着田迹墨的尿状，桂琳笑得很开心。当然，桂琳不可能真的看上那个秃顶男，对此田迹墨也是敢肯定的。不过他心里还是有些不是滋味，甚至有些火冒三丈。究竟为何如此，他自己也说不清楚原因。

4

第二天就是周六，派对一直到后半夜两点多才结束。其他人都散去了，田迹墨一直闷闷不乐，连收拾桌椅都噼里啪啦地弄出点声响，也不怕一边正扫地的老刘心疼。桂琳拾掇着空酒瓶，走到田迹墨身边明知故问了一句：“怎么了”。

“没怎么呀。”

“觉得效果不好？”

“没有啊，效果挺好，超出预期。看来剩男剩女们对爱情还是充满渴望，所以我们的公司就充满希望。”

“那是，没看谁在帮你。”

“是啊。有我徒弟，徒弟媳妇，还有我一大帮哥们，我这公司啊，想赔都难！”

“哦，就是没我，是吧？嘿嘿，你看看你，连油嘴滑舌的时候都板着脸。这还是有事啊！”

“没事！我说没事就没事！”

“没事干吗板着脸，装酷哪？”

“装酷怎么了？”

“那都是小屁孩干的事。多大了，还装酷。”

“我觉得吧，傍大款才是金刚葫芦娃和三毛干的事。你说呢？女主持。”

“哟，这是给我话听呢？”

“谁敢给你话听啊！你那嘴不把人说死，至少也能把人耳朵说骨折。

唉，其实仔细想想，你们俩也算是绝配。女主持对男住持，小美女和大野兽，孟姜女爱上秦始皇……”

“说自己呢吧？瞧这嘴损的，你怎么不说潘金莲和西门庆呀？幸亏你只有一张嘴。”

“潘金莲和西门庆也比你俩强啊。现在有社会学家对这事进行了论证，对潘金莲劈腿、西门庆出轨的事情本质有了重新定义。人家那是突破封建束缚，追求自由恋爱。你们俩这叫什么啊？钻戒代表他的心，还是钻戒代表你的心啊？”

“哈！还真急了。我就喜欢看你着急的样。刘哥，刘哥？你这酒吧怎么还有醋呢？赶紧上吧台看看，是不是洒了，我闻着有股子酸味！”

老刘“嘿嘿”地笑着：“俩相声大师，你们俩说你们俩的，该鼓掌的时候我肯定会鼓掌。不过现在我得先忙去了。”一转身，上二楼收拾包间去了。

“不是我说你啊桂琳，你到底怎么想的？”

“什么怎么想的？”

“你就是逢场作戏，做得也太执着，太过分了吧？用那爷们的东北话说，太‘二’了吧。”

“我怎么就‘二’了？你这是站着说话不腰疼。哦，你是有家有口有后代了，夫妻恩爱，美女在怀，大庭广众就能左亲右抱的，是特意给谁看呢吧？下午主持的时候我还想呢，你怎么没和你们家张丹妃参加这接吻大赛呢，弄不好能拿个冠军！我跟你怎么比？我可还是个单身女人呢。——还是个离过婚的大龄剩女！我也需要人疼，需要人爱，我也喜欢人家真心实意的表白。怎么着，我就不能追求一下自己的幸福？挽留一下逝去的青春？充实一下难耐的空虚？做一下爱的尝试？”

“你小点声吧。还敢‘做一下爱’？我发现五六年不见，你开放多了啊你！”

“田迹墨，你有什么资格说我？有什么资格管我？”桂琳本来是想跟田迹墨开两句玩笑也就罢了，可她说着说着反而变成了在他伤口上撒盐的迫害者，自己也刹不住车了，“你是有妇之夫，管得着我这个单身女青年的事吗？我告诉你，他当场就要把那钻戒送我，我俩也互相留了电话，他刚才还给我发信息，说一会儿这里完事了就来接我。今儿晚上我要真跟他走了，‘做一下爱’也不是没可能。就算不结婚，一夜情不行吗？既新鲜又刺激……”

桂琳数落得田迹墨耷拉下脑袋，一句反驳的话也说不出来。桂琳说着说着，眼泪顺着脸颊就流了下来，她一转身，跑进了卫生间，“砰”的一声关上了门。

5

田迹墨在门外等了好久。他了解桂琳的脾气，知道她下午的时候看到自己和张丹妃的亲昵举动，心里不好受，今晚派对的时候闹那么一出，包括现在不惜诋毁自己，纯粹就是为了气他。现在听完桂琳这一番话，更明白了桂琳其实是伤心远远多过了气愤。

“琳琳，别哭了，是我说错话了。”

“琳琳，下午的时候，我真不是故意的。你又不是不了解我，我不是那么有心机的人。”

“琳琳，是不是吃晚饭的时候，丹妃跟你说了什么？你别在意。她对你没有任何戒心，她也是个没有心机的人，下午在楼上，她还一直夸赞着你。”

“她没和我说什么。你觉得面对我这样一个形单影只、离了婚没人要的女人，美满幸福、有了爱的结晶的她，还需要说什么吗？”桂琳总算停止了哭泣，声音从门里传了过来。

“琳琳……”

“别喊我琳琳，这么亲昵的称呼我可受不起。我是你的员工，你是我的老总，咱们两个界限分明。以后永远也不要喊我琳琳！让你的朋友们听见，告诉了张丹妃，她可要吃醋了！”

“桂琳……”

“呀！还真乖啊！这次怎么这么听话？让你别喊你就不喊？刚才派对的时候怎么那么不听话？”

“派对的时候？没有啊……”

“别跟我装傻！我让史小舟告诉你，你来做竞争者，你怎么不做？！”

“这……你也知道我，我很为难啊……琳琳，你不要总这么自暴自弃的。我过去就说过，离婚怎么了，离婚的女人更懂得爱情，懂得婚姻，懂得生活！你的生活，还是充满希望的！”

门打开了。桂琳摆弄着手机，似乎刚发完一条信息。“可是我的爱情，早就注定了绝望！”桂琳撞开田迹墨，快步走到吧台，拿了包就走出了大马夜店。

“你这是要去哪儿啊？我送你回公司！”田迹墨追出来的时候，桂琳已经喊过来一辆出租车，正要开门上去。

“我去跟男住持做点爱做的事！”出租车一溜烟地开走了。

二十三、要乖哦

1

田迹墨身心疲惫地回到家，张丹妃还没有睡，半倚着床头做着手工。电脑开着，音箱里传来理查德·克莱斯曼的钢琴名曲《水边的阿迪丽娜》。

“还没睡啊，老婆。”田迹墨脱了衣服就要上床。

“洗漱去！”张丹妃一记佛山无影脚就把田迹墨踢下了床，“这不等你呢吗？”

“你什么时候喜欢上钢琴曲了？”

“胎教。”

“什么？”

“胎教嘛！让咱孩子早点接受高雅艺术的熏陶，以免将来像他爸爸一样，满肚子低俗的流氓文化。”

“不就是个接吻大赛嘛，我又没参加，就给我定性成流氓了？”

“你还想参加？你想和谁参加呀，你？跟你那金牌美女主持人桂琳？”

“和……菅子。行吗，老婆？我和菅子肯定技惊四座！”

“变态！”

“嘿嘿……亲爱的，这……才怀上孕没两天，胎教有用吗？”

“关了吧，别影响你睡觉，我戴着耳机听。唉，我也不知道有没有用，就是待着没事，反正也得等你。派对怎么样？”

“非常好！非常非常非常好！当场就成了十几对。小吴都成了抢手货呢！你看着吧，‘亲爱的’就此飞黄腾达了。”

“别成天想着飞黄腾达了，今天一共花了多少钱？”

“买衣服、租舞台、做道具、发奖品、吃饭……哦，对了，还有请歌手和乐队，一共二万多吧。”

“乐队不是老刘的吗？”

“是啊，那该给钱也得给啊，人家老刘没少帮咱们忙。我不是和你说过嘛，当年我刚回滨海的时候，他给过我很多帮助，这回搞派对什么的，他也从没主动跟咱谈过价钱。”

“你也没少帮他呀。”

“对啊，其实他挺难的，大马夜店效益一直不好。不过这回行了，估计以后得天天爆满！嘿嘿……我们俩是合作双赢。我帮他免费宣传、拉客，他给我提供场所。一举两得，何乐不为嘛。”

“你的哥们，到你嘴里谁都挺难。我看啊，其实就你最难。那边三十八万的债务，这边还花钱如流水似的只出不进……”

“前期肯定是需要投资的啊！这不是刚开业嘛，这些投资都是一次性的、永久性的，以后就没有什么支出了，只有收入。这些商业的东西你不懂。知道吗？今天就订出去六份婚礼，两份开业庆典！年前有的忙了。对了，亲爱的，明天你还得给我拨点专款，我想换一批高朗的麦克。大东留下来的都太旧了。”

“还要钱？我最后的私房钱都给你拿出来装修公司了，哪里还有啊？”

“今天……不是收了很多红包吗？数过了吧？多少？”田迹墨钻进被窝，亲昵地搂上张丹妃。

“没多少！”张丹妃转过了身，又把后背亮给他，“关灯，睡觉！”

“你什么时候能支持一下我的事业呢？”

“我没反对，就算是支持了！”

田迹墨仔细一想，张丹妃说的，还真对。毕竟，她是张丹妃，她从不关心他在做什么、他想要什么，她只会一心一意地想着怎么过日子：花盆怎么摆放？窗纱换什么颜色？大葱涨了多少钱？她永远也不会是桂琳。桂琳懂他，就如同他懂桂琳。一想到桂琳，田迹墨就有点纠结。这一夜，田迹墨眼前梦着、醒着的，都是一个恶心的大秃头。

2

“师父，快来看啊！”“亲爱的”公司里，史小舟一边噔噔地上楼，一边急三火四地喊。

“别总大惊小怪的。‘亲爱的’业务部兼宣传部、后勤部……各种部的部长，遇事能不能淡定点？”看着史小舟到了近前，田迹墨压低了声音问，“桂琳起来了吗？”

“桂琳？她昨天没在公司住呀！师父，跟徒弟你还装清纯？昨晚你俩去哪儿了，老实交代……”史小舟摇头晃脑，自以为神机妙算。

“什么？她没在这儿住？！”田迹墨一怒而起，声调高了八度。

“师父，都‘亲爱的’老总了，遇事能不能淡定点？”史小舟可逮着机会收拾他师父了，“你昨天没和她鬼混呀？”

“大人的事，小孩子别乱掺和。”田迹墨打了史小舟脑袋一下，“这个桂琳，难道真自甘堕落了？”田迹墨叨咕着。

“你刚才喊我什么事？”

“给你看这个。”史小舟把手里的《滨海早报》铺在田迹墨的办公桌上，头版第一个新闻醒目地写着一行大字：“文化公司举办接吻大赛”，下边还有副标题：“——经理亲自参赛，挑战炒作底线”。旁边配了两张图，一张是田迹墨亲吻张丹妃的照片，张丹妃只露出个侧影；另一张是大赛选手以高难度的姿势接吻时的镜头。

田迹墨把这条新闻反反复复地读了几遍，盯着报纸沉默了足有十分钟，最后一拍桌子：“你马上去趟报社，把这记者给我约出来。”

“师父，他这是不是侵犯你的肖像权了？”

“哈哈！侵犯就侵犯吧。我不是要找他打官司！傻徒弟，人家帮咱们免费做广告，我是要好好感谢他！快去吧！”

“哦！”史小舟挠着脑袋下了楼。

田迹墨拿出手机给桂琳打电话，桂琳的手机铃声却由远及近地响了起来，转头一看，桂琳上楼了。

“田总早。田总找我什么事？”桂琳眼睛有些浮肿，看样子昨晚也没休息好。

“哦，没事。你先看看这个。”田迹墨装作若无其事的样子，把报纸递了过去。

“好事呀，帮咱们免费宣传。我马上跟这个记者联系一下，这样的报道越多越好！”

“嘿！心有灵犀，不点也通。不用了，我已经让史小舟去了。”

“哦。还有别的事吗？”

“……没了。”

“那我先回办公室了。不知道昨天派对的人员资料，慕容竹录完了没有。”桂琳说完转身就要走。

“等等！你……昨晚去哪儿了？”

“请允许我太不礼貌地说一句：田总，我昨晚去哪儿了，和你有关系吗？”桂琳的话轻飘飘地丢过来，却差点把田迹墨砸一个大跟头。

“我……我这是关心员工生活。我怕我‘亲爱的’员工经受不住资产阶级敌人的糖衣炮弹，走向腐化堕落！”

“谁是你亲爱的呀。你放心，离婚这颗原子弹我都经受过了，糖衣炮弹伤不了我！还有，田总，这是在公司，有点高层领导的素养，注意点文化人的形象，职业点，再职业点。”桂琳咔嗒咔嗒地下了楼，半路还回头调皮地说了句，“听话，要乖哦。”

3

没等下班，田迹墨就接到了岳父的电话，不出意外地被臭骂了一顿。田迹墨早有心理准备，老头子说什么他都不反驳，认错态度极其良好，悔罪之心异常坚定，哼哼哈哈的就想蒙混过关。磨叽了快半个小时，老头子骂得都没词儿了，最后无可奈何地说了句：“看我外孙面子上，饶了你这次。”田迹墨嘿嘿一笑。

晚上回家，田迹墨把这事说给张丹妃。张丹妃依旧在听理查德·克莱斯曼，摘了耳机听田迹墨说完一乐，说你就感谢儿子吧！

田迹墨感慨万分：“老婆，咱们这儿子还没出世，就帮着他爹挨刀挨枪、遮风挡雨了，赶明儿就起个名字叫田盾牌吧。”

“田盾牌？你可真比你爹你妈强多了。他俩给你起这‘迹墨’都够有创意了，你比他们还更上一层楼呀！别糟践咱儿子了，成吗？”

“开个玩笑，你甭急。他爸爸这么有文化的人，能起这么没文化的名字吗？要不就叫‘田文化’？”

“一天到晚没个正形，咱儿子可千万别像你。阿弥陀佛。对了，问你个事。”

“说吧，亲爱的。”

“大兵和娃娃闹分手，你知道吗？”

“知道一点。”

“因为什么？是不是因为上次那个叫刘星的小姐？”

“这个……我就不知道了。什么小姐啊，人家是良家妇女。”田迹墨心想，八成就是因为刘星。

“你明儿有机会跟大兵好好谈谈，能撮合还是帮两人往一起撮合撮合。不管是小姐还是良家妇女，那都是第三者。你是搞婚介的，如果连自己的朋友都搞不定，怎么能行呀。”

“这你放心！你别动不动就第三者，电视剧看多了吧？齐兵就是孩子气，玩心重，可不是玩弄感情的骗子！他又没结婚，哪来的第三者？”

“一说你朋友的不是你就急，算了，习惯了，不跟你计较。他是不是那种人对我来说无所谓，反正你不是就行了。

“我……我当然不是啦，老婆瞧你，瞧你这话说的。”田迹墨还真有点心虚。

“你这破公司里面美女如云，上班也别给我胡思乱想的，你可得给我老实点！”张丹妃在田迹墨的额头上“叭”地亲了一口，“还有件事——那个主持人桂琳，原来在北京什么公司啊？”

“啊……叫什么……大公司，非常大，全国连锁的……叫什么来着……我还真给忘了，明天到公司看一眼档案。你问这个干什么？”

“随便问问。你们怎么认识的？”

“啊……朋友介绍的。”田迹墨有点冒汗，怕什么来什么，她们昨天一起吃饭，肯定是互相交流了彼此的一些信息，不能就着关于桂琳的事情深谈，不然一句话答错就露马脚了。他连忙故技重施地打岔：“这个……老婆啊，我发现自从你出去上班之后，思维比过去敏捷多了，思路也开阔了，幽默感也强了，话也多了。我早就说过，不能总在家里待着。赚钱不赚钱倒好说，关键是人都待傻了。这什么时代啊，信息时代！不接触外界新鲜事物，整天闷在屋子里，闷一年至少老三岁！闷十年你就是外星人了。”

“又来了！诶，你不说我还忘了告诉你，我辞职了。”

“什么？！辞职？”田迹墨险些从床上蹦起来。

“中午打电话，跟开发区王区长说了。他答应得挺痛快，还跟我说什么时候愿意去随时跟他打招呼。老公，你说我这怀着孕呢，这工作有时候还得跑工地，那工地乱哄哄的不说，空气又污浊，我倒不怕，可咱儿子吸进去多不好。再说，那都是高空作业，天上万一掉下个砖头可怎么办……”

“哪有那么严重？你这也太开玩笑了。这才上班几天啊，说不干又不干了。怀孕怎么了，怀孕就是借口了？这不还没到需要休产假的时候吗？不是张丹妃，我就发现了，你上个班怎么就这么难……”

“又不是我不愿意去，这不是情况特殊吗？”

“少拿怀孕说事！你看谁刚怀孕就不工作了？慕容竹怀孕两个多月了，比你时间长吧，不照样在我那儿干活吗？”

“她一农村出来的孩子……”

“我也农村出来的！就你是城市里的，是吧？你是千金小姐，贵妃公主，别人都是后妈养的，丫鬟奴隶？人家娃娃条件比你好吧？不照样在上班？！”

“你别跟我喊！人家娃娃都没说什么，挺支持我的。就你……”

“好，我语气重了，对不起。”田迹墨点了根烟，缓和了一下情绪，“老婆，这跟农村、城市没关系，这是一个上进心的问题。上进心，懂吗？自尊、自强、自立，这是人在世界上生存的第一原则。”

“我怎么不自尊了？田迹墨你别臭词滥用！”

“是，可能你父母从小对你娇生惯养，你不需要努力就得到了别人努力也未必能得到的东西，但这些东西不会永远属于你。有一天你会失去的，明白吗？坐吃山空，你懂吗？等你后悔就什么都晚了！我看出来了，从上班第一天起，你就没打算长干，你就是做样子给我看呢！我告诉你张丹妃，你不是在为我上班，不是在为我工作，你是为你自己，为实现你自己的人生价值！”

“就算不上班，我又没有在家里闲着……”张丹妃的反击很无力。

“对，整天围着你的缝纫机转，是吧？你觉得做的那些手工包，李三姐之类的夸你几句，你就特别有成就感了，是吧？那些面子话就足以支撑起你全部的人生了，是吧？”田迹墨咄咄逼人。

“你是不是总觉得，有一个没有工作的老婆让你在别人面前特丢份儿啊？”

“那是两回事！我真是不明白，你的精神世界里面都是些什么主流价值……”

“我已经辞职了，说什么都晚了。别跟我讲那些人生观、世界观的大道理了，留着培训你那些主持人吧。”张丹妃又戴起耳机，继续听钢琴曲。

4

张丹妃的辞职其实还真不是预谋的，可以说是个比较偶然的突发事件，幕后推手则是“女人联盟”的领军人物——李三姐。今天中午，女人联盟的成员又聚会了，话题自然而然离不开昨天田迹墨的公司开业。

“丹妃，你们家老田还真敢折腾，这么大个摊子，他说支就给支起来啦，比我们家于子凯可强多了。我们家这化妆品店，全靠我一个人，于子凯什么忙也帮不上！你这下可享福咯。人跟人真是不能比，我呀，就是操心劳碌的命；你呀，就是天天躺在床上一动不动，天花板上都能掉下钱来——老公能赚呀！”李三姐嗑着瓜子，极力掩饰着对张丹妃的羡慕嫉妒恨。

“哪有，他那公司不知道哪辈子才能回本呢。再说，迹墨可没有你们家我姐夫让人省心，上来那劲头，比咱们女人还啰唆。”

“哈哈，省心？那是那是，关键在于我的调教嘛。丹妃我跟你说，你们家田迹墨这一开公司，手底下那么多美女主持，你呀，操心的事还在后头呢。”

“这方面迹墨倒是没问题。”

“没问题？等有问题就晚了！不说别的，就昨儿那女主持，叫什么桂琳的，咱得承认，主持得真不错，人也长得漂亮！晚上吃饭，咱们跟她唠嗑，瞧她那高傲劲！哎哟，什么‘我没干过这行，就是上学的时候主持过一些晚会’，什么‘就是多少有点天赋，当然更主要都是学校里锻炼出来的’。”李三姐拿腔拿调地学着桂琳的口吻，“但是一说田迹墨，她马上就表现出特服气的样子，说田总如何如何优秀、如何如何出类拔萃。这说明什么？说明她欣赏你们家田迹墨。成天在一起工作，欣赏慢慢就变成了喜欢，喜欢慢慢就……我可不是说你们家田迹墨是那种人，可是不怕贼偷，就怕贼惦记。你们说是不是？丹妃，这事千万要小心，你得把你们家老田看住了！”

张丹妃淡然一笑，说：“我信迹墨。”可心里多少有点打鼓：昨天田迹墨不是说桂琳是他高薪从北京聘请过来的吗？怎么桂琳却说自己没干过主持呢？他们两人至少有一个人撒谎！

“对了，丹姐，田哥的公司都上了报纸了。你知道吗？”才才迟疑了一下，“上面还有你呢。你们两口子行呀，当众秀恩爱！田哥这个 80 后，可比 90 后都会玩浪漫呢！”

张丹妃这才知道了报纸的事情，在姐妹们面前十分不好意思，弱弱地辩解了几句：“他跟我才不浪漫。今天是我告诉他怀孕的事，他一激动才……”

“哎呀，丹妃，你怀孕了呀？多久了？”

“没几天，刚检查出来的。”

“是特意要的吗？”

“三姐……”

“我的意思是说，之前田迹墨戒烟戒酒了没有？”

“没有，之前没想这些啊。”

“三姐说句话你可别多心，没有诅咒你的意思啊。抽烟喝酒，精子的质量就不高。质量不高，胎儿就容易发育得不健康，就容易流产。”

“有这么严重吗？三姐你可别吓唬丹姐！”

“才才，你个小屁丫头懂什么。我为什么三十多了还没有孩子？你们以为我不想要呀？四年前本来我都怀上了，但是没保住，三个多月的时候就流掉了。我刚才说的那些，是医生告诉我的，可不是我瞎编啊！”

听李三姐这么一说，张丹妃还真有些害怕了。仔细一想，有可能受孕的那段时间，田迹墨刚好四处串场主持庆典，烟酒反而比平时还多了些。

“丹妃，你是不是还上班呢？”

“嗯。娃娃给找的，在大港开发区。”张丹妃看了一眼娃娃。这孩子今天不知道怎么了，情绪特别低落。大家说了半天了，她一直坐在那里一声不吭。

“你看，娃娃还是跟你近呀，我原来也在家待了好一段日子，娃娃都没说帮她三姐找个活干。嘻嘻，娃娃你别往心里去，三姐逗你玩的。我又没读过什么书，也不会干什么。不像丹妃，大学生！”见娃娃没动静，又喊了两声，“娃娃！娃娃！三姐跟你说话呢？”

“哦，三姐，没事，我知道你心直口快。那时你说要在滨海大百货找个好一点的摊位，我帮你找了。后来你说租金太贵……”

“对对对！三姐真是老了。哈哈，把这事都给忘了！”李三姐脸不红、心不跳，看样子很习惯于忘记别人曾经对她的好，“丹妃，要三姐说，你这班能不去也别去了。那开发区刚开始弄，环境又脏、又乱、又差，我听说空气污染特别严重，再把胎儿发育影响了——娃娃，我可没说你介绍的工作不好。”娃娃心思显然没在她们谈论的话题上，头也没抬地“哦”了一声。

李三姐扯的几句闲话，谁都没怎么放在心上。她的嘴碎，不分场合、对象、是非，逮什么说什么，大家早就习惯了，话题很快转移到了今天一反常态的娃娃身上。可是张丹妃还真有点犯嘀咕，毕竟孩子是大事呀！

“娃娃，你今天少言寡语的，是不是又跟大兵闹矛盾了？”才才正处在热恋中，似乎对人的情感变化反应特别敏锐。

“不是闹矛盾，才才姐。他昨天说，要跟我分手。”

“什么？他吃饱了撑的呀他？”才才大有立马操起刀叉干革命的气势，其他二人也气愤不已。还好齐兵不在眼前，不然估计立时就会被群情激奋的三姐妹一人一脚踩死。

“他说，他要和刘星在一起。”

“刘星？就那个小狐狸精？”除了张丹妃，其他几个人都叫了起来。

二十四、冲吧，小男人

1

“亲爱的”真的火了。不出半个月，“亲爱的”就已经响彻街头巷尾。庆典很成功、派对很成功、赚人眼球的“接吻大赛”更是很成功。这并不新鲜的炒作手段，不管谁用都能惹得争议四起。让报纸新闻这么一登更是世人皆知，连公交车上的老大妈、老大爷都议论纷纷——尽管骂声居多，但田迹墨的目的达到了。相亲网站注册人数呈几何增长，来公司相亲的人络绎不绝，委托策划庆典的业务接踵而至。他和桂琳的搭档主持新颖独特，获得了极大的好评。

田迹墨没有骄傲自满。他知道，要营造知名度，进一步占领市场，光靠搞“接吻大赛”这种低档次的炒作来吸引眼球绝对不行。于是他和桂琳又共同策划了一些公益类的活动。比如挑选有学历、有素质、有爱心的剩男剩女当义工，去敬老院探望孤寡老人，去孤儿院做义工，给残疾人牵线搭桥找寻另一半，等等，既做了善事，又增进了彼此感情，还真因此促成了几对恋人。日报社的那位记者跟田迹墨吃了两顿龙虾、拿了几条中华之后彻底成了心腹，在帮助“亲爱的”公司做免费广告方面不遗余力，通通冠以“‘亲爱的’感恩之旅”“残缺的肢体、完美的爱情”之类响亮标题做了跟踪报道。言辞一如既往的犀利，内涵一如既往的深刻——跟第一篇报道唯一的区别就是，主题更一边倒地阳光、积极和高尚了。

田迹墨忽然深深地意识到，从现在开始，他已经不是那个纯洁的、清高的、叛逆的文人，而是一名商人——在他的笔下和骨子里都曾嗤之以鼻、奸诈狡猾、唯利是图的商人。也许桂琳说得对，想距离成功更近，他真的需要“职业”一点，再“职业”一点。

2

一天下午，刚主持完一场某商场的开业庆典，田迹墨开车送桂琳回公司。

“问你点事。”

“说。”

“那天你跟张丹妃、李三姐她们在一桌吃饭，没说什么吧？”

“谁说什么？”

“你们之间啊！”

“那能说什么？女人那些事呗。有家的炫耀炫耀美满婚姻，有男朋友的吹嘘吹嘘浪漫爱情，有事业的畅想畅想鹏程万里，然后就是美食啊、购物啊、明星啊、时尚啊、八卦啊……问这个干吗？”

“哦，没事。”

“没事？看你那一脸严肃的样子，没事才怪。哦，我知道了……张丹妃审讯你了吧？”桂琳侧过头来盯着田迹墨。

“审讯我？她有什么可审讯我的？”田迹墨故作轻松。

“哦，那看来她还挺淡定的。我那天呀，就是给她讲了一个童话故事。”

“童话故事？”

“‘卑鄙与白痴’，你忘了？”桂琳笑笑。

“什么？！”田迹墨踩了脚急刹车，怒容满面地瞪着桂琳。

“看把你吓得！就知道你是担心这些。放心吧，跟你开玩笑的，我没那么傻。”桂琳猝不及防，头险些撞到前挡风玻璃上。田迹墨似乎不太相信，目不转睛地看着桂琳的眼睛。

“开车吧。我什么都没说。迹墨，你觉得我是那种不知道好歹，找不着自己位置的人吗？开车呀！”

“你说，她到底怎么想的？”田迹墨重新发动车子，没头没脑地来了一句。

“谁啊？你们家那口子？”

“她又辞职了。”

“人家都怀孕了，辞职也正常啊。反正老公这么能干，安心在家养孩子不挺好么。诶，几个月了？”

“不是，你不了解。从她大学毕业到现在，没有一次工作能超过一个月。一年当中，倒有一多半时间都在家里待着，弄她那些破手工。什么娃娃呀，布艺背包啊……”

“哦，那天我看到了，做得真的很精致很漂亮，你老婆手很巧。她家条件不错吧？”

“还算可以。父母都是普通的公务员，一辈子也没混上个带‘长’的。前几年动迁，他们家得了一笔动迁费，也就100多万吧。”

“100多万，放到滨海这二线城市，就算不错了。反正家庭有后盾，不愁吃、不愁喝，那就待着呗。你有这样的岳父岳母，不是也省了很多心么。”

“什么叫‘啃老族’？她就是典型的‘啃老族’！知道‘啃老族’

的本质是什么吗？没有上进心！你也知道，我可以容忍平凡、平淡甚至平庸，但我不能容忍身边的人不思进取。”

“你怎么就知道人家不思进取了？女人和男人不同，男人想要的是征服全世界，女人只需要征服一个男人。事实上，她做到了，她已经成功了。然后，她需要做的，就是把日子过好，家庭上下打点利索……”

“亏不亏心啊你。你如果真是这样想，为什么你不是这样的人？”

“你怎么知道我不是这样的人？也许，我只是没有这样的机会。”

“你和萧雨在一起的时候，也不去上班吗？”

“那倒没有。他倒是正和你相反，不愿意我出去抛头露面，跟我说过很多次，让我在家待着，什么都不用干。可我实在是待不住。”

“这不结了。退一万步讲，如果我是亿万身家、富可敌国，或者说，我像萧雨、齐兵一样是富二代、官二代，她这么做无可厚非。事实上我现在欠了一屁股的债，她却整天在家当个无所事事的阔太太？”

“可是人跟人是不一样的啊。你们不是还没到揭不开锅、吃不上饭的时候吗？迹墨，知道你有一个特别大的缺点吗？就是强迫别人按照你的生活方式、价值观念来生活和看待事物。我了解你的过去，甚至你的童年。你常跟我说，你家庭条件不好，父母对你要求特别严格，考试得了第二都要挨揍，所以你从小到大都在被逼迫着，一定要优秀，一定要奋斗。因为不努力就一无所有。这样严格的家庭教育终于让你出人头地，所以你对待别人的要求也像你父母对你的要求一样。你可以严格要求自己，但不能强迫别人。虽然这种做法这通常被称为‘大男子主义’，可在我看来，这恰恰是小男人的思维。”

“小？”

“对。不足够包容、体谅，不会换位思考。你有没有想过，别人的家庭环境、成长经历跟你不同，别人有别人的路，她有权选择自己要怎么走。你匍匐、你挣扎、你摔倒、你冲刺，你疲惫不堪满身是血但是不抛弃不放弃，只要你能朝目标前进，你就觉得值。可人家不啊！人家要坐着轿子、看着风景、晒晒太阳、数数星星、有说有笑、轻松愉悦，未必有你那么高尚的理想，甚至都没有目的地，人家就是享受这个过程。怎么了？你可以不听，我可以大声；你可以大声，我可以不听。各有各的想法和活法。懂吗？”

田迹墨努了努嘴：“小男人的思维……”他并不认为桂琳说得对，却想不到什么话来反驳。

一直到公司，田迹墨一言不发。桂琳解开安全带，临下车的时候，田迹墨说：“桂琳老师，关于小男人的理论，学生我一时半会还不能理解，所以也不敢苟同。你先上去吧。我去‘大马’一趟，顺便布置一下周末的活动。改天抽空，我们再好好探讨一下。”

“迹墨，其实，我们早就该好好谈谈……”

“这两天忙完的吧。走了。”

3

老刘的“大马夜店”最近生意非常不错，这自然要归功于田迹墨。“亲爱的”如日中天，每次活动根据地就在大马夜店，自然受益匪浅。老刘白天也不必跑出租了，还招了许多驻唱歌手和服务人员。最近的客流量直线上升，晚上 10 点以后的桌都得中午之前预订。有时候老朋友去都没有位置，老刘为此很过意不去。

“小田儿，来点什么？”每次见到田迹墨，老刘总觉得像是亏欠了什么，分外热情。

“刘哥，你忙你的，不用管我。我约了齐兵。对了，这几天，他来了没有？”

“没有。刘星不在，他自己是不会来的。小丁，来两杯咖啡！”

“他和刘星好像很久不在一起了。”

“是啊，他们分开了。”

“分了？他和刘星也分了？这个大兵，跟娃娃也分了。看这意思是想做‘独行侠’啊！”

“哦？是么？这倒有点出乎意料。可惜了刘星那小丫头的一片苦心啊。”

“刘星的苦心？好像弄得挺复杂啊。刘哥，你似乎……挺知情？”

老刘刚要答话，齐兵推门走了进来：“老田，天寒地冻的，喊我出来什么事？”老刘一见俩人要谈事情，转身走了。

“大兵，你这是怎么了，胡子拉碴的。”

“这几天没去上班，也就没刮。”

“怎么不去上班？”

“懒得去！”

“你和娃娃……”

“分了。不是告诉过你了吗？”

“你家里知道吗？”

“不知道。你喊我来又要给我上课？”齐兵的语气明显不太耐烦，他始终站着，感觉好像只要和田迹墨一言不合，他就立马拍屁股走人。

“你先坐下。我没这意思。这些天我那边挺忙，你刚当了行长，肯定也烂事一大堆，咱们也都没有好好聚聚。尤其咱俩，半个月没见了。怎么着，聊会天都没时间？”听田迹墨这么一说，齐兵只好坐下。

“大兵，我了解你的性格，既然你决定了，就没人能让你回头。所以，我也不想在娃娃的事情上劝你。你嫂子跟我说，娃娃好像挺伤心，让我问问你到底怎么回事，毕竟她们姐俩感情处得不错，人家娃娃还帮她找了工作。其实也没什么，分就分吧，爱情不就那么回事，俩人之间没感觉，别人谁都帮不上忙。”

“老田，你总算顿悟了！”

“你齐大行长是皇上，我们，都是小太监。急也没用。”

“能不能别开口闭口行长行长的。你再这么挤对我，我可撤了啊。”

“一直没见你和刘星在一起了啊。”田迹墨假装很随意地问。

齐兵的眼神立刻黯淡了下来，苦涩地笑了笑：“她把我给甩了。”

“哟！你都是万花丛中过片叶不沾身的人，她甩你？不能吧？”

“别涮我了老田。其实我也不懂，为什么她会跟我分手。”

“当面问她啊。”

“找不到她了，手机一直关机。我猜，她可能已经离开滨海了。”

“你找不到也许有人能找到呢——刘哥，来，陪我们坐会，顺便拿几瓶酒。”老刘在吧台一直看着他俩，听到田迹墨喊，便走过来坐下了。

“大兵弄丢了一个人，这个人对他很重要。刘哥，你这一双千里眼和顺风耳，是不是能帮帮忙？我是束手无策了。”

“这世界上还有你解决不了的事情呀？”老刘冲田迹墨开着玩笑，眼睛却看着齐兵，“你想找刘星？”

“你知道她在哪儿？”齐兵反问道。

“大兵，我能找到她。随时能。”

“真的？把她电话给我。”齐兵两眼放光，从兜里往外掏手机。

“不过我得先问你一句，你为什么要找她？”

“这……”齐兵忽然觉得这看起来很简单的问题却十分不好回答。是啊，为什么？

“大兵，刘哥比你大了十多岁，不敢说在感情上比你更成熟，但经历过的事情，也许比你多些。你有没有真正思考过，你到底想要什么？”

“我……”

“该有的，你全都有了。一个很好的家庭，一份很好的工作，很好的社会地位，足够花的钱，在这座城市里就算不是呼风唤雨，至少也是丰衣锦食。爱情？副市长的千金，一个很漂亮、很可爱、很温柔的女孩子是你的未婚妻，可你不要她。为什么？因为你不爱她。”

“是的。娃娃是个好女孩，可……”

“你爱刘星吗？”

“是！我爱她！”

“她能给你什么？”

“自由。”齐兵沉默了片刻回答道，“是的，自由。她让我觉得真实，我不需要任何伪装。想笑就笑，想哭就哭，想喊就喊。”

“那你有没有想过，你能给她什么？你的家人会接受她吗？一个没有正式工作、没有学历、没有背景还曾经做过小姐的酒吧歌手？”

“知道女人最想要什么吗？‘家’！”一直没说话的田迹墨提醒齐兵。

“尤其是刘星。她比任何同龄的女孩子都渴望家的感觉。所以，你想好了，如果你无法给她一个‘家’，那就没有必要再找她。否则，就算你们两个人在一起，也只会不断加深彼此的痛苦。而且，你会耽误她，甚至害了她。”老刘低下头倒酒，似乎若有所思。

“刘哥，别怪我冒昧。咱们认识这么多年了，有个问题我一直想问。”田迹墨启开一瓶酒，给三个人斟满。

“你想问我，为什么一直单身？对吗？”

“刘哥，如果涉及隐私，那就不勉强了。我是想，你要是同意的话，我可以帮你介绍介绍。我这大小也有个婚介呢，你这算是超大龄剩男了。我这当兄弟的，得尽点绵薄之力啊。”

“我有家。有老婆，还有孩子。”

“那怎么……”听老刘这么一说，田迹墨和齐兵都很惊讶。老刘在滨海待了十来年了，一直孤身一人，居然有家人？

“不过，我已经很久很久没有见过他们了。我是一个不称职的丈夫，更是一个不负责任的父亲……你们一定很好奇，是吧？也许用不了多久，你们就会知道了……”老刘的表情很痛苦，似乎陷入了深深的回忆。田迹墨和齐兵谁都不敢深问。

“知道刘星为什么要离开你吗？她是为了你好。就是害怕会耽误你，害了你。她是一个心地特别善良的女孩子，不想让你为她为难，甚至为她失去所有。有的时候，爱一个人最好的方式不是相守，而是离开。因为爱，就是想让爱人更快乐，更幸福。”

“刘哥，告诉我刘星在哪儿。我要去找她！”

“你想清楚了吗？”

“嗯！”齐兵的眼睛里闪烁着渴望和自信的光芒。

“我希望，你能像个真正的男人一样，面对刘星，面对你的父母。”

“我会的！她还在滨海吗？”

老刘看了看手表：“她现在应该已经在车站了。8 点的火车，还有一刻钟的时间。能不能来得及，要看你俩的缘分了。冲吧，轻骑兵！”

“刘哥，你觉得齐兵和刘星俩人是来真的吗？”看着齐兵匆匆离去的背影，田迹墨叹了口气。

“以我对刘星的了解，她肯定是的。大兵……不知道他能不能顶得住家里的压力。”

“我见过他爸爸，他是绝对不会同意大兵和刘星在一起的。其实这也是人之常情。换作你我，也未必同意自己孩子做这样的选择吧。”

“看一个男人是不是真正的男子汉，就看他在关键事情上的选择。你掉过头来想一想，如果齐兵选择的是娃娃，两个人勉强地在一起了，娃娃会幸福吗？所以，我觉得，在跟娃娃分手这件事情上，齐兵还是很有担当的。”

“唉，作为哥们，也只能是祝福他了。”

“小田，刘哥问你句不该问的话。”

“咳，跟我有什么不该问的，你说。”

“你公司里那个女主持人……”

“就知道瞒不过你这老狐狸的火眼金睛！呵呵，这事只有我徒弟知道。刘哥，我就不打自招了吧，其实，她是我的初恋……”

“果不其然。就是你过去给我讲过的那个桂琳是吧？你那本书不就是写她的吗？呵呵，从你俩的眼神里就能看出端倪。何况，一般关系的男女，哪有像两口子那样吵架的啊。”老刘笑笑，“嗯，她还真的很优秀，配得上我的田兄弟！”

“刘哥，你可别笑话我了。你说，我现在该怎么办？”

“我刚才说过了，看一个男人是懦夫，还是真正的男子汉，就看他在关键事情上的选择。”老刘用力拍拍田迹墨的肩膀，“刘哥相信你，会做出正确的选择。”

二十五、一物降一物

1

菅鹏举此刻也在面临选择。在他办公桌对面坐着的，是才才和李书歌。才才还是那个让菅鹏举不敢直视的美女才才，李书歌依旧是趾高气扬的李书歌。

“菅总，这么大块蛋糕，你自己应该是吃不下去的吧。据我所知，你这公司，可一直都是负债经营。”

“好多了，现在好多了。”

“出租车顶灯电子屏是发展趋势，现在在国内大部分大中城市都已经很普及了。你是业内人士，应该比我懂吧？”

“这个我知道，我也一直有上电子屏的想法，原本想等三江医院和葫岛管业以及其他几家公司……的广告款到齐了，就一步一步地……”

“一步一步？你想一台一台地上？那得上到猴年马月呀，而且这样采购成本就大幅增加了。说到底，你就是资金不足，对吧？我粗略帮你计算了一下，现在你公司旗下的 2000 台车如果都上电子屏的话，大概需要 300 万。这还不包括维修和保养。别说 300 万，就是 30 万，你恐怕也有些吃力吧。”

“李书歌，你就别挤对菅子了。有两个破钱，臭显摆什么呀。”才才不想菅鹏举太难堪，打断了李书歌的话。尽管说得很难听，但脸上却全是娇嗔的神情。

“我错了，我错了。亲爱的，别生气。菅总再怎么说也是急公好义的人，你看，帮咱们家‘健康体验馆’免费打了一个月广告了。不像我，满脑袋铜臭。”

“哼，你的思想觉悟真需要提高了。菅子不是外人，你别总拿生意场上的那一套跟我朋友讲话。”才才伸出根指头，戳了李书歌脑袋一下。

“没什么，没什么。”被才才称为朋友，菅鹏举很欣慰。可是看着她和李书歌在自己的眼前打情骂俏，心里还真不是滋味。

“菅子，其实书歌也没有别的意思。我虽然不懂你们广告的业务，但是大概的意思我听明白了。书歌也是好心呀，你们的合作，基本上是互利互惠的，你不会有任何损失。”

“才才，这我知道。李书歌跟我谈过两次了，可是……”

“菅总，你信不过我，是吗？”李书歌从兜里接二连三地掏出几个大信封拍在桌子上，最上面的那个信封口没封住，撒出一摞“老人头”。

“这样，我先给你交 10 万定金，余款一周内付清。电子屏我负责购买和更换，广告业务咱们五五分成，三年期满后电子屏全归你。怎么样？这简直就是白给你送钱一样，我就不明白，你还有什么好犹豫的？谁也不会跟钱有仇吧。嘿嘿。”

“对啊，我就是不明白，这样做我是有好处，可是……可是你没有好处啊！你看，你正常付给我广告费，又要出钱买设备，几百万的投资，你三年内怎么可能收得回来？”

“哈！看来你还真是雷锋，什么事都替别人着想。”李书歌嘲讽道，“怎么赚钱是我的事，你不用管。不过，我可以给你透露一点：电子屏的钱用不着我自己掏腰包——虽然那点钱对我来说也不算什么——而且，我拉来的广告业务，都是大公司的。你能拉来的广告，我也能拉来，而且利润更高，至少是你的一倍；你拉不来的广告，不代表我拉不来。你前几天去找移动公司了吧。他们张总是我从小玩到大的好哥们儿，你做，说破大天他就是不用你；我做，那就不一样咯，像一些大的银行、石油、石化公司……我都能搞定！”

菅鹏举的大脑飞速地运转着。李书歌一下子买断菅鹏举公司下面一半车的三年广告权，那就是一百多万；三年之后设备归自己，又是一百多万。而且 LED 电子屏的广告效益会高出传统广告很多……这怎么看都是一桩一本万利的买卖，简直就是天上掉下来的金元宝砸自己脑袋上了。不过他还是有些踌躇、有些疑问、有些担心，但到底担心什么，自己也说不清楚。

“这样吧，才才，我再考虑考虑行吗？”菅鹏举不问李书歌，却问才才。

“反正你们俩商量。我可不参与了，你们生意上的事情太啰唆。”才才把头转向李书歌，“书歌，我肚子有点饿了。”

“那好吧。菅总，你最好快点给我回话。晚上，晚上行吧？”

“啊，我……明天吧？”

“也行，那明天再说吧。菅总，要不，咱们一起先去吃口饭？”

“不了。我，我等下和员工们一起吃。你们去吧。”菅鹏举站起身，他想，如果是才才喊他，他一定去。哪怕只是去做个电灯泡。

哪知道才才根本没这意思，走得很坚决:“那我们走了，菅子，回见！”

才才和李书歌刚要出门，小北扎着围裙、端着菜饭走了进来。“才才姐！”小北把碗放到桌上，亲热地打着招呼。

“小北！呀，你胖了许多呀，脸色也好多了。”才才看起来对小北也很亲热。她回头瞄了眼菅鹏举，“看样子你菅哥哥把你呵护得不错。”

“哪有……”小北很少见地羞涩起来，“才才姐别瞎说！”

“你母亲怎么样了？这几天我公司忙，没有过去。”

“好多了！多亏才叔叔照顾得好。我妈妈可爱喝才叔叔的‘健康养生汤’呢！”

“嘿嘿，我看，你妈才是我爸的‘十全大补丸’。这段日子，把他补得满面红光，精神焕发。”

俩人唠了一阵，李书歌不停催促才才。才才又喊小北一起吃饭，小北不肯。临走，才才附在小北耳边耳语了一番，说完两个人都笑了。

2

送走才才，小北在办公桌上铺了张报纸，放好碗筷：“菅哥，吃饭吧。”她忽然看到桌子上的信封，责怪道，“这么多钱，你也不放好了！”

“哎呀，是李书歌放在这儿的！”菅鹏举跑到窗口往楼下看，李书歌的奔驰早就没影了。他给李书歌打了个电话，李书歌却说不着急，先放在他手里，明天见面再说。菅鹏举把信封放进保险柜锁好，两人就边吃边聊。

“小北，还习惯吗？”

“你想听真话还是假话？”

“当然真的啦。”

“不习惯。”

“啊？为什么？”

“你把我弄你这儿来，给我定那么高的工资，可我又什么都不会干，贴个顶灯广告贴都比别人慢半拍。”小北往菅鹏举的碗里不停地夹着菜。

“小北，你做的菜真好吃，比我妈做的都好吃。”菅鹏举吃得赞不绝口，“我还以为什么事，吓我一跳。慢慢来嘛，没有人天生就会干活啊。再说，你又是做饭又是打扫卫生，干的活一点不比别人少呀！”

“算了吧。菅哥，你就别安慰我了。哎，刚才才才他们俩来什么事？”

“正好，你也帮我出出主意。是这样……”菅鹏举跟小北复述了一遍，“你觉得怎么样？”

“听起来好像很合算。”

“嗯。有了这笔钱，我也不用总拿着李光那边的保险钱当过渡资金了。”

“可是，李书歌那个人可靠吗？”

“我没和他打过交道。不过，才才……我肯定信得过呀。”

“哦，我明白了……嘿嘿……”小北笑起来，用筷子点着菅鹏举的鼻子，“菅哥，你是受不了美色诱惑吧。说，你是不是还对人家不死心呢？”

“唉……不死心也没用了。你看人家李书歌，又帅又有钱，你菅哥要什么没什么，一无是处。”

“谁说的？人好心好比什么都好！身体只是臭皮囊，钱财乃身外之物。”小北摇头晃脑，像是背着口诀。

“没想到啊，小北，你还挺超脱。”

“呵呵，我妈教的。她信佛，这次大难不死，她说，就是佛祖保佑。还说你是菩萨化身呢……”

“你妈妈可真抬举我。什么菩萨能化身成我这样呀？又矮、又胖、又丑的。”

“你不丑呀，看着慈眉善目的，让人觉得特别安全！知道吗，有一句话叫相由心生。你心地善良，从长相上就能看得出来！”

“小北，如果才才也能像你这么想就好了。可惜啊，她是不会看上我的。”

“菅哥，我支持你！别轻易放弃。那个李书歌有什么好？花言巧语的，只是一时哄得才才姐开心，时间久了，也许才才姐就不喜欢他了。到时候你不就有机会了吗？”

“唉，难啊。”

“世上无难事，只怕有心人。菅哥别灰心！”

“对了，刚才才才在你耳边说什么呀？”

“她说我没准能成她的亲妹妹呢。”

“亲妹妹？”

“哎呀菅哥，你真是迟钝。她觉得她爸爸在追我妈呢！哈哈。”

“哦。”菅鹏举有点失望，他还以为才才说自己的事情呢，“你妈妈今天出院吧？”

“嗯，我想下午去接她。”

“一会吃完饭，咱们一起去。”

“菅哥，你这边忙，就别过去了。住院和治疗的钱都还没还你呢……”

“跟我还客气！”

3

去医院的路上，刚好接到田迹墨的电话，他和吴大非正在一起吃饭，听说去接小北的母亲，也赶了过来。

在医院门口，几个人碰了头。田迹墨身边的是桂琳，可吴大非身边挽着他胳膊的女孩子，菅鹏举却不认识。这女孩儿个子不高，扎着一条围脖——和吴大非戴的围脖同款不同色——长相清纯，戴个黑框眼镜，看起来很文静。

“隆重介绍一下，王玥。上次小吴喝多了，非让我帮他写封一万字的情书，还记得吧，就是要写给她。”田迹墨介绍道。

“你好。”王玥彬彬有礼地伸出手来。

旁边的吴大非的神情又是羞涩，又是得意，作势要踢田迹墨的屁股：“我他妈的算是撂在你手里了，就那么点光荣事迹……”吴大非话还没说完，王玥狠狠地瞪了他一眼。他伸了下舌头，马上收回了腿。

“田哥，这个王玥气质很好呀，是吴大非的女朋友吗？”几个人一边往里面走一边聊，吴大非和王玥、小北走在前面，菅鹏举、田迹墨和桂琳走在后面。

“那当然。人家是老师，在第一幼儿园工作。”

“大非，他，他找了个老师？”菅鹏举表示难以置信。

“呵呵，怎么啦，这就叫‘萝卜青菜，各有所爱’。说起来，我可是红娘，功德无量啊。”

“你给介绍的？”

“你不是也去过我搞的相亲派对吗？大非是场场不落，场场都是热门。那次你也看见了，不过那女孩比小吴还能喝，俩人约了几次，每次都把小吴喝得落花流水、魂飞胆丧，小吴死活也不肯跟她在一起了。大上周，我组织义工去孤儿院，大非也去了，还给拉去三车砖。王玥老师一看，哎呀，这位‘童鞋’很有爱心啊，是一位好‘童鞋’，就这么俩人就认识了。看到小吴脖子上那围脖没？王老师亲手编织的。小吴睡觉都舍不得摘下来。这不，为了感谢我，今天中午他俩特意请我吃的饭。”

“我看吴大非在王玥那里很规矩，还真像个小学生。”

“嘿嘿，问世间情为何物，其实就是一物降一物！”田迹墨感慨着。

“别嚷嚷，你快看。”桂琳冷不防地一拳头打过来，田迹墨立马闭了嘴。

菅鹏举摇头晃脑地重复着：“问世间情为何物，一物降一物。田哥，你说得真对呀！”

几个人透过树丛，看到才才父亲正搀扶着小北母亲在医院疗养区里散步，两个人不知道说着什么，笑得很开心。阳光穿过树荫，映照着他俩不再年轻却充满生气的脸庞，看起来是那么温馨感人。

“看来这里不需要咱们了。同志们，听我口令，向后转。”

小北还有些迟疑，田迹墨接着说：“放心吧，小北，他会比你照顾得还周到。我们一露面，‘鞋拔子’大叔就不好意思了，别打扰他们。”

田迹墨这么一说，菅鹏举想起了第一次见到才才父亲的情景，不禁也笑了起来：“田哥，你以后可别再这么说了。”他又想到才才听到自己说父亲坏话的时候，那一记“双龙出海”和那一声“你大爷的”，心中又是甜蜜，又是遗憾。

“就是，老田，人家以后就是小北的爸爸了。”吴大非打趣道。

“别瞎说！大非哥，你是不是还想跟我练练啊？”小北又摆出了架势。

“不敢，不敢！”吴大非可是深知小北的厉害。众人都笑了起来，只有王玥看着大家不明所以。听小北讲明了缘由，王玥板着脸对吴大非说：“活该！看你以后还敢不敢随地说脏话！”

“不敢，不敢！”看样子吴大非是彻底被驯服了，“我再说脏话，罚我背声母韵母表！”

几个人在医院门口分手，吴大非陪王玥去书店买幼教道具，田迹墨和桂琳下午还有演出。菅鹏举原本想和田迹墨、吴大非二人商量一下今天跟李书歌合作的事情，见他们都一副行色匆匆、急于离去的样子，想了想还是没说。

4

唉，连吴大非都找到了爱人，可自己还是形单影只，光棍一个。他何尝不知道才才对自己根本没有任何爱意，可是心里就是放不下。一个下午菅鹏举心情都很沮丧，脑海里尽是才才的一颦一笑。

快下班的时候，他接到李书歌的电话，问他考虑得怎么样了，菅鹏举还是拿不定主意。李书歌说他就在附近，不如出去一起吃个饭，喝点酒，再商谈商谈。

“不去了，明天我给你回话吧。明天，行吗？”菅鹏举正惆怅呢，哪有心情谈生意。

“来吧，才才也在。她还说你不是那种扭捏的人，你就不能痛快点，别扭扭捏捏像个娘们似的。”

“啊……”一听说才才在，菅鹏举立刻来了精神，“那好吧，我还真有点饿了。在哪个饭店？”

到了饭店，只有李书歌在，没见到才才。菅鹏举也不好意思问，只好坐下来。

“才才刚出去，好像是才叔叔打电话来找她有事。咱们不用等她，先吃吧。来，我先敬你一杯。”

李书歌晚上的态度比白天好了很多，对菅鹏举礼敬有加，大肆夸赞，频频敬酒。菅鹏举不擅推辞，又酒量不佳，不多时就醉了。

等醒来已是夜半。菅鹏举发现自己居然躺在办公室的沙发上，灯没有关。他揉揉眼睛，胃里一阵恶心，迷迷糊糊地爬起来去卫生间吐了大半天，走回来看到办公桌上的几页纸：鸿达公司广告转让合同，落款处不但有自己的签名，还有公司的公章。

怎么就签了？真是喝多了，任凭菅鹏举怎么努力回忆也没想起来。他草草浏览了一遍合同，心想反正有才才做中间人，签就签吧。菅鹏举叹口气，关了灯，躺回沙发上，继续睡觉。

二十六、“无盐”的结局

1

进入 12 月，天气越来越冷了，办婚庆的人相对少了许多。不过，这丝毫没有影响“亲爱的”公司的正常运作，相亲网站、婚介业务和各种派对活动依旧开展得如火如荼。只是这两大块项目目前还都是免费的，所以没有营收。田迹墨苦苦思索，也没有找到赚钱的良策。这天下午，他正坐在办公桌前盯着电脑冥思苦想，桂琳走了上来。

“迹墨，你看看这个。”她丢过来几份策划案。

粗略读了读，田迹墨的眼睛亮了。

“网站上挂广告链接的办法我也想过了，可是怕引人反感，影响流量，而且最主要的是，愿意做广告的都是一些小公司，给的钱少不说，还都是什么治疗性病，无痛人流，甚至春药、成人用品之类的，太影响咱们‘亲爱的’形象了。不过你这几个‘爱人家’‘大都床上用品’……还不错啊。可是这个……这个‘大恒集团’是做什么的？”

“涉矿企业，钼矿。”

“难怪一掷千金的，‘首页固定广告位 6 万一年’……”田迹墨读了两句策划案的内容，“钼矿可是比黄金都贵呢，不过……”

“怎么了？”

“这采矿业跟相亲、婚庆什么的也挨不着呀，它和咱们公司面向的受众群体完全不是一类人。什么时候见挖煤的做广告了，宣传宣传，大家好抡着铁锹一起挖？”

“呵呵，真不够你操心的。管那么多干吗，反正他肯掏钱就行呗。”

“也是。行，这些你看着谈，直接做主就可以了。你这么大个金牌主持，都成公关的了，还好有这几个广告客户，不然这个月，咱们‘亲爱的’可要入不敷出了。”田迹墨整理了一下纸张，递还给桂琳，看着她真诚地说，“琳琳，谢谢你。”

“哦，说声谢谢就行了呀？”

“那要怎么办？那好吧，我田某人……”田迹墨笑容忽然僵住，要说的话也戛然而止。他忽然想起，这样的对话曾经在大学时代两人相恋时反复出现。每当桂琳帮助了他，他说谢谢，桂琳开玩笑地问他以何作为回报的时候，他总会得了便宜还卖乖地说一句：“那好吧，我田某人以身相许好了！”然后趁着没人时，抱住桂琳大亲特亲。

“我可不敢夺人所爱。”桂琳显然也想起了这些往事。她收起稿子，说声“走了”就下了楼。

2

田迹墨怅然若失，陷入回忆。这时电话响了。

“喂，是‘亲爱的’吗？”是个女人，声音清脆甜美。

“是的，你好。”

“是这样的，在你们上一次组织的相亲活动上，我……我找到了一位意中人。我们相处了一段，彼此感觉很好。他说四十女人一枝花，他说年龄不是差距，他还说……我是他的 Angel！我也觉得真爱终于降临了，他就是上苍赐予我的白马王子。他那么帅气，那么体贴，那么温柔……”那边的声音充满甜蜜。

“哦，是吗，恭喜恭喜。有什么需要我们为您继续效劳的？所有婚庆相关的服务，只有您想不到，没有我们做不到的……”田迹墨想，四十的女人还真是急不可耐，难道这么快就要谈婚论嫁？

“不是的，不是的。我遇到了一点麻烦，想请你们帮助我一下。”

“你说。”

“前天我们还在一起约会，吃了肯德基，逛了金店，去了游泳馆，看了场电影，哦，还玩了一会保龄球。他笨死啦，一开始一个球都击不中，后来，我就慢慢地、耐心地教他，他总算学会了，还夸我是个好老师呢！……晚上，天又冷又黑，他怕我害怕，说你这样漂亮的女孩子怎么能一个人回去呢，就很绅士地送我回家。然后，他跟我一起到了我的别墅……后来，已经很晚啦，我也担心他呀，所以，我们就在一起……嘻嘻，你懂的哦……哎呀，人家都不好意思了啦……”

“我懂的！我懂的！您就直接说，需要我们帮什么忙吧。”田迹墨心想，陷入爱河的女人都这么花痴啊！

“可是从昨天开始，我就找不到他了，已经整整两天啦。”那边的声音极速地转为了哭腔，“说好了今天要陪我 Shopping 的，可是手机也打不通，在网站留言也不回，怎么都找不到他，人家都急死了啦。我就是想问问，你们这里有没有他更多的注册资料，比如他的家庭住址呀，联系电话呀，或者他 Dady Mami 的联系方式也可以呀。”

“这个……”

“我知道，是不是要为客户保密呀，这个我知道。放心，我可以买。在北京，购买客户档案——包括身份证信息的，也才几毛钱，你这里，我给一千五，可以吧？唔，两千，OK？”

“钱就不必了，我们尽力帮忙找吧。您也别着急，也许他只是这两天忽然有事情。您说说，他叫什么名字？”

“于子凯。”

“于子凯？”田迹墨差点跳起来，“于是的于，儿子的子，凯旋的凯？”

“对啊对啊，于子凯，多帅的名字，可惜找不到他了。呜呜……我都去派出所报案了，可人家说，48 小时之后才算失踪。求求你了，一定要帮我找到他呀！”

“啊……别着急，我知道了。他的手机是？”

“15042933456！”

完了，还真是他！“您……您不知道他的工作单位吧？”

“不知道啊……”

“哦，还好还好。”

“嗯？”

“啊，没什么。我刚才查了一下，他在我这边也没留太具体的档案。这样吧，您留一下姓名和电话，陈芙蓉，15566685999……好嘞，一有他的消息我们就通知您，好吧？”

田迹墨好不容易劝住了这位“芙蓉姐姐”，放下电话立刻给于子凯打过去，还真的是关机。这个于子凯，胆子不小，还真假戏真做了呀？

3

田迹墨仔细想了一下，觉得这事非同小可，连忙给所有相识的人打了一遍电话，对于子凯发出了“紧急通缉令”。

“晚上 7 点前务必要把他带到‘亲爱的’，生要见人，死要见死人！”

田迹墨约上菅鹏举，一起杀往于子凯的单位。二人楼上楼下找了个遍也没见人影，最后问他们领导，说他早晨打来电话说身体不舒服，一整天都没来上班。

“你们是他朋友？”挺着啤酒肚的领导好奇地问。

“啊，我们也没什么事。”田迹墨敷衍道。

“嗯，他可能有点小情绪，你们这些小伙伴回去好好开导开导他。”

“开导？”

“毕竟年轻嘛，机会还是有的。前途是光明的，道路是曲折的，要沉得住气嘛。”

田迹墨最讨厌打官腔，所以这“小啤酒肚”刚一开始装腔作势，他立刻就转身，然后和菅鹏举带着满腹疑问，去了李三姐的化妆品店。

“哟，迹墨来啦，你今儿怎么这么闲啊？”

“啊……我，三姐，我想在网站上给你们打个广告，过来拍几张照片。”田迹墨拿出手机，装模作样地拍摄了起来。

“啊，那你等等我，我得打扮打扮呀。”李三姐连忙掏出小镜子和化妆品。

“不用。三姐，主要是拍店面，拍店面就行。”

“哦。”李三姐有点失望。

“那个……三姐，中午凯子给你送饭了吧？”

“送啦，你们还没吃饭？这都快吃晚饭了！这里还剩小半盒，要不，你们凑合吃一口？”

“不用不用，吃了，吃了。你先忙着吧，我们走了。”

“对了，迹墨，你那网站还得弄多久呀？我们家于子凯可是把全部心思都用你那里了啊，他单位本来就忙……”

“快了，马上就好了。”

“今儿晚上忙完了，早点让我们于子凯回来啊！”

“哦……好，一定一定。”

田迹墨和菅鹏举转了一圈，奔波了一下午，依然一无所获，又回到了“亲爱的”。

“于子凯这回可玩大了。”田迹墨倚着老板椅，脚搭在办公桌上，说，“菅子，你觉得他能去哪儿？”

“这可不好说。要不，我问问他小舅子？最近他俩好像总在一起。”

“不早说！打电话，快！”

“喂，李总吗？菅子。呵呵，你好你好。我想问一下，你看见你姐夫没？于子凯，于子凯呀！啊，他跟你在一起。哦，我也没什么事，就是吧……”

“给我给我，手机给我。”田迹墨一把抢过电话，“李光，让于子凯接电话。”

“你他妈谁啊？”那边乱糟糟的，似乎很多男男女女的喊叫声。

“怎么说话呢？我是田迹墨，你田哥！”

“什么？你寂寞？我才寂寞呢！不寂寞谁他妈的来这地方啊！我告诉你，这服务不行，太差劲了。什么玩意？我要投诉，我强烈不满意！”

“你说什么乱七八糟的。喂，李光，你听我说，我们找于子凯有急事，喂，喂……”田迹墨还喊着，那边却早挂断了。他再打，可李光就是不接。

“田哥，听起来，好像喝多了。”

“喝进的是人肚子，又没喝进狗肚子，怎么满嘴喷粪的！”

俩人气愤不已，却也无可奈何。眼看着天都黑了，却连于子凯的影子都没见到。突然齐兵来了电话：“老田，凯子找到了。我马上到你公司了，赶紧下楼吧。”

俩人上了齐兵的车，刘星坐在副驾驶位，和二人打了招呼。原来那晚齐兵跑去车站，在开车前 5 分钟成功拦住了决心离开这个城市的刘星。俩人互相吐露心扉，不但顺利复合，而且感情更加深了。这几天，两个人每天都腻在一起，其间齐兵还找过田迹墨，要他再有庆典之类的活动，记得叫上刘星。

再次见到刘星，田迹墨觉得她的外表、气质和性格都有了很大不同。她不再像从前那么袒胸露乳、张扬不恭、流里流气，也不那么刁蛮无理了，倒像个羞涩、文静的乖乖女。爱情的力量真是不可思议啊！

“大兵，凯子到底怎么回事？”

“谁知道，疯了吧！他和李光现在在派出所呢。”

“啊？怎么还弄派出所去了？”

“找小姐。”

“行，凯子真行，人不可貌相啊，咱们都小看他了。他可真长本事，好的不学，学会嫖娼了！”田迹墨气得够呛，“等会儿我非踹他两脚！”

“也不是嫖娼。我听赵所长说，李光带他去唱歌，俩人喝了不少酒，还找了三陪。后来不知道怎么，他俩跟三陪小姐吵起来了，李光就报警了。”

“他找小姐，他还报警？”

“他说他投诉，嫌人家小姐服务不周到。警察过去之后，他说警察处理不公，还要打警察。”

萱子“扑哧”一声笑了出来。田迹墨也哭笑不得：“这李光忒幽默了吧，他是不是给人家小姐推销健康保险让人家给拒绝了啊？”

说归说，笑归笑，当前首要的还是得把两个人救出来。

4

于子凯的酒早就醒了，见到田迹墨等人，羞愧得无地自容，头都不敢抬。

齐兵跟赵所长握着手，不停赔着笑脸。这边田迹墨本想数落于子凯几句，可看他衣服也破了，眼珠子也红了，耷拉着脑袋，垂头丧气的样了，也不忍心再说什么了。

菅鹏举给李光叫了辆出租，打发他走了。于子凯和田迹墨、菅鹏举挤在齐兵车的后座里，一路上一言不发。

“凯子，算你精明，关键时刻知道提大兵。”田迹墨搂着于子凯，“白道的事情就得找大兵。”

“现在各地公安都在忙着‘清网行动’，哪有心情管这些芝麻小事。”齐兵谦虚着，“不用我也一样没事。”

“凯哥，喝口水，醒醒酒。”刘星从前面递过来一瓶矿泉水。

“凯子，没事，都是咱们自己兄弟，不会给你说出去的。你家三姐不会知道。”

“对对，凯子，我们不说。”菅鹏举连忙表白。

“凯子，以后少喝点酒，咱们哥们在一起偶尔乐呵乐呵也就得了。”田迹墨也忙劝道。

“嗯，酒真不是好东西，我要不是喝酒喝多了，昨晚……昨晚也不能那么草率地签了合同。”菅鹏举想到自己昨晚喝多的事，低声咕囔了一句。

“凯子，别上火，没事，不都过去了吗，你在局子里也没吃亏吧。”田迹墨根本没听管鹏举在说什么，光顾着对于子凯好言相慰。

于子凯开始一言不发，过一会儿忽然一下扑到田迹墨怀里，大声哭起来：“他妈的，那个小李上班才两年，狗屁都不会，凭什么又给他提了个副科呀！就因为人家有关系，有后台。老田，你知道嘛，昨天竞聘，那小子念个发言稿都磕磕巴巴的，科员投票我也是一路遥遥领先，可最后班子拍板的时候，却直接把我拍下来了！”

“知道知道。”听于子凯这么一说，田迹墨心下了然，难怪凯子那个领导跟他说那番话，他温柔地抚摸着于子凯的头，“咱大人大量，不跟他计较。”

“我上班都七八年了，再怎么也算老资格了，就是轮也该轮到我了啊！去他娘的，大不了爷爷不伺候了。”于子凯猛地抬起头，斗志昂扬地说。

“对，对！你跟我学，咱不伺候他了，谁爱当孙子谁去，有什么大不了啊！”

“不行呀，现在找个工作多难呀！”于子凯往田迹墨身上揩了一把鼻涕，忽然又一猛子扎进了田迹墨怀里继续狼嚎，“我要敢辞职，三姐就得跟我离婚啊……”

“大不了三姐咱也不伺候了。”田迹墨接过刘星递过来的纸巾，擦了擦自己的夹克，“反正咱有候补，比她漂亮，比她有钱，是吧？凯子。”

“啊……”于子凯又挺起身，直愣愣地盯着田迹墨。

“可是我觉得吧，好像年纪大了点，她说她四十？你这口味可有点重啊！不过听声音倒是挺甜、挺年轻……真的四十了？”

“你……你怎么知道的？”于子凯仓皇失措，这回吓得哭都不敢哭了。

“小样，你撅起屁股拉什么颜色的驴粪球我都知道。我就坐那儿掐指这么一算……”

“田哥，你就别逗凯子了。”菅鹏举对田迹墨痛打落水狗的做法于心不忍，“凯子，田哥说，人家打电话四处找你呢！”

“我跟你说，凯子，赶紧交代。我们的政策是坦白从严，抗拒更严！别怪哥们心狠，关键是后果严重啊，人家单等着48小时一过，就去报警呢。咱们好不容易从那地方出来了，你不想再故地重游吧？警察同志看大兵面子能对你客客气气的，你们家李三姐可是谁的面子也不给，还不得把你抽筋扒皮，阉割凌迟，剁碎了喂狗啊！”

在田迹墨的连蒙带唬，软硬兼施之下，于子凯彻底缴械投降，和盘托出。原来，他给田迹墨当婚托，还真有一次让人看上了。看上他的人就是这个叫陈芙蓉的，是个刚离婚的富婆。于子凯看上了人家的钱，人家看上了于子凯的姿色，俩人很快勾搭成奸。于子凯还拿了不少人家送的东西，什么金链子啊、手表啊、苹果手机啊……价值几万。可这么下去终归不是办法，陈芙蓉像块狗皮膏药，整天黏着于子凯，而李三姐的嗅觉又比军犬还灵敏，为了不惹出大祸，于子凯只好玩起了失踪……

“怎么办？老田。陈芙蓉可是什么都干得出来。”

“凯子，你啊你啊，小白脸都能当，还真是出人头地了。可现在厕所上完了，屁股还得我来擦。”田迹墨还想再冷嘲热讽，菅鹏举连忙捅了捅他，“算了，不说你了。你真听我的？”

“听！”

“你不就是想让她彻底死心，甩了人家嘛，我还真有个好办法……”

齐兵和刘星听了田迹墨的办法，笑得前仰后合。刘星捂着肚子说：“田哥，你们文人啊，真坏！哈哈。”

菅鹏举却死的心都有了，哭丧着脸哀求着：“田哥，你……你再想想，有没有别的，更好一点的办法？”

于子凯一咬牙：“行！菅子，你就帮我一把吧，谁让咱是哥们。”

于子凯立刻给陈芙蓉打电话，约她出来在“亲爱的”附近见面。于子凯和菅鹏举下了车，田迹墨和齐兵、刘星在车里远远地看着。不多时，一个腰粗腿短、小个子、大屁股，浑身上下穿金戴银的中年妇女从一台法拉利上走了下来。按照田迹墨的指示，于子凯把所有东西交还给了陈芙蓉，并当场和她说分手。至于分手原因——菅鹏举搂着身边的于子凯，在他腮帮子上温柔地亲了一口。

陈芙蓉仿佛见了《电锯惊魂》里的变态杀人狂魔，尖叫一声，拔腿就跑，以“非一般的速度”逃回车上。

菅鹏举回到齐兵的车上就开始干呕。齐兵使坏，非要开到法拉利身边看看陈芙蓉到底长什么样。一看过后，除了于子凯，一车人都开始干呕。

二十七、我是杀人犯

1

很长一段时间，于子凯的“丑女无盐、芙蓉姐姐事件”都成为田迹墨等朋友口中的笑料。桂琳知道后，却特意找到田迹墨，提醒他千万不能再犯类似的错误。

“这和我有什么关系啊？”

“绝不可以再找你那些朋友当婚托了。你不是总说要打造品牌么，任何一个品牌没有了诚信，都没法打造。这件事情的本质是你管理上的纰漏。”

“啊，嗯……上次那几个广告谈得怎么样了？”每次田迹墨无言以对，就会立刻打岔。

“家具和床上用品的那几个都谈得差不多了，估计这几天就能拿下来。不过这几个额度都不太大，加起来还不如大恒集团一家。”

“大恒集团这个呢？”

“随时可以签。”

“那还等什么，赶紧签了，好让凯子挂上去。下午就约他们老总见面吧。呃，他们老总叫什么？”

“王怀刚。”

“王怀刚……听着耳熟啊。”

“‘少了牛粪，鲜花也闷；没有天鹅，蛤蟆咋活？’……”

“那秃子啊？！”

“怎么了？”

“不做！不做不做不做！多少钱都不做！”

“你激动什么，老王也是客户，‘满足客户的需求是我们的天职和使命’。”桂琳指了指田迹墨办公室墙上的烫金大字。

“啧啧啧，都‘老王’了啊，叫得很亲热啊。”

“迹墨，公是公，私是私，你能不能分明点？”

“别给我戴高帽！我说怎么回事呢，一个挖矿的上相亲网站做什么广告，他这分明就是冲着你的面子！”

“你管他冲谁呢，反正我们又没有坑蒙拐骗。”

“桂琳，我这‘亲爱的’还没到需要人施舍才能活下去的程度。他要有钱，爱给你买什么买什么，给你座金山我也管不着。怎么着，他钱多是吧，想要拿我砸死钱——不对，想要拿钱砸死我？我告诉你，我的公司，不用他的钱！”

“迹墨，咱别犯傻行吗？”

“犯傻的是你！我真不知道你到底是怎么想的，你俩居然一直有联系！你跟我说实话，你跟他是玩真的吗？”

“真的假的重要吗？重要的是公司可以很好地发展下去。你看看财务报表。小舟，小舟，把我桌子上的报表拿过来一下。”

史小舟拿过报表放到田迹墨桌子上，冲田迹墨眨了眨眼睛，转身走了。

“我不看！”田迹墨把报表甩到一边，“我就是去要饭，也用不着他可怜！”

“开业一个多月了，做宣传、搞活动、网站运营、工人工资……各种支出接近 8 万，收入才不到 4 万。你知不知道，公司每天都在烧钱！

表面上轰轰烈烈、热闹非凡，但实际效益呢？账户里已经没钱了，照这样下去，你这个月就得关门！”桂琳拿起报表，给他逐条读着上面的数据。

田迹墨也有点吃惊，连忙抢过报表看了起来。亏自己还一直感觉良好，怎么会这样？

“你这是在做企业，不是在写小说，不要总用文人的思维考虑问题。”

“再怎么样我也不会牺牲你。”田迹墨放下报表看着桂琳，口气明显软了下来，“这不是文人思维，这是一个男人的思维。”

“迹墨，我们在一起那么久，你觉得我是那种人吗？没你想的那么严重，我知道我应该做什么，也知道自己在做什么。”

“你和他……都做什么了？”

“我要说我俩什么都做了，你会怎么样？”

“我……我……我宰了他！”田迹墨咬牙切齿。

“为什么？你凭什么杀人家呀？人家和你无冤无仇，往大了说，也只是爱上了你公司里的员工，你这个当老板的发什么狠啊？”桂琳似乎对田迹墨的表现很满意，嘴角露出一丝笑意。

“琳琳，你别气我了，行吗？我还想宰你呢，我下得去手吗我。”

“宰我？呵呵，来吧，随时可以。我引颈待戮。”桂琳弯下腰，把头探到田迹墨胸前，比画着自己的脖子。

田迹墨闻到一股女人香传来，不由心动了一下。

“好啦，不和你闹了。跟你说实话吧，我没那么不开眼，那天就是逗逗他玩……”

“哼，你那分明是逗逗我玩。”

“那次之后我们就没见过面，他倒是打电话约过我几次，打广告的事也是他自己主动提的。”

“那天晚上你在哪儿睡的？”

“宾馆呗，还能在哪儿——谁让你气我！”

“明明是你气我……”田迹墨像个撒娇的小孩，“你明明知道我会生气。”

“好啦，别气了，醋坛子。要乖哦。”桂琳刮了刮田迹墨的鼻子，“下午我就去跟他谈合同，我先下去了。”

田迹墨摸着鼻子，怔怔出神。

2

合同是在大恒集团装修豪华的大会议室里签的，全程进展顺利。不管桂琳说什么，王怀刚都说“好，你看着办就行”，让田迹墨真正见识了一回暴发户的风采。为了预祝合作愉快，王怀刚还非要请田迹墨和桂琳两人吃饭，可田迹墨拒绝了。

有桂琳帮他打点公司的里里外外，让他越来越觉得“亲爱的”离不开她。——可他自己呢，是不是也越来越离不开桂琳？

张丹妃真的辞职了。每天在家里上上网，听听胎教音乐，做做手工，洗衣做饭，打扫卫生，收拾屋子，好像日子过得还挺充实。对田迹墨的公司和早出晚归的田迹墨本人她都不闻不问——也许是过于放心，也许是因为一聊起工作，俩人就会发生口角。田迹墨不由自主地在心里把她和桂琳做了一番比较，得出的结论是：张丹妃是他法律意义上的妻子和生活上的保姆，而桂琳，不只是他深深爱过的初恋，更是他事业上的左膀右臂。她不光会主持，还懂业务、懂管理——这一次就是6万啊，对他来说，这不是一笔小数字，而现在，这 6 万就老老实实地躺在公司账户里——或许，桂琳也比张丹妃更懂情趣。至少张丹妃从来不会说出一声柔情蜜语，哪怕只是一声“要乖哦”。

如果，他当初没有和桂琳分手，此刻，又会是怎样的情形呢？田迹墨不敢想下去。毕竟，生活是向前行进的，而“如果”是需要时光倒流的。

3

临近年末，田迹墨打算再搞几场活动。平安夜、圣诞节、元旦……都大有文章可做，这样的商机怎么能错过？

一个飘着雪的晚上，他找到老刘，想商量一下能不能多邀请一些知名艺人，联合几个企业搞一些商演活动。原本以为老刘会满口答应，没想到他却满怀踌躇，面有难色。

“小田，人我倒是能帮你找，你想要多大的腕都没问题。”

“那就成啊，出场费你说了算！”

“不是出场费的问题……”

“刘哥，你跟我还用得着这么吞吞吐吐的吗？有什么事情就直说！”

“小田，我来滨海 5 年了，到 21 号，正好整整 5 年。我当过北漂，住过地下室；我去过南方，唱过迪吧和歌厅；我还在东北的农村待过几年，每天种地养鸡，吃猪肉炖粉条，睡大火炕。”

田迹墨不知道老刘怎么忽然跟他说起这些，这跟商演活动有什么关系啊？心下正犯怀疑，只听老刘又说了下去。

“为什么最后我留在了滨海，你知道吗？”

田迹墨摇摇头。

“你还记不记得咱们是怎么认识的吗？”

田迹墨回忆了一下：“还真的想不起来了。”

“那是我到滨海的第二年，那时我正开出租，你记得吧？”

“嗯，记得。你那破车，除了喇叭不响，哪儿都响……”

“那还是我租的呢，呵呵。有一次我跑活，拉了一个盲人。他下车，我没要他钱。”

“啊！想起来了，想起来了。那天我刚好要上你的车，后来还是我把那个盲人送到小区门口的呢。那小区叫什么来着，‘绿园小区’。对，就是这名儿。”

“他死活非要给我钱，好像我不收就看不起残疾人了似的。我说别觉着我多伟大，我毕竟赚钱比你容易点。”

“哈哈，后来我下车的时候给你 20，你要找我 5 块，我没要，也说的这话，‘别觉着我多伟大，我毕竟赚钱比你容易点’。其实我是装呢，那时候我不一定比你赚得多。不过，刘哥，我可没拿你当盲人啊。”

老刘也笑了起来：“我知道。”

“嘿，那时候我多单纯啊，觉得社会特简单，人们都特善良。那天我刚开资，其实也没多少，好像不到一千块钱。我就是觉得，其实你挺伟大的。我也得向伟大的人表示表示嘛。”

“就为你这句话，我留在了滨海。一晃 5 年过去了，在这 5 年里，你和你的那群小兄弟，没少帮助我。”

“今儿你是怎么了，说起这些来？”

“刘哥从没向你当面道过谢，有句话叫‘大恩不言谢’。”

“别别别，刘哥，你这可言重了啊。过去你帮我的忙还少了？我可从没谢过你。人一旦喜欢回忆，就意味着他已经开始衰老。你总把过去那些事挂嘴边上干吗？怎么，老了啊？”

“但是，今天，哥得亲口说一声‘谢谢’，再不说，恐怕就没机会说了。小田，哥谢谢你！”老刘深深地给田迹墨鞠了一躬。

“你，刘哥你这是干什么呀……”田迹墨慌忙扶起老刘，看老刘表情很凝重，不像是开玩笑，他想客气几句，却不知道说什么才好。

“小田，有件事我一直没有告诉过你。现在，是时候说了。”

田迹墨一直觉得老刘今天很异常，却没想到他说出来的秘密一下就把他惊呆了。

4

“我是一名杀人犯。我真名并不叫刘御风，我叫刘全。”

“别逗了，刘哥，今儿不是愚人节啊。”田迹墨明知老刘不可能拿这种事开玩笑，可还是不愿意相信。

“你看看你，还真像你在微博上写的了：‘这年头，你说真话，人们都当假话听；你说假话，人们都当好话听；你说好话，人们都当反话听……’”老刘倒是挺镇定，“我能拿这事跟你开玩笑吗？你听我说就好了。”

“我当过兵，退役之后做了一名水手，跟的是远洋的船，经常要出国的那种，有时候一年半载地都回不了家。马来西亚、新加坡、印尼……知道为什么我的酒吧叫大马夜店吗？我特别喜欢马来西亚的岛国风情，常想，等有了钱，有机会我就要带上你嫂子和孩子们去那边度假。

‘大马’是指马来西亚，碧海蓝天，白浪沙滩，特别美。哦，对了，我有一个青梅竹马的恋人，22 岁那年跟我结婚，26 岁的时候，我已经是两个孩子的父亲了——一个男孩儿，一个女孩儿。”说到孩子，老刘目光中充满了慈爱，“现在，小的那个也快有刘星那么大了。”

“难怪你对刘星那么好。”

“是啊，我真恨不得把她当成自己的女儿。小田，以后你也要对她好一点。没有父爱的孩子是很可怜的，一定是很可怜的……”

“你放心吧，刘哥，齐兵和她就像是我的亲弟弟、亲妹妹一般。”

“嗯。”老刘继续讲了下去，“水手虽然辛苦，但是收入高。在村里，我们家属于先富起来的那批，村里的人都羡慕我。你嫂子会拉二胡，还会吹唢呐；我会弹吉他，会唱歌；日子过得和和美美，有声有色的。”

“如果不是后来的事，我可能就这么平淡幸福地过一辈子了。”老刘的目光投向远方，表情里既有甜蜜，又有痛苦，更有挣扎和不甘。

“有一次我出海回来，带了两个船上的朋友回家。我们平时关系处得很好，都是大风大浪一起过来的好兄弟。农村人实在，刚好也是秋天，要什么蔬菜有什么蔬菜，要什么水果有什么水果，还特意杀了头猪，你嫂子做了十几个菜招待他们。没想到我们喝到后半夜，有一个小子对你嫂子起了色心。也怪我大意，那小子在船上就是出了名地色，每次船一到港，他下船就往船员俱乐部跑，找外国小姐。我怎么能把他带回家，这就是引狼入室啊！”

“一开始他还只是背着我对你嫂子说几句流氓话，后来就偷偷摸摸地动手动脚了。我那时年轻气盛，眼睛里不容半粒沙子，哪受得了这个。我把桌子掀翻了，冲上去就跟他揉到一起。他身体比我壮实，还练过散打，三两下就把我打倒在地。你嫂子上来拉架，他把你嫂子也给按在地上了。我一见这情形，热血直奔脑门子冲，跑进厨房，操起菜刀，也不管脑袋脖子的，就把他剁了。”

“啊！？”田迹墨忍不住惊呼出声。

“满院子都是血。他爬了两下就不动了，我踢了他两脚，往他身上吐了口唾沫，他还是不动。你嫂子抱着两个孩子，吓得哇哇大哭。我另一个朋友说：‘老刘，你杀人了。’我这才明白过来。我杀人了！他说：‘你跑吧。’你嫂子比我先反应过来，马上进屋子里给我拿衣服，拿钱，也让我快跑。我脑子里一片空白，一步都挪不动，话都不会说了，整个人都傻了，彻底傻了。你嫂子拼命往外推我，让我跑。她使劲扇我嘴巴，喊着：‘你醒醒！你醒醒！’我这才反应过来，就跑了。”老刘的嗓音越发沙哑起来，脸色变得苍白，手也开始颤抖，似乎当年一地血泊的情景就在眼前。

尽管田迹墨没有亲眼所见，但只听他的讲述，也觉得不寒而栗，忍不住打了个激灵。

“这一跑，就是十八年。”老刘很快平静下来，“这十八年里，我跑过了十几个省份。最初，不敢住宾馆、旅店，不敢出去买东西吃，不敢见人。饿了，就去垃圾堆捡东西吃；累了，就在桥洞、树林子里藏一会。这十八年，我没有睡过一个好觉，每天一闭眼，就是满地的鲜血和你嫂子满脸泪水的模样；一听到警笛响，心就像要跳出来。我每天都在担心会被抓回去。为什么我从不喝酒？其实我酒量很好，当过水手的人怎么可能不会喝酒？我就是怕，酒后吐真言……”

“小田，你不要怕。我过去一直没有告诉你，不是信不过你，而是怕连累你。今天，我能对你说这些，是因为……我决定去自首。”

“刘哥，都过去这么多年了，也许，也许没事了呢。”田迹墨自己也知道，他说得并不现实，“十八年后，又是一条好汉啊！”他强打精神，假装轻松地开着玩笑。

“法网恢恢，疏而不漏。你听，听到没有？外面的警笛……”

“那又不是来抓你的……”

“那是‘清网行动’。你没有看新闻吗？很多在逃的案犯都被抓了回来。有的当了演员，有的当了老总……可是不管他们现在是什么身份，他们都是罪犯，都得为自己犯过的错付出代价。”

“‘清网行动’到年底就结束了啊！结束了就没事了吧？”

“小田，你注意到没有，‘大马’的对面就是派出所。当初我选在这里开酒吧，可没过两个月，派出所就搬了过来。冥冥中，一切都早已有了安排。杀人偿命，欠债还钱，我也不能例外。那天，你和齐兵在我这儿谈刘星的事，我要齐兵像个男人一样，要他勇敢面对，勇于担当。可我呢？我算是个男人吗？躲，终归躲不了一辈子。我不能永远背着灵魂的枷锁。像你给我写的歌词里‘我的沉默是不变的坚强’一样，一个逃避责任的男人，有什么资格谈论坚强？”

“明天一早，我就去自首。大马夜店，明天也将要关门了。所以，你要我帮你做的事，刘哥真是无能为力了，别怪刘哥。对了，这个你收着。”老刘从衣服兜里掏出一张银行卡递给田迹墨，“你代我把钱给小丁他们发下去。小丁跟我最久，‘大马’没有他这个键盘手撑着，可能也早就倒闭了。”

“刘哥，这……”田迹墨想要推辞，可是，这可能是老刘最后的嘱托了，他怎么能拒绝？

“我相信你能帮我处理好。这些年，我身边没有亲人，只有你们这些忘年交的小朋友。我也没有什么积蓄，只有一些音乐器材，你帮我把它们转交给齐兵。他真的很有音乐天赋，我相信，他的未来，不在仕途，而是在音乐上。我希望有一天，他能出唱片，出专辑，开演唱会……可惜，我恐怕是听不到了……”

“这封信，麻烦你明天之后帮我寄出去。”老刘又递给田迹墨一个厚厚的信封，里面似乎有个本子。

“这是我的日记，还有给你嫂子和孩子们写的信。这么多年，我不敢和他们联系，我对不起他们。”

老刘的眼角有了泪光：“好了，你回去吧。我想静一静。”

田迹墨走出酒吧，一时有些恍惚，不知自己身在何处。北风如刀，吹得广告牌猎猎作响，“大马夜店——哥的传说”左摇右晃，似乎随时要掉落在地，传说终究只是传说吧；雪花飞扬，一片银白笼罩了大马，仅有的几扇小窗被雪掩埋，像是在守卫着最初的秘密和最后的宁静。大马门前的积雪上一地泥泞的脚印，人来人往的繁华明天即将落幕。大马夜店，这个曾经的据点，以后就只能留在记忆里了！

田迹墨迈开大步向前走，一步、两步、三步……二十四步，这就是大马夜店到派出所的距离，也是刘御风——哦，不，刘全由生到死的距离。天堂、人间、地狱，只在这窄窄的街道两端，一线之隔。任何一步踏错，都可能含恨千古，万劫不复。

二十八、开什么玩笑

1

天还没亮，朋友们都已经到了。老刘一出门，就看见了街角的众人，一张张熟悉的脸孔在寒风中冻得冰冷僵硬，一道道送别的目光燃烧着友情最后的温暖。

老刘身无长物，穿着一件他从家里出来时，妻子匆忙中拿给他的草绿色军大衣。大衣已经很破旧，胸前和袖口都千疮百孔。大衣的内兜里揣着他家人的照片。在逃亡的日子里，这件军服曾是他唯一的衣物和被褥，也是他唯一的精神寄托。而现在，他足以欣慰。因为他有了这么多好兄弟、好朋友。

他望望大家，露出了坦然而感激的微笑，抬头看看对面的派出所，深吸了口气，迈出了沉重的步伐。

所有人都在沉默，这注定是一次艰难的送行，还能说些什么，什么样的话能负载得起这样沉重的告别？

“朋友啊朋友，你可曾想起了我，如果你正享受幸福，请你忘记我……”老刘忽然大声唱了起来。

“朋友啊朋友，你可曾记起了我，如果你正承受不幸，请你告诉我……”齐兵最先附和，到最后，所有人都悲壮地合唱起来。呼气被寒冷凝成了白雾，遮挡了他们的目光。他们看不清楚老刘的脸，也看不清楚那个敞着门的派出所。晨曦的微光从远方泼洒过来，一点一点，拖长了老刘孤单的背影，却照亮了前方的路。老刘步履坚定地走向了光明。

2

听说来自首的是个杀人犯，整个派出所的人都绷紧了神经。

“姓名？性别？身份证？……”这边紧张地给老刘做着笔录，那边立刻上报市公安局、省公安厅。

刘星赶到的时候，她已经只能隔着审讯室的门，从窗户里看着已经被上了手铐的老刘。刘星在哭号，一遍遍地喊着“不可能”。是的，不可能！这个在她最困难的时候收留了她，给予她亲人一样关心、爱护的人，怎么会是杀人犯？

齐兵紧紧地抱住刘星，他知道老刘对刘星来说，不只是曾经的老板，更是他的朋友、知己、兄长和父亲。

刘星趴在齐兵肩头嘤嘤啜泣：“大兵，你能不能……能不能想点办法？”

齐兵无法回答，他不忍心让刘星绝望。昨夜接到田迹墨的电话后，他就已经问过了所有可能帮得上忙的人，也咨询了律师。但法不容情，这种事靠关系是不行的。如果宣判，最大的可能就是死缓。对于已经45岁的老刘来说，死缓意味着什么？他所能做的，也只有等到结果出来后，帮老刘办好一切手续，疏通关系，让他在里面别受到太多刁难。

3

这一天，田迹墨度日如年。中午有一份给市里某领导家人祝寿的庆典，本来特意点名要他过去的，他也临时给推了。

“小田，你开什么玩笑？哪有这么办事的！”领导显然很生气。

“实在是情况特殊，我亲哥哥出了事故，我安排桂琳过去，肯定不耽误您的事。”田迹墨勉强赔着笑脸，领导骂了句娘，就挂了电话。

还好，桂琳很体谅他的心情，二话没说，就顶了上去。临危受命，如田迹墨所料，最终桂琳完成得很不错。

“迹墨，别胡思乱想了，我明白你对朋友们的感情，可是无论怎样，生活还是要继续。”

“你不知道，老刘人特别好，特别义气，特别能吃苦。如果没有他，我可能都写不出第一本书。刚毕业那段日子，其实我很不适应，很迷茫。读了那么多年书，一夜之间就被学校抛弃了，深一脚浅一脚地踏进了社会，没了爱情，没有目的，更没有什么狗屁理想，完全是在混日子。我总想起学校，想起你。我想着，我的青春就在那里，虽然再也抓不到，但是一回头就能看得见。可是，我的未来呢？它在哪里？”

“迹墨，对不起……”

“你听我说。其实失恋是书本里学不到的宝贵一课，可是那时我不这样想。整整几年的时间里，我像个没有灵魂的躯壳一样，在城市里游荡着，找不到体面的工作，赚不到钱，可我也不在乎。我连你都失去了，还有什么值得在乎的呢？每年春节的时候，我穿得光鲜一点，买上两瓶酒，拎上点廉价的年货回到农村，跟爹妈和亲戚说，我过得如何如何好、工资如何如何高就行了。我开始学会喝酒，学会赌博，好几次醉倒了，就在马路边上过夜。哦，对了，那时我也交过几个女朋友。你知道吗，她们每一个长得都像你。要么是长发像你，要么是噘嘴的样子像你，要么是说话声音像你……可我很清楚，自己并不爱她们，因为，她们终究不是你。我一边和她们交往一边四处打听你的消息，可是没有人知道。你的 QQ 再也没有亮过，同学录里也没有任何资料，连你的舍友都失去了你的消息。”

“萧雨有我的 QQ 密码，他看到过你的留言，把我毒打了一顿。”

“我猜到了，你是因为他才消失的。”

“可我其实一直在，一直在关注着你的消息。我知道你哪天输光了钱，哪天烂醉如泥，哪天新交了女朋友，哪天跟她分了手，哪天又换了新工作……因为你一直在写博客。我也给你留过言，但你没有回过我。”

“‘罪天使’，是吗？我早该猜到，可是没往你身上想……唉，咱们怎么又说到这里来了。不说这些了，那时候太幼稚，不懂事，呵呵。我是想跟你说，就在那段最最灰暗的日子里，刘哥帮了我很多。我没有地方的时候，就在他的小破房子里住，两个人挤一张床。他弹吉他，我帮他写歌。有一次快过年了，我身无分文，连身干净的衣服都没有，他硬拉着我去了商场，给我买了身西服。那身衣服到现在还在我家的衣柜里，我永远忘不了他往外掏钱的情景：一小摞——都是开出租车赚的钱，十块的、五块的、一块的都有，一共二百八十八块钱。他对我真像对待自己亲弟弟一样，给我洗衣服、做饭……可我连盒烟都没有给他买过。”

“琳琳，如果非要用物质的帮助来定义友情，知道我是怎么定义的吗？如果张三有一千万，他给了你一万，而李四有一百，他给了你一百，那么我会和后者做朋友，因为——”

“他给你的是他的全部。”桂琳抢先说道。

“对！”

“我知道，你上学的时候不是也自己饿着肚子，把饭票都给了贫困同学么。”

“其实这些还是次要的，最主要的还是刘哥帮我从失恋的阴影中走了出来。他对我说：‘你如果就这么沉沦下去，恰恰证明，人家跟你分手是正确的。将来你就是要饭要到了人家门前，人家都不屑正眼看你。是狼永远吃肉，是狗永远吃屎。有本事就直起腰杆来，做出点成绩给她看看，让她明白，她错过的不是一堆垃圾，而是一个真正的男人！’”

桂琳低下了头。

“张丹妃可能永远都不会知道，我辞职的真正原因，其实就是刘哥的这句话。因为我知道，在仕途上跟萧雨比，我可能一辈子都不是对手，所以我写作。可是，效果并不理想。我忍受着张丹妃和她家人的冷嘲热讽，拼命写出来的几十万字，却只换来几千块的稿费……事实上，到了今天，我也依然没有做出什么成绩。跟萧雨比，我实在不值一提。”

“不！迹墨，你很优秀。你一直都很优秀。十几年前我这样认为，今天我依然这样认为。你看，‘亲爱的’现在已经逐步走上正轨了……”

两个人正谈到情浓处，田迹墨的手机却不合时宜地响了：“老公，都几点了还没下班？今晚必须要回来吃饭啊。”

“在路上了，堵……堵车。”田迹墨这才从回忆中惊醒，原来已经六点多了，他故意慢条斯理地收拾着办公桌。

“快走吧。还装什么镇定。”桂琳凑过来近近地盯着田迹墨的脸说，“还真是脸不红、心不跳，说谎都这么自然！”

4

田迹墨已经一天没有吃饭了，可是到了家，对着张丹妃做的一桌子菜，他却丝毫没有胃口，象征性地扒了半碗饭就放下了筷子，倚在沙发上闷声抽烟。

张丹妃也看出他有心事，却没问，默默地收拾了碗筷，拿出一身新西服，放到茶几上："老公，试试。"

"挺好的，不用试了，收起来吧。"

"试试吧，我特地……"

"说了不试就不试，你听不懂啊？！"

张丹妃没想到田迹墨反应这么激烈，小心翼翼地问："是不是公司有什么事了？"

"没有，都挺好的。"

"老公，我陪你出去走走，散散心吧。要不……我们去看场电影？"

"平时都不见你喜欢看电影，今儿这么大冷的天儿，看得哪门子电影？"田迹墨的声调出乎意料地高。

曲意逢迎却换来了冷脸相对，张丹妃没再说话，一脸失望地转身回了卧室。

田迹墨隐约觉得不太正常："你这是怎么了？做了那么多好菜，又给我买新衣服，还主动说要看电影，你平时不喜欢看电影的啊！"

"没什么。"张丹妃靠在床上，戴上耳机，又摆弄起手工来了。

"不对，你说实话，是不是有什么事？"田迹墨起身推开卧室的门，一眼看到了正对面的墙上挂着俩人的结婚照——哎呀，想起来了，结婚周年纪念日！结婚的时候，田迹墨信誓旦旦地说，以后每一个婚礼纪念日都要如何如何，一直坚持到两人金婚云云。没想到这才第一年，他就给忘了。

“老婆，老婆！”田迹墨轻轻摘下张丹妃的耳机，“我陪你逛街去吧。”

“大冷天的，逛得哪门子街？”张丹妃又把球踢了回来，却没有丝毫得意，晶莹的泪珠在她眼圈里打着转。

“老婆，老公其实没有忘……”说完田迹墨就后悔了，这不是此地无银吗？

“亲爱的，走吧。刚好前几天主持婚礼，新郎是大江名品店的老总，给了我张 VIP 卡。”说着，田迹墨从裤子兜里把卡拿了出来，在张丹妃眼前来回晃着，“我就想留着在结婚纪念日用呢。走，老公给你买件好衣服去！”

“少哄我！”张丹妃嘴上说着，却明显有些动心，只是不肯轻易投降。

“过了这个村，可就没有这个店咯。”田迹墨抢下张丹妃手里的布匹，扶住她的身子，生拉硬拽地把她弄下了床，“快换衣服，就算是结婚纪念日，也不能穿着睡衣在街上乱跑啊。”

“缺德吧你！”

俩人正打情骂俏，田迹墨的手机响了，是齐兵。

“老田，刘哥出来了！”

“什么？！他越狱了？”

“越你个脑袋！美剧看多了吧，他被放出来了！”

“开什么玩笑！你当他是去公安局旅游哪？”

“没骗你，赶紧过来吧，哈哈。”

“这齐兵，居然有这么大本事？那可是杀人犯啊！不管怎么样，还是先过去再说吧。”田迹墨心想道。

这边张丹妃已经调整好了情绪，换好了衣服，满心期待地准备和田迹墨重温恋爱时光，田迹墨这边却转身就忘了刚才的承诺，丢了魂似的匆忙往外赶，连句像样的安慰话都没有，临走只说了句：“老婆，我一会就回来！”

张丹妃的眼泪终于夺眶而出。她太了解田迹墨口里的“一会”是怎样的概念了。

5

“大马”居然开着门！田迹墨恨不得也学一次齐兵，直接把车开进门里去。

“怎么个情况，到底怎么个情况？！”田迹墨下了车，冲刺似的跑进门，直接冲进吧台，气喘吁吁地揪着齐兵的脖领子，差点把他拽倒，“人呢，人呢，人呢？刘哥在哪儿呢？”

“这儿呢。”老刘的大光头从旁边的录音棚里探出来，手里拎着一把电吉他，正在舞台上试音。他气定神闲地看着田迹墨，跟早晨悲壮地踏上自首之路的那个杀人犯简直判若两人：“你怎么比我还急？我在里面都没你这么急。淡定啊，兄弟。”

“不是……我……你这……你们俩……这到底怎么回事呀？”

“老田，一会我送刘哥出滨海。他得跑路，去国外待一段日子。你家里还有多少钱，赶紧都赞助了吧。”

“啊？我……”田迹墨仔细观察齐兵的表情，怎么也不像是说真的。

“大兵，别逗田哥了，快告诉他吧。瞧他急得，都快哭了。嘻嘻。”刘星从录音棚里往外拽着一架电子琴，刘星快步上前帮忙。

“妹子妹子，赶紧给哥说说。到底怎么回事？”

“这个嘛……”刘星看了眼齐兵，齐兵正朝她调皮地眨着眼睛，于是她也开始支支吾吾。

“妹子，你今儿真漂亮。诶，这衣服在哪买的？明儿我非给你嫂子也买一件去。特有气质，特有韵味！哎，她穿恐怕不行，她没你底子好，你这肤色多白净呀！诶，妹子你这头型也好，什么时候染了黑色啊，还是黑色好看，有种自然清纯的美……”

“哈哈，田哥，头一次听你这么夸我。好吧，我就当真话听了。看你急得抓耳挠腮的，我跟你说了吧，刘哥……他根本没有杀人！”

“啊？刘哥，弄了半天你玩我们呢？”

“小田，哥哥哪有那个闲心。说实话，我都没弄明白是怎么回事！到了里边口供也录了，手铐也上了，可是关了一天，到晚上就把我放了。那警察同志临出门还警告我，让我以后少开这种玩笑。我是彻底糊涂了，这年头，当个杀人犯都这么难？”老刘明显很兴奋，平日，他是很少这样夸夸其谈地大开玩笑的。

“老田，警察经过调查，发现刘哥根本不是通缉犯。他说他杀的那个人，叫什么来着……”

“张立东。”

“哦，对，张立东根本就没死。不但没死，人家还靠养鱼成了大款，活得好好的，都抱上孙子了！”

“真的？！真的？！”

“是啊。不过这趟警察局也没白去，当年刘哥被报案成失踪人口了，这下他老家的派出所倒可以结案了。”

“诶，刘哥你可太能吹了啊，你不是跟我说你拿菜刀上去噼里啪啦一顿乱砍，把他剁得像鸡饲料似的吗？弄了半天人家什么事都没有呀！你这功夫练得不行，练得不行，还得再练！哈哈，哈哈！”田迹墨真是高兴坏了，嘴上笑着，眼睛里却溢满了泪水。他走到舞台上一把抱住了老刘，在老刘耳边嘀咕着：“哥，咱不用进监狱了，不用进监狱了！”

“那孙子命可真大，脑袋缝了60多针，居然连个脑震荡都没留下。人家跟我说了，当地警察找到他之后，他死活都不肯承认有过这件事。估计他也觉得不光彩吧，换我我也不会承认。”齐兵说道。

老刘也紧紧地抱着田迹墨，两行泪水潸然而下：“兄弟，哥自由了。哥终于自由了！”

“喂，两个大男人，这么亲热不怕人笑话呀。”刘星也走过来，“哥，凭什么抱他不抱我呀，我也要抱抱……”说着扑到老刘怀里，“呜呜”地哭出了声音。

“刘哥明天一早就走了，凌晨三点半的火车。”

“干什么去？”

“回老家啊，嫂子和孩子们都在等他呢！”

“还回来吗？刘哥。”

“回！为什么不回？哥还得把你嫂子带来呢！”

“那酒吧怎么办？”

“‘大马’有我呢，怕什么？刚好我和大兵准备筹建乐队，就在这里练练手！”刘星抢着说。

“哈哈，好！刘哥，听说今儿，你这儿的酒免费吧？”

“免费，必须免费！”

“得嘞，咱们就喝到刘哥上火车！”

田迹墨开始挨个打电话通知：“菅子，把你认识的人全给我喊到‘大马’夜店来。才才要来，小北也要来！今天，我要把刘哥的酒吧喝倒闭了！”

“那还有什么好说的？‘人生得意须尽欢，莫使金樽空对月’。这一次，不醉不归！”老刘爽快地说道。

二十九、谁动了我的广告

1

菅鹏举快要急疯了。几十个出租车司机聚集在鸿达广告公司门前，还有其他人陆续赶过来。他们只有一个要求，要菅鹏举给个说法。可是菅鹏举根本给不出说法。

一个多月前，他们听说了在“鸿达”缴纳保险金可以优惠10%的政策，不管自身的保险到没到期，都第一时间赶了过来，争先恐后地上了新一年的保险。可昨天半夜，有一个车主出了事故，报到保险公司，那边却说他的车根本没有上保险。

这下车主不干了，找到菅鹏举，菅鹏举连忙给李光打电话。李光说，不可能，肯定是保险公司那边电脑数据库出了问题，最近系统正在升级，难免会有一些小故障。还让他别急，说最晚今天上午就能搞定，让他放一百个心，车主的损失一定能补偿。

菅鹏举是亲手把保险单交到司机手里的，他也觉得可能真是网络故障，只是个小误会，便安抚了车主几句，也没多疑。刚好那个车主和他也算熟悉，又只是个小擦碰，没太大问题，大半夜的也就没有深究。可今天早晨，车主拿着保险单去了保险公司，那边却说是假的。羊群效应很恐怖，受害车主的事情很快传到所有在他这儿办了保险的司机们的耳朵里，每个人都拿着保险单去保险公司验证过了，他们手里的保险单全是无效的。

这下菅鹏举慌了，他不停地拨打李光的电话，可是一直关机。他跑到保险公司去找他，得到的答复居然是李光早已不是公司员工，他因为联合他人骗保，在半个月前就已经被开除了！

菅鹏举彻底蒙了。公司门口的出租车越聚越多，排起了长龙，问责的司机情绪激奋，怒气冲天，纷纷指责他故意骗钱，还说要去法院控告他诈骗。任凭他百般安抚，司机们也不肯罢休。

无奈之下，他又给于子凯打电话，于子凯也不知道李光的去向，不过还是赶了过来。

“李三姐，你媳妇，总能找到他吧？”

“我媳妇又不认识他。”

“他不是你小舅子吗？”

“什么小舅子啊……”

“明明是你亲口说的！”

“就是打麻将认识的……他跟我媳妇一个姓，别人就都开玩笑那么说的，叫着叫着就习惯了。”于子凯也没想到能出这么大的事情，当初拉虎皮、扯大旗的炫耀劲也不见了踪影。

“你——你这下可把我害死了……”菅鹏举一屁股坐在了地上。

“我也没想到他能是这样的人啊。菅子，你先别激动，也许有误会，肯定是误会了。”于子凯自己也觉得“误会”一词太过牵强，不禁低下了头。

“还误会个屁！”小北狠狠瞪了一眼于子凯，递给菅鹏举一条毛巾，“菅哥，擦擦汗。别着急，咱们慢慢想办法。要不，喊田哥他们过来吧。”

打了半天电话，田迹墨那边就是无人接听。运管处的领导已经得知了出租车围攻鸿达公司的事情，特意来了电话，要菅鹏举妥善处理。菅鹏举明白，出租车司机是社会底层的一个特殊团体，道路交通运输的稳定关系着社会和谐稳定的大局，如果闹成群体事件，他可就吃不了兜着走了。还好目前运管处那边还不了解细情，不然早就把他喊去训话了。

菅鹏举急得团团转，还是束手无策。

“退还我们的保险钱，补偿损失。”这是司机代表的要求。其实这要求并不过分，问题是保险的钱他早就如数给了李光，哪有钱赔给他们？

“没钱？没钱开什么公司？快点倒闭吧。”

“砸他丫的！”

“对，砸了他的公司！”

此刻，每一个反动的口号都能得到失去理智的受害司机的共鸣，他们的愤怒急需要一个宣泄的出口。只听“咣当”一声，不知道从哪儿飞来一块砖头，公司大厅的屏风被砸碎了。紧接着什么桌椅板凳、广告模型等，能砸的都被砸碎，能推倒的都被推倒，大厅里一片狼藉。眼看形势愈演愈烈，个别怒不可遏的司机已经开始摩拳擦掌，奔着菅鹏举就要上演全“武行”。于子凯早吓得面如土色，不住后退。菅鹏举也慌了手脚。小北一边叫嚷着“你们干什么呀，赶快住手”，一边挡在菅鹏举身前。推搡之中，小北撞到了屏风玻璃，“哎哟”一声，痛苦地倒在了地上，手上鲜血直流。

“杀人啦！杀人啦！”于子凯歇斯底里地叫道。

人群安静了几秒，冲在最前面的司机后退了两步。不过，也仅仅是几秒。一看小北捂着头跌跌撞撞地爬了起来，他们就又继续躁动起来，只是不敢再动手了。

2

关键时刻，田迹墨终于赶到了。菅鹏举找他的时候他正在主持婚礼，等看到一连串的未接来电，已经是半小时之后了。这会看到他挤进重围，菅鹏举心里稍稍安定了些。

“都别吵了，到底怎么回事？”

司机们七嘴八舌，你一言我一语地说了起来，菅鹏举也偶尔插着话。听了几句，田迹墨假装恍然大悟，正色道：“那也不能动手打人啊！有问题解决问题，你们就是把这胖子杀了，他这一身肥肉也卖不了几个钱，对不对？还在等什么，赶快送伤者去医院啊！你傻了啊！”田迹墨走到小北身边问询伤势。“没事，田哥，就是破了点皮。”小北小声说。

“不能走，别让他走。”司机们可没那么好糊弄，“想跑？没门！”

“不给钱我们就不走。”几个司机守在了大门口。

“你是干什么的？这事跟你有个屁关系，滚一边去！”还是有个别司机能够抓住问题本质。

“他……他是……”菅鹏举想说是我朋友，田迹墨连忙打断他的话——“我？我是法院的。”

菅鹏举和于子凯互相看了看，眼睛瞪得比灯泡还大——田大法官这是要干什么？

“李光骗保一案我院已经受理，我今天是来调查取证的，没想到就碰到你们这么一出。大概的情况我们都已经掌握了，有一些细节需要核实一下。”田迹墨明知故问地说，“这里谁是负责人？”看菅鹏举没反应，又指着菅鹏举鼻子，“是你吗？”

于子凯捅了捅菅鹏举，菅鹏举这才明白过来：“哦，我我，是我。”

“您贵姓？”

“菅，草菅人命的菅……”这当口，菅鹏举的口头语还是改不了。

“哦，菅总，你好你好。”田迹墨像模像样地和菅鹏举握手，“事情是这样的，现在李光的账户已被我院冻结，资金数额巨大，成分也很复杂，考虑到司机朋友们的保险问题关系着出行安危、身家性命，我会如实向专案组反映情况，争取尽快解冻保险费资金。但请你们谅解我们的难处，我们需要时间。”

“各位司机朋友，”田迹墨把头转向各位车主，大声地说，“我向你们保证，这个案件我们绝对会本着公平、公正、公开、透明的原则处理，你们的保险费，你们的血汗钱，一分也不会少。这几天天冷，正是活多、活好的时候，耽误了大家出车，这也是我们不想看到的。你们的心情我们理解，你们损失会得到应有的补偿。所以啊，我建议，保险过期的，自行垫付一下，路上滑，真要出了事情可就得不偿失了。毕竟生命是无价的啊，这些你们比我懂。”

菅鹏举恨不得给田大法官鼓掌，不管怎么说，要先把这些凶神恶煞的司机们打发走再说啊。

“这位老总，你还有什么意见？”田迹墨转过头去问菅鹏举。

“我……”菅鹏举完全没想到这出戏里还有他的台词，嗫嚅着，干张嘴也不知道说什么。

“你的损失？你有什么损失？”田迹墨突然来了一句。

“我，我没说……”菅鹏举被弄得莫名其妙。

“还挺多？”田迹墨完全进入了小品《卖拐》中赵本山的角色，愣是把“我没说”说成是“还挺多”，“不多不多，就你公司里这些破东西，全买新的也就三两万块钱。你的损失我们法院可就管不着了，谁给弄坏的你找谁不就完了吗，除非你打官司。不过我觉得没有什么必要，毕竟大家都不是故意的，是不是？出租车司机也不容易嘛，是不是？”

“就是就是，我们也不是故意的。”有司机小声附和，边说边往后撤着步，退出了门外；有的司机扶起了一地狼藉的桌椅板凳。

“啊，对了，这还有个伤者呢，情况怎么样？你是司机，还是这里的工作人员啊？”

“我，我是鸿达公司的。”小北往田迹墨身前摇摇晃晃地走了几步，忽然一个趔趄差点摔倒，田迹墨连忙伸手扶住。小北顺势趴在了田迹墨肩上，在田迹墨耳边小声说：“田哥，你可太能编了，我服。”

“迷糊？那很可能是脑干出血！你恶心吗？有没有想呕吐的感觉？来张嘴我看看，啊——哎，这位女同志，你别趴我身上呀！”

小北拼命地点头，又“哎哟哎哟”地呻吟起来。

“东西好说，人可是大事。菅总，我建议你和肇事者立刻带伤者去医院检查。脑干出血，只要晚三五分钟，就有生命危险，就算抢救过来也是个植物人。”

小北很入戏，干脆趴在田迹墨身上一动不动了。菅鹏举不明就里，还以为小北真的晕过去了，吓得够呛，声音都哆嗦了：“小北，小北，你怎么了？你怎么了呀？！你说话呀！”他一边喊着，一边掏出手机打了120，“快快快来人，死人了……”

一见这情形，于子凯也来了精神：“刚才谁打的？谁？站出来！”

司机们嘴里纷纷说着“不是我，我可什么都没看见”，开始三三两两地退出了公司。立时启动车子的马达声一阵轰响，一眨眼工夫，出租车司机们全都作鸟兽散了。

3

见司机们一走，小北马上站直了身体，笑呵呵地对菅鹏举说：“菅哥，逗你呢！我没事。”

“我看看，我看看！”菅鹏举也顾不上男女有别，又是摸头，又是摸胳膊地检查了半天，见果然只是手上划破了一道口子，才长出了一口气，“老天保佑，老天保佑啊！”

刚才紧紧地趴在田迹墨怀里也没害羞的小北，竟然脸红了。

“什么老天保佑，是老田保佑的。”于子凯笑嘻嘻地拍着田迹墨的肩膀。

“还好意思笑，都是你惹的祸！”田大法官总算变回了田迹墨，“凯子，这下菅子是彻底被你‘草菅人命’了！”

“我，我也没想到……”于子凯讪讪地缩回手，退了两步，坐到椅子上，点了根烟。

“田哥，也不能都怪凯子。我……我自己也太大意了。”

“唉，这事也怪我，是我帮你拿的主意。光想着天上掉馅饼了，谁知道占小便宜吃大亏，拿别人当傻子的人才是真的傻子。”

“你们就别自怨自艾了，田哥，你说说该怎么办吧？”小北正收拾着被弄得乱七八糟的大厅。

“还能怎么办，赔钱！”

“我们赔？！”小北不干了，“我们又没拿他们的钱！”

“只能先赔钱。我这冒牌法官只能当这么一次，明天人家再来呢？再来怎么办？别以为开出租车的人像咱们一样没脑子，刚才那一帮人里至少有三四个见过我、认识我的，人家不过给点面子，没揭穿咱们罢了。”

“菅子，要不，你先关门几天，等等李光那边的消息。”于子凯建议。

“凯子，你就别净出馊主意了。我已经让小吴打听过了，这小子不是才跑的，一个礼拜前人家就离开滨海了。对了，小吴和大兵现在手头都有事，一会也能过来。”

“啊？不会吧……”菅鹏举还是难以相信。

“李光那边咱们就别指望了。就你这事，直接去报案都不好立案。你当初跟李光合作，既没有协议也没有合同，没有任何凭证。也就是说没有任何证据证明，你是受了他的骗才帮出租车办假保险的。换句话说，这笔钱到底是谁拿走了，还不好认定。所以，以目前的情况看，从法律角度判定，这件事情的本质只能定性为你诈骗。除非李光能坦白交代，而且有一些了解内情的出租车司机为你作证，你才可能脱罪。所以说，司机绝对不能得罪。眼下必须尽快把这个窟窿给堵上。”

“田哥，可我没有诈骗啊……”菅鹏举彻底绝望了，“田哥，那，那就只能我来赔钱堵窟窿吗？”

“废话，我知道你没诈骗。但眼前只能是咱们赔。李光那边，他在滨海有老婆、有孩子，不可能一辈子不回来。让大兵找警察朋友，小吴找道上的混子，估计要把他揪回来也不是难事，只是时间问题。你先统计一下，在你这上保险的有多少人，一共得赔多少钱。”

“昨晚我统计过了，办过保险的一共 300 多个。今天上午在保险那边查了一下，之前有 100 多个上的是真的，上周开始的 146 个是假的，70 多万。”小北说。

“菅子，你手里有多少钱？”

“有几万。哦，还有前几天李书歌给的 10 万块定金。”

“李书歌？他给你什么定金？”田迹墨警觉起来。

菅鹏举就把李书歌买他广告权做电子屏的事情讲了一遍，末了补充：“他说余款一周内给我打过来，后天就到一周了吧？小北。”

“对，好像是后天，菅哥你看看合同不就知道了么。”

菅鹏举连忙翻抽屉，把合同找了出来，递给田迹墨，说道：“等他的钱到账，我这 70 多万倒是能给堵上……可是还有几天就要检车了，还有 1000 多台车需要更换车顶灯、坐垫、重新喷漆……还得需要几十万。不弄好了检车过不去的呀，还有……”

没等菅鹏举说完，田迹墨就猛地拍了下桌子，大叫了一声：“哎呀！”异乎寻常地激动，吓了众人一跳，“菅子，你这回彻底完了！”

“怎么了？田哥。”

“我早就告诫过你不要跟李书歌打交道，他……他就是个骗子！你，你怎么能上他的当！这么大的事情也不跟我商量商量！”

“我要跟你说来着，你一直忙……田哥，他真是骗子？不，不能吧？他不是做大生意的嘛，骗我干吗。”菅鹏举还将信将疑。

“狗屁大生意！你还穿开裆裤那会，李书歌就会拿棒棒糖骗小女孩初吻了；你乘法口诀还没背熟呢，他就会往地上扔金戒指让老太太捡了；你回来开公司的时候，那孙子因为传销和诈骗都在监狱里几进几出了！那天那‘刀疤脸’，大小算个混混吧，让他骗过钱；小吴，刚开砖厂就让他骗走了几十车砖，好几年了一分钱款也没结。他这二十多年靠什么活？就专门靠坑蒙拐骗！”

“这，这不是有合同嘛……”菅鹏举还不死心。

“别提合同了，你真是糊涂。你再好好看看，连我这种没什么法律基础的人都能看得出明显的漏洞，我真是不明白，你这个老板是怎么当的！”

菅鹏举捧起合同书，仔仔细细地看了好几遍，豆大的汗珠从头上滚了下来。果然，合同中间有很多概念和定义模糊不清的地方，这些几乎全是有利于李书歌的条款，而一旦李书歌违约，则完全不需要承担任何法律责任。

“我……他是跟才才一起来的，我相信才才肯定不会骗我，对他就没有怀疑……而且他真的给了我 10 万定金啊！”菅鹏举说着就打开了保险柜，把撒出钱来的信封拿出来，用手一张一张过了一遍。“你瞧。”

“剩下那 9 个，”田迹墨气得“呼哧呼哧”直喘，“我敢保证，没有钱。”

小北和于子凯一人拿过几个信封，分别拆开来看，果然，全是纸！

“菅子，你的广告大部分都是到年底结账吧？”

“是。很多年中的广告，差个三两个月，也就拖到年底了。”

“那我敢保证，其中一千台车的广告款，也都让李书歌收走了。”

“不……不会……”

“你打电话问问。现在就打。”田迹墨指了指办公桌上的电话。

“喂，高总吗？我，菅子。我想问一下，咱们公司的广告款……结了？我没收到啊……授权给谁了？他……他是骗……”

菅鹏举的“骗”字刚说出口，田迹墨一把抢过电话：“哦，高总，我们就是问一下您明年还有没有合作意向。啊……那到时候我们详谈，好的好的，提前祝您圣诞节快乐，元旦快乐。再见。”

“你已经授权给李书歌了，人家把钱给他也是天经地义！公司内部的混乱不能让外面知道，要是传出去谁还敢跟你做生意？这都不懂！”

菅鹏举又问了几个大的合作方，果然，有好几个人的广告款都已经给李书歌打过去了。菅鹏举无力地放下电话，一屁股坐在地上，双眼发直地叨咕着：“祸不单行，祸不单行……”

“才才，有时间吗？有点事想跟你聊一下。”田迹墨拨打着电话。

三十、真的假的

1

齐兵沉默了快一上午，任凭他父母说什么，他就是一言不发。他坐在书房的椅子上，一动不动地望着窗外。

本来今天早晨他已经到了单位，但又被家里的电话叫了回去。母亲的口气很着急，口吻很严厉，像是出了什么大事情。没想到，竟然又是他和娃娃的事。

“说，你为什么跟娃娃分开？你说话呀！”齐母眉毛拧着，眼睛瞪着，嘴唇咬着，手用力地摇着齐兵的胳膊，恨不得拿根撬棍伸进齐兵嘴里。

“你喊什么？他又不是哑巴，到了想说的时候一定会说的。贵人语迟，君子寡言，这都不懂！兵兵，她们女人遇到这种事情，是容易很感性、很冲动的，不要怪你妈妈，她也是为你好嘛。说说吧，我相信肯定有原因。”齐父半躺在大厅一侧“嗡嗡”摇动的按摩椅上，慢条斯理地说。

“哦，你以为不告诉我们，我们就不知道了呀？你能瞒到什么时候？我和你爸爸都已经着手安排你们的婚事了，你可倒好，这边竟然没声没响地就分手了！”齐母唠叨着。

“人家只是暂时分开，没有说一定分手。什么叫分手？连中美关系都还你中有我，我中有你地纠缠不清呢，男女之间的事情怎么能一言蔽之呢！对不对，兵兵？”齐父一副外交官口吻。

“娃娃多好的孩子，人家还没嫌弃你呢，你摆什么谱？”齐母越说越气。

“娃娃的家教是没问题地。老唐他们两口子对孩子可从来不溺爱，不像你，你看看，这孩子让你惯得……我跟你讲，兵兵身上很多毛病，都是你纵容的结果，你知道不知道？”齐父竟把话锋转向了齐母。

“这儿说孩子呢，你冲我来什么劲！你教育得好，你教育啊！你先问清楚你儿子，为什么跟人家分手！我不说话了，不说话了，行了吧！你们爷俩唠！”齐母转身去了厨房。

“兵兵，恋爱当中，小两口闹点矛盾是很正常的，牙齿有时候还会咬到自己的舌头呢，对吧？就说我和你妈妈，年轻的时候也没少闹别扭，这不，风风雨雨几十年，也就这么过来了。现在再看，不也很好吗？”齐父按了一下按钮，按摩椅停了下来。他起身坐直，头转向卧室的方向。

“感情是需要磨合的。生命不就是一个反复磨炼、不断完善、自我修补的过程吗？你已经快三十岁了，要慢慢学会看懂生活。生活是立体的、连贯的，不要总是用单线的、跳跃性的思维来看待。把目光放长远一些嘛，风物长宜放眼量。跟娃娃在一起有什么不好？无论对于你的家庭、事业、人生，都是有百利而无一害。最近这些年，金融界始终在谈一个词——‘双赢’。你和娃娃在一起，我看就是典型的‘双赢’嘛！”齐父站起身，背着手在大厅里踱步，说到最后一句话的时候，把头探进了卧室，却发现齐兵趴在电脑桌上，头埋得深深的，也不知道睡着了没有。

“兵兵！”齐父喊了一声，齐兵没有任何反应。这时齐母端了一盘削好的水果，从厨房走了出来。齐父叹了口气，冲她摇了摇头，示意她进去。

齐母摸了摸齐兵的头发，扒拉着他的脑袋："兵兵，起来起来。大上午的就犯困，昨晚又玩游戏了吧？来，尝尝这火龙果，你最爱吃的！"齐兵还是不抬头。

"孩子，妈是急脾气，你不是不知道。我这一听说你俩分了，那简直是晴天霹雳呀！你说，你让你爸爸以后怎么见唐市长？我怎么见你徐姨？我上火呀，你看看这泡，看看妈嘴里这泡，那是立刻就起来了。"尽管齐兵看不见，齐母还是用手掰着自己的嘴，似乎对空气做着展览。

"刚才你爸爸说了半天，好像认准了你不对。妈仔细一想，不是那么回事。他们娃娃乖巧懂事，我们家兵兵就不是听话的好孩子吗？从小到大，兵兵什么时候跟爸爸妈妈翻过脸？他们娃娃秀外慧中，我们家兵兵还拿过歌唱比赛冠军呢！是不是？所以啊，我就想是不是娃娃有什么对不住你的地方，跟妈说说。你爸爸不敢找，妈找老唐评理去！也不能让我们兵兵受委屈呀！"

手机响了，是田迹墨。没等齐兵说话，田迹墨就简单交代了菅鹏举的事情，让他快过来。齐兵说了句"我家里有事"就给挂了，换了条胳膊，继续把脑袋枕上去。齐母一见齐兵动了，开口了——尽管不是对她——觉得没准蒙对了，还是来软的有门儿，更加信心百倍地说了下去："娃娃那孩子，出身那么好，肯定有一些娇小姐脾气，偶尔会耍耍性子。你唐叔叔工作忙，这都是你徐姨惯的。她那人我还不知道么，别人是刀子嘴豆腐心，她呀，是豆腐嘴豆腐心。她对娃娃可真是顶在头上怕吓着，含在嘴里怕化了，舍不得打，舍不得骂。那怎么能行呢？孩子不能这么教育。"

齐兵仍旧闷声不吭。

"你这孩子，怎么油盐不进呢！"经过几个小时的努力，齐父齐母软硬兼施、多管齐下，依然不见收效，终于气急败坏，连一向泰山崩于眼前都镇定自若的齐父都放下了虚伪的架子，“你就这么一言不发，是跟我和你妈示威呢？我告诉你，不说话就别去上班了！我给你们总行行长打电话，你以后也不要去了！”

一上午说得口干舌燥，还真就这一句说到齐兵心坎里去了。齐兵立刻站起身，看着他父母，一字一顿，恶狠狠地说：“我还真就不去了！”

“你！”齐父用食指指着齐兵鼻尖，气得说不出话来。

“你爸是跟你开玩笑，他是吓唬你呢！”齐母使劲往外拉齐父，好像生怕爷俩动起手来。

“班我是肯定不上了，我要跟刘星开乐队！”齐兵说完就后悔了，可是覆水难收，索性破罐子破摔，“刘星是我的女朋友！跟娃娃，不可能了，你们别做梦了！”齐兵一边说一边翻箱倒柜地收拾着东西，拿了几件衣服，转身就出了门。

“你这是要干吗？”

“我出去住几天。”

“刘星？刘星是谁家的千金？”齐母问齐父。

“你看着我干吗？我哪知道你这宝贝儿子从哪找出颗流星来！流星，流星，听这名字就不怎么样！还等什么，给娃娃打电话问问呀！”

2

齐兵赶到鸿达公司时，菅鹏举正在长吁短叹地骂自己是猪是狗；小北痛骂两个骗子猪狗不如；吴大非说逮着他们就宰了他们；才才泪眼婆娑，在角落里不停地拨打着李书歌的手机，却始终无法接通；于子凯愁容满面地坐在一边抽着烟；田迹墨铁青着脸，桂琳正掐着腰，气急败坏地在和他争吵；整个屋子的气氛相当紧张。

“总这么干，以后‘亲爱的’还能有信誉吗？总说打造服务品牌，打造服务品牌，人家婚礼，指明要咱们两个一起上，你又无缘无故地撂挑子了，算怎么回子事？一会我自己去了，怎么和人家交代？”

“田哥，你和嫂子……不是，不是，你和桂琳去吧。”关键时刻还是菅鹏举幽默。

田迹墨忽然乐了。他这人好像什么时候都笑得出来，很有点《绝代双骄》里小鱼儿的味道。“菅子，你觉得我能这么没眼力吗？你看这位妇女同志，长得也算有几分姿色，虽然人到中年但是风韵犹存，大眼睛一瞪还真是眉目传情、秋波暗送。可就这扈三娘的脾气，我要真娶了她，她没准哪天就把我剁成肉馅包包子了。”

“我呸！不知道谁当年死乞白赖地追我，情书一千多封，每封都一万多字。”桂琳嘴上可从来不服田迹墨，立刻发起反击。

“我承认，当年是我没品位。但是现在，我的审美观变了！我都特佩服自己，跟这么个又老又胖的泼妇怎么还能一起主持婚礼……”

这回桂琳没反驳，她干脆揪起了田迹墨的耳朵，而且是使的真劲，揪得田迹墨连说“我错了，我错了！”才放手。

“菅子，看着没，女人就是这样。你讽刺她丑，她可能忍了；你说她胖，她立刻就挠你；你说她风骚，她也忍了；你说她老了，她上来就跟你拼命。以后相亲时，千万记得这些忌讳呀，这都是真理。”

要是以往，菅鹏举肯定特配合他田哥，一边笑一边点头称“是”。可现在，他哪里还有这个心情。

“田哥，你快去和嫂子主持吧，你在我这跟着一起发愁也没用。”

“好吧，齐兵也过来了，那我就先表个态：我拿20万。还你10万，替小吴拿8万，剩下2万算赠送。”

“我拿10万吧。”小吴拍了拍于子凯，“你呢？凯子，出这么大的事，你就是抢也得从你家三姐手里抢出来点吧。”

“我……我尽力吧。”凯子底明显气不足。

“我，我也拿10万。”才才“啪”的一声把手机摔在地上，冲着电话骂了声“你大爷的”，“这事我也有责任。我没钱，但我可以找我爸要。”

“哦了，剩下的大兵先垫上。先把眼前的司机们搞定，其他的事情以后再说。就这么着吧，那我先过去了。”

齐兵也不问到底是怎么回事，直接说：“剩下多少？”

“30万。”

齐兵心里一沉，没有说话。

一出公司大门，刚一上车桂琳又揪住田迹墨耳朵：“20万，你上哪有那么多？咱们公司账户里只有不到8万，马上平安夜、圣诞节还都要做活动！”

“我去找张丹妃……”

“算了吧，你不是发誓一辈子不用她们家钱吗？”

“计划没有变化快，菅子是我最好的兄弟，开公司的时候人家给我拿了10万，我就是给她爹跪下，也得抠出这笔钱来！”

“你，你能为了钱给别人下跪？我不信。”

“男儿膝下有黄金，意思就是说，男人一跪下，就能挖着金子。明白吗？”田迹墨口中虽开着玩笑，可想起张丹妃父亲的嘴脸，心里还真打起了退堂鼓。

“自己说着都心虚，是吧？看把你为难的。哼，要不是刚才你说我又老又胖，没准我还能借你三万五万的……”

“真的？！”

“假的。”

“真的？！”

“假的！”

“真的假的？琳琳……”田迹墨娘声娘气地做着撒娇状。

“再给我写封情书，一万字以上的！”

“琳琳……”

“没跟你开玩笑！”

“说话不算数怎么办？”

“老规矩，说话不算数的生儿子没屁眼！”

田迹墨的脸腾地一下红了。这是他与桂琳相恋时常开的玩笑。从前都是桂琳问他“说话不算数怎么办”，他就狡猾地回答“生儿子没屁眼”。通常这个回答都会换来桂琳的一顿粉拳，因为他的儿子，也是她的儿子……但那些，都是过去了。现在，他的儿子，还会是她的儿子吗？

“过了，你想什么呢，开过了！停车停车！快上楼吧，还有10分钟了。”

3

田迹墨的20万看似有着落了，可齐兵的30万却为难至极。他是富家子没错，几十万对他家来说肯定算不上问题，但自己刚和家人闹翻，叫他如何跟父母开口借钱？可这些事，他不能对朋友们说。听了营鹏举的遭遇，他除了陪这个倒霉的哥们儿痛骂李光和李书歌几声，能做的也只有在金钱上帮帮忙了。

找其他朋友借钱？他长这么大还从没有有求于别人，那不符合他的性格，不可能。

找刘星？她本就积蓄不多，仅有的那点也都给了家里。

从鸿达公司回来，齐兵去“大马”喝了两小时闷酒。他和刘星说了菅鹏举的事，刘星也是无可奈何。两人谈话中间，家里电话响了无数次，齐兵都给按了。最后一次，刘星说：“接吧。”齐兵才接了。

齐母几乎是疯了一样要齐兵回家。刘星说：“回吧。”于是齐兵回了家。

齐兵知道自己即将面临的又是喋喋不休的询问、引导，苦口婆心的批评、教育，甚至是一把鼻涕一把泪的劝告和哀求。果然不出所料，一进门，齐母就又开始了唠叨，齐父余怒未消，虽然一直没说话，但始终气呼呼地瞪着他。本来就算齐兵和娃娃真的不复合了，他也未必气成这样，但齐兵不去工作以及离家出走的行为，构成了对他一家之主权威的严重挑战，这才是他真正恼怒的原因。

齐兵耐心地忍受了母亲万千句责问后，径直走向了他的父亲，喊了声“爸”，齐父紧锁的眉头刹那间就舒展了。这不是一声简单的称呼，在他看来，这声“爸”包含着齐兵的畏惧，象征着齐兵的投降，也意味着在上午父子之间那场斗智斗勇的战争中，他又一次胜利了——如同当年，齐兵砸了所有乐器，踏上西去的列车当兵；如同当年，齐兵转业回来就被命令去银行报道；如同当年，齐兵在不知情的情况下去和娃娃一家吃定亲饭，几次中途要走却最终被按在椅子上。

“兵兵……想通了？想通了就好嘛……”齐父又一次用招牌式的语气和姿态诠释着慈父的风采，“爸爸妈妈是你最亲的人，怎么会害你，是不是？都是为你好的——一时不理解没关系，男人嘛，总要有个性，有脾气，要允许人犯错误，更要接受人家主动改正错误。成熟了就好了嘛……”

“爸，我想借 30 万。”

“30 万？”齐兵父母一起惊呼。

“朋友出了点事情。”齐兵直截了当。

“30 万……不是小数目，什么事情呀？”齐父循循善诱地问。

见齐兵又有些不耐烦，齐母赶紧上阵：“少是不少，但是这点钱家里还是拿得出的。”一边说一边还给齐父使着眼色。

“借你可以，但你得答应我三个条件。”

“不论什么我都答应。”齐兵斩钉截铁地说。

“第一，明天去上班，以后也不许再说辞职的话。”

“好！”

“第二，跟我说清楚，借 30 万干什么。我们就算再有钱，也不能赞助一个杀人犯逃亡吧，总不能无缘无故地送给乞丐吧，对不对？作为借款方，我们至少有权知道借给谁，用来做什么吧。要诚实地讲，不许欺骗我和你妈妈哦。”

“对对对，你爸爸说得对。兵兵，上次你那个开酒吧的朋友出的那事都吓死我了……你还给他找人帮忙。还好他最后没事了，不然把你牵涉进去，怎么办！”

“朋友做生意，资金周转遇到了困难。”

“嗯……真的？”齐父仔细端详着齐兵的表情，似乎没看出说谎的迹象，这才说，“好，我相信你。兵兵长这么大，还没有说谎过。这第三嘛……”

“赶快跟娃娃和好，明天带她来咱们家吃饭！”齐母边说边看着齐父，齐父赞许地点了点头。

“……”

“说话呀，兵兵！你爸爸可是已经默许借给你钱了呀！表态，快点！”

齐兵犹豫了片刻，说：“明天一早我就要用钱。”

“明天晚上和娃娃回来吃饭。”齐母接道。

“好！”

“哈哈！”齐兵父母一起笑了起来。

三十一、狗尾巴草的春天

1

今晚的聚会气氛很凝重。咖啡厅靠窗的一张四人台两侧，张丹妃眉头紧锁，娃娃目光哀怨，才才伤心欲绝，连一向口若悬河的李三姐都出奇地安静。半晌，还是李三姐首先打破了沉默。

“才才，别哭了，那个李书歌一看就不是个好东西，为这种烂男人掉眼泪可不值得。哎呀，你……没吃什么亏吧。”

“他倒是没骗我多少钱……”

“哎呀，傻丫头，不是这方面。懂不懂？女人最重要的……”

“没有。他大爷的，他倒是想来着，哼！三姐，我哭不是为他，是为我自己。我怎么就这么笨，这么傻呢，还把菅子给连累了，我是帮凶呀！菅子多老实个人，愣是让我给带进坑里了！”

“他刚开始玩失踪你就该有所警觉呀！丢了这么多天才觉察出不对劲，你这反射弧可太长了。喏，我早就说过吧，男人的行踪必须时刻掌握。你说也真是大千世界无奇不有，李书歌那么有钱，还四处去骗，图什么？骗人上瘾呀？”

“田哥他们说，他那都是装的。车是租的，衣服都是假牌子，他也根本没开过什么国际贸易公司，更不是什么未婚青年，都离过两次婚了……从一开始这王八蛋就没说过一句真话！”

“啧啧啧，你看看！我就一直觉得这种看着有文化的白面书生最不靠谱，整天油嘴滑舌，口蜜腹剑，小白脸就没一个好心眼！”李三姐看看张丹妃，“哟哟，丹妃，我可不是说你们家迹墨，你别多心呀。”

“没事，没事。”张丹妃勉强挤出一丝笑容。

“田迹墨这个男人本质还算是不错的，可是，再好的铁钉子也招架不住硫酸水泡呀。”李三姐趴在张丹妃肩上小声地耳语道，“于子凯告诉我，说他和桂琳整天黏在一起，那个小狐狸对他可亲热了，有几次还带着她参加他们几个的朋友聚会。这算什么？她有什么资格参加？公然挑衅呀！”

“她是主持人，搞活动吧。”

“嘁——”李三姐拖着长音，从张丹妃怀里起身坐好，“搞活动我就不提了，只有他们几个男人，就她一个女的。哦，好像齐兵还带着个……”李三姐偷瞄娃娃，见她好像没专心听讲，提高了调门，“是叫刘星吧，是不是？”张丹妃用胳膊肘捅着李三姐，示意她住口。

“没事。这有什么不能说的。娃娃，三姐告诉你，男人要混蛋，咱们马上换。回头三姐就给你介绍个好的！介绍个有款有‘行’的男人！有款就是要有钱，有‘行’就是你说什么、干什么都行！齐兵这个小没良心的，就是当代的潘仁美，哦，不对，陈世美呀！不会有好下场！”

至此，万能的先知李三姐终于完成了对三人感情是非的点评工作，成功地在每一个颗受伤的心灵上撒了一把盐。

“三姐，别这么说大兵，他不是这样的人。”娃娃很反感李三姐这么说，“我们俩的事情不怪他。”

“瞧瞧，瞧瞧，娃娃，我的傻妹子呀，你，你还替人家说话。三姐真不知道该说什么好，你就是太单纯了……”

“大兵从一开始就没说过喜欢我，是我自己一厢情愿地要和他在一起……”

娃娃此言一出，举座皆惊。李三姐振奋精神，正要继续给娃娃上课，此时娃娃的手机响了。她眼睛一亮——竟然是齐兵！

“好，我马上就到。”娃娃说完匆忙起身，“你们先聊，我有点急事先走一步。”

女人联盟的活动中，第一次出现了半路有人走掉的情况。在一个很失败的领导者——李三姐的带领下，这个基础并不牢固的女人帮已经逐渐有了破裂的迹象。

2

自两人相识以来，齐兵还从没有主动给娃娃打过电话。有几分钟，娃娃欣喜若狂，但她很快又平静下来。“不会的，不可能是要复合。齐兵上次跟她提出分手，原原本本地诉说了自己跟刘星的事情。他说他们虽然家庭背景和社会身份差异巨大，但志同道合、两情相悦，任何人都不可能拆散他们。而他对她，除了歉意还是歉意。”娃娃了解齐兵的个性，知道他言出必行，怎么可能这么快就反悔呢？在去往约定地点的路上，娃娃心潮起伏，思绪联篇。

一家偏僻的咖啡馆，幽暗的灯光映照着齐兵焦虑的脸庞。娃娃与他对视许久，两人忽然同时开口：“你瘦了。”

娃娃笑起来：“我才没有，你才是。”又是沉默。

半晌，娃娃说：“你一定是遇上什么事情了，说吧，看我能不能帮得上忙。”

齐兵看着娃娃，仅仅几天的时间，这个孩子一般天真单纯的千金小姐好像突然间成为一个成熟的女人。不再撒娇任性、不再纠缠不清、不再刻意强求，她甚至一句有关情感的话都没有说。

“明天晚上，你能陪我回家吃一顿饭吗？”

“好。”娃娃此时言简意赅的语气很有齐兵的风格。也许，在这一年若即若离的交往中，她已经深深了解了齐兵，并潜移默化地深受其影响。

娃娃答应得这么痛快有些出乎齐兵的意料，而且她都没有问原因。齐兵心头忽然涌上一股难以名状的愧疚，在他与家庭的抗争、对爱情的追逐过程中，娃娃始终都是最大的受害者。

“对不起，娃娃，真的对不起。”齐兵生平很少道歉。

娃娃豆大的眼泪一下涌了出来，一滴滴重重地砸在桌子上，也砸在她和齐兵的心上。

但也只是一瞬间，她很快平复了状态：“没什么。还需要我怎么说，怎么做？”见娃娃这么爽快，齐兵这才一五一十地交代了缘由。

“好你个大兵，亏你想得出来呀！让我来扮演你女朋友，一定会很像的。我可是学过话剧表演，还出演过《雷雨》呢！你放心吧大兵！”娃娃咯咯地笑起来，喊服务员买单。

“走啦，随时联系。”娃娃义无反顾地走了出去。

齐兵起身追了出去。上车的刹那，娃娃忽然转身，微笑着做了个拥抱的姿势：“求人家帮你这么大的忙，连声谢谢都不说。来，奖励我一个拥抱吧！”在齐兵宽大却冰冷的怀里，娃娃泪如雨下。

第二天，齐兵父母如约给他拿了钱，晚上齐兵也如约带娃娃回家吃了饭。像她承诺的一样，她表演得很真实、很投入。破镜重圆，过程曲折，结局美满，齐兵父母很满意。作为家长，面对不懂事、不听话的孩子，他们又一次完胜。

3

菅鹏举却觉得自己已经完败。辛辛苦苦操持的公司一夜之间就垮掉了，只剩下一个空空的架子。就算在朋友们的帮助下，可以暂时渡过难关，但巨额的损失已经透支了他未来几年的利润，并且很快就会影响到企业的正常运转。不能按时履行当初和市政府及运管部门签署的合同条款，他的广告权随时会被收回。如果鸿达公司不久后真的倒闭了，欠出去的这么一大笔钱，他怎么还给朋友？靠自己出去打工吗？恐怕太难了。已经有知情的员工当天就提出了辞职，以后辞职的员工肯定会越来越多的。到最后，剩下他一个光杆司令，还能撑下去吗？还能撑多久？

菅鹏举在公司里待了一夜。小北也没有回家，一直陪着他。俩人也不说话，菅鹏举坐在办公桌前一根接一根地抽着烟，小北拿着她的绘画本在沙发上涂鸦。

“小北，你回去吧，用不着陪我，我没事。”

“菅哥，在医院的时候我撵你走了吗？”

“……小北，用不了多久，我就会一无所有了。”

“你出生的时候，带什么出来的？”

“嗯？”菅鹏举没太听懂。

“人来到这个世界上的时候，本来就一无所有。后来拥有的一切，都是别人给的。你过来，过来啊！”

菅鹏举走到小北身旁。“看着——”小北在本子上画了个小婴儿，

“这是你……诶，菅哥，你出生的时候胖不胖？”

“我妈说我八斤多，不知道算不算胖。”

“嗯，那差不多。你瞧，你出生了，赤身裸体，什么都没有吧。后来呢，爸爸妈妈给你喂奶粉呀，换尿布呀，穿上了衣服裤子，你慢慢地长大了。”小北又画了个玩皮球的小孩子，“再后来，你上学了，好好学习，天天向上，老师教你知识。”小北又画了个戴红领巾的少先队员向大学奔跑，“上了大学，你学会了谈恋爱……”

菅鹏举连连摆手：“没有没有，我……我没有，我没有。”

“呃，那好吧，你大学毕业了，有了三五个有义气的好哥们。”小北画了几个喝酒的青年人，“然后你开始为了梦想而创业，于是你有了公司，后来你遇到了她。”小北画了一个长发飘飘的少女，“——也谈起了恋爱。你女朋友叫——哦，对了，才才。你和才才约会。”她又画了两个拥抱着的情侣。

菅鹏举又是连连摆手：“没有没有，我们没有拥抱。”

“唉，就是这么个意思吧。你从头看一遍，看明白了吗？你吃的穿的是父母给的，你的知识是学校给的，你的友情是哥们儿们给的，你的爱情是才才给的，你的公司呢，是你的客户给的。现在，就算你公司真的没有了，可是你看看，你还留下了多少值得珍惜和留恋的东西？你的头脑还在，你的身体还在，你的哥们儿们还在。嗯，对了，还有我，你的小北妹子还在！所以呢，只要还有梦想，那么一切都还有可能。可是，如果你连梦想都没有了，那就真的一无所有了。”

最后小北在纸上写了“相信梦想，就有奇迹”几个大字，扯下来递给菅鹏举：“送给你了！别小看这幅画哦，以后我成名了，这幅画会很值钱的呢！”

“小北，你的梦想是什么？”

“我？我要做个漫画家，就像自由鸟、赵佳那样的漫画家。嘻嘻。菅哥，你相信我吗？”

自由鸟和赵佳是谁菅鹏举并不知道，可他还是看着目光坚毅的小北说：“嗯。我信，你会的！”

“这不得了。连我这么不靠谱的梦想你都信，那你就更该相信自己呀！大不了从头再来！菅哥，你从没告诉过我，你的梦想是什么？”

菅鹏举努力地思索起来：“我的梦想……我记得小时候老师让我们写作文，名字就叫‘我的梦想’。我写的是我想当爷爷，因为爷爷很厉害，连我爸爸都怕他。后来老师说不行，我就写我想当消防队员，以后我爸爸一抽烟，我就扑灭他。没想到后来，我也学会了抽烟……”

“还说呢，快掐灭了！”小北抢下菅鹏举的烟，“今晚上一根也不许抽了！你刚才说的不算，那都是小孩子想的，说长大以后的。”

“长大以后……读大学的时候，曾经想过当外交家，可是，我的口才实在太差了……”

“嗯，你要是有田哥的口才，肯定能成！”

……

两个人天南地北，说说停停，到最后也都倦了。凌晨 4 点多，菅鹏举揣着小北的“梦想”趴在办公桌进入了梦乡。早晨起来，发现自己身上披着小北的衣服，而小北，已经在打扫卫生了。

4

田迹墨一大早就把他和吴大非的钱送了过来。菅鹏举刚要开口，田迹墨说："别说谢谢啊，忒俗！"

过了一会，齐兵也来了。让人惊讶的是，娃娃竟然出现在他的身边。

菅鹏举又要开口，齐兵说："别说谢谢啊，忒俗！"

菅鹏举憋了半天，最后还是说："老田，大兵，我这钱，不知道什么时候才能还得上……"

"说过要你还了吗？"田迹墨和齐兵异口同声地喊道。

"妹子，今儿你怎么这么有空？"田迹墨跟娃娃打招呼。

"好久没看到田哥、菅哥了，想你们了，来看看。怎么，不行呀？"

"这小丫头，什么时候这么会说话了！"田迹墨表情明显有些不自然，他有点搞不懂齐兵这是玩的哪一出。

娃娃也看出了大家的疑问，笑笑说："大兵现在是我的蓝颜知己，你们别误会呀！"

大兵歉疚地看着娃娃没说话。他没告诉菅鹏举钱是娃娃帮忙拿的，怕他爱面子，不肯要。

"好啦，我该去上班了。菅哥，别上火！你瞧你，有这么多的好朋友、好兄弟呢，什么事也难不倒你们这一群小男子汉的！"

娃娃刚走不久，才才就到了，不过等她给菅鹏举拿钱的时候，遇到了不小的阻力。一开始菅鹏举死活就是不肯接受，连一旁的田迹墨百般劝说都不行。

“你个死菅子，平时什么事也没见你这么有主见过，今儿你犯什么倔呀？公司的事重要，还是男人的面子重要？”田迹墨都有些急了。

“田哥，你不懂，这和面子没关系。”一夜没睡，菅鹏举看上去很憔悴，眼睛通红，布满血丝，几绺仅存的头发乱糟糟地趴着，“才才，你的好意我心领了，我不能要你的钱。你也不要总是跟我道歉，这不关你的事呀，又不是你的错……”

“我问你，咱们算不算朋友？”才才掐着腰，指着菅鹏举鼻子问道，“回答我呀。”菅鹏举不说话。

“是谁巴巴地跟我相亲来着，还迟到了半个小时。我告诉你，那可是我的‘处女亲’！是谁裤子露着大窟窿也敢来见我？那时候你怎么不嫌害臊？流氓都没有这么干的！”一边的小北“扑哧”一声笑了出来，菅鹏举双手抱头，不敢直视。

“是谁跟我约会，半路碰上陌生的老大娘被撞了，抱起人家就送医院，是你吧。不怕救起的是个‘扶不起’吗？那时候你怎么就这么有勇气？”

“我……那不一样，那不一样。”菅鹏举看着小北，“那是小北的妈妈。”

小北“嘁”了一声：“那时你又不知道！傻瓜！”

“是谁一到了半夜就给我发抄来的短信，连转发的字样都没删除，你丫笨到家了你。还有那些自以为很可笑但早就过了时的冷笑话，怕我生气还换了手机卡发，亏你想得出来。看看发的那些内容……”才才说着就把手机掏了出来，翻出信息。菅鹏举脸羞得满脸通红，一个劲说着“别，别”，可才才哪管他，大声读了下去：“什么‘天冷啦，你要注意保暖’‘工作忙要多休息’‘据说李书歌不靠谱，你一定要小心，祝你们幸福’‘真对不起，我又想你，如果没空，爱理不理’……废话连篇的，你以为我不知道是你呀？”

田迹墨瞪大了眼睛看着菅鹏举揶揄着：“哟，不错啊，还会作诗呢，我怎么不知道。”

“这 10 万块，你到底要还是不要？”

“不……不要……”

“你相亲也相亲过我了，约会也约会过我了，骚扰也骚扰过我了，我的名声都让你给败坏了，你大爷的，现在你想不要我了？”才才“啪”的一声把银行卡拍在桌子上，“我爸说了，这是彩礼，你爱要不要！本姑娘不跟你废话！”

才才说完，丢下目瞪口呆的众人，一扭一扭地就走了。

“菅子，今儿赚大了啊，财色双收！”才才的表现太过惊艳，无论过程还是结局都大出田迹墨所料，“没想到啊没想到，菅是草菅人命的菅，狗尾巴草也有春天！”

菅鹏举似乎还没从梦里醒过来，他如置身火炉，浑身燥热不安，一会儿站起，一会儿又坐下，望着才才的背影不停地搓着手，张开五指又紧紧握拢，喃喃地念叨：“‘你大爷的’，‘你大爷的’，田哥，她又骂我了，呵呵，小北，你听到没有，她又骂我了……”

小北也发了一会怔，半天才应了一句：“菅哥，你懂什么呀，打是亲，骂是爱！你还等什么，赶快追上去呀！”

菅鹏举蜗牛似的往前蹭了几步，最终还是没能走出公司的大门。

三十二、你的平安我的夜

1

平安夜是中国人舶来的西方节日，它给了人们宣泄快乐的机会。可惜，这样的机会却注定不属于张丹妃。窗开着，风很冷，张丹妃托着手工制作的布艺圣诞树，一个人站在阳台前，望着满城的火树银花发呆。

田迹墨又去搞他的派对活动了，晚饭都没有回来吃。现在已经快9点了，他还没回来。难道派对还没有结束？他就一点没想着，自己的老婆在望眼欲穿地等着他回来一起过节吗？去年的这个时候，他们还在海南的三亚度着蜜月。他牵着她的手，在海滩上奔跑、踏浪、放风筝；在大海中潜水、游泳、打水仗；夜晚在椰树下搭起帐篷，一起嗅着海风，数着星星，说着情话……那是多么幸福快乐的时光！他也会像自己一样，经常想起曾经的甜蜜吗？最近这段日子，他一直很忙，公司的事、朋友的事，具体是什么事，他不说，她也不怎么问。反正，早出晚归、不在家里吃饭，已经成为田迹墨的习惯。张丹妃为此抱怨过几句，可除了引起两人没必要的争吵之外，根本于事无补。她知道，在田迹墨的心里，她是没资格抱怨的。一个安于现状、不思进取的平庸女人，有什么资格对艰苦创业、顽强拼搏的老公抱怨？

他似乎也因此对自己越来越冷淡了，只有在注意到她肚子里的孩子时，他才会变得温柔而幽默。多数时候，他更喜欢和这个没见过面的孩子说话。他一厢情愿地喊着“儿子儿子”，高兴时哼唱起歌，郁闷时说悄悄话，有几次喝醉了，还像模像样地给胎儿上起了礼仪课。而这一切，好像都跟张丹妃这个即将做妈妈的女人没多大关系。她要么插不进嘴，要么刚插两句嘴就被田迹墨的长篇大论淹没。

张丹妃觉得自己在这个家庭中已经越来越被边缘化，可他们才刚刚结婚一年啊！张丹妃怀疑到了桂琳，不只是因为几天前李三姐的那番话，而是在这个时代，忠贞是很稀有的东西。整日耳鬓厮磨的男女，有些暧昧不清、欲理还乱的关系，实在是很常见的事情。但究竟暧昧到什么程度，乱得有没有底线，她还无从得知。她不止一次旁敲侧击地问起过田迹墨有关桂琳的事情，但并没有看出太多异样，也偶尔去过“亲爱的”公司，也没有发现太多蛛丝马迹。她偷偷查看过田迹墨的手机，两个人的通话记录倒是不少，但如果说是为了工作也不足为奇。唯一值得怀疑的地方就是，从桂琳出现之后，田迹墨的手机再也没收到过陌生短信。难道，桂琳就是那个发短信的人？

她有种越来越强烈的感觉，她和田迹墨的婚姻，已经埋下了危机的种子。这粒种子，等到破土的那天，还来得及把它连根挖起吗？张丹妃不敢想，她只好逼着自己适应。没有办法，生活就是个学会适应的过程。就像自己的怀孕，这几天的反应又强烈了很多，能吃能睡、慵懒怠倦、时常恶心。而这些，田迹墨时有所见，却漠不关心。还能怎么样？男人真是阵变幻莫测的风，从哪里来，吹向哪里，要卷起哪片落叶，吹走哪块云彩，都是未知。他也曾深情款款，体贴恩爱；可如今却动则指摘，挑剔嫌弃。难道这么快，一切就都变了吗？

也许才才和娃娃说得对，经济基础决定上层建筑，不自立的女人在家中真的缺少话语权。如果把她和田迹墨的情况掉过来，她赚钱养家而田迹墨持家，他还会这样飞扬跋扈吗？张丹妃下定决心，要做出点成绩给田迹墨看看。不为与他争高低，只为给自己争口气！真的以为一个居家女人就没有华丽的梦想吗？她申请了淘宝账户，开了一家名叫“丹妃布艺”的小店，把这些年来所有手工作品都用手机拍照上传，进行出售。可是几天过去，根本无人问津。

她长长地叹了口气，关了窗，走进卧室，打开电脑，“丹妃布艺”还是0交易、0信誉度。信誉度低的网店起步太难了。她失望地关掉网页，却意外地收到一条留言：每天工作3小时，只要打打字，刷信誉让您日赚300—500。

刷信誉还能赚钱？一举两得啊！张丹妃饶有兴致地进了一个热闹非凡的语音聊天室接受所谓的“免费”培训，按照教程一步一步地操作了起来……

一个多小时过去了，张丹妃终于发现，那只是个骗局。她费了好大的劲，不但没能让自己的信誉度得到提升，却已经通过网银无端支付了一万多元。等她再找留言的人和聊天室，却都找不到了。张丹妃恼恨不已，她能想到的唯一求助对象只有田迹墨。

“喂，迹墨……派对怎么还没结束呀？我……我受骗了……呜呜呜……你快回来吧……”

……

他肯回来吗？他会责怪我吗？放下电话，张丹妃有些后悔。

2

这个平安夜对于子凯来说，绝对是个噩梦。他和李三姐先是排了一个多小时的队才挤进了一家环境幽雅、情调温馨的西餐厅，吃了几个粗制滥造、并不美味的三明治和 120 分熟的牛排，于子凯吃坏了肚子连拉带吐，折腾了半天；接着两个人去时代广场放烟花，李三姐被烫到了手，羊毛衫还被烫出了个大窟窿；然后俩人逛街，于子凯又让人顺走了钱包……

如果仅仅限于这些，还不足以破坏俩人的浪漫情怀；如果没有最后发生的事，以上部分几乎可以算作一个噩梦。毕竟，不至于让于子凯产生轻生的念头。

夜场通宵电影 11 点半开场，于子凯夫妻俩又排了一个多小时的队才买到票。快要进场的时候，于子凯看着前面这个少妇的身影颇感熟悉，正在回想的时候，少妇不经意地转了一下身。

果然是她！于子凯掉头就要跑，但后面汹涌的人流和身边挽着他胳膊的李三姐根本不给他这个机会。他默默祈祷，希望她不要认出自己，或是认出自己也不要相认。可是，一切已经来不及了。

只听陈芙蓉娇滴滴地喊了一声："凯子！"他还没想好如何应答，李三姐立刻踏前一步："你是谁？"

"哟，凯子，你不是 GAY 吗？口味又换回来了呀？"影院里所有人立即停止了前拥后挤的拼搏，整齐划一地向于子凯行注目礼。大厅里忽然特别安静。于子凯当时想，如果只有地缝和死让他选择，他宁愿选择后者。

可是李三姐怎么可能让他那么痛快地死，她像个复读机似的坚持不懈地追问着："你是谁？你是谁？你到底是谁？……"

陈芙蓉很同情这个苦命的女人，好心相劝："这位大姐，你也是相亲派对上被他骗来的吧？小心着点，容易传染艾滋。他是双性恋！"

如果真有上帝，那一刻，他肯定把于子凯变成了一个小丑，并且当众给他扒光了衣服。

接下来的电影就在放映厅外提前上演了。如果非要给这部脚本很烂，但演员很出彩的“爱情动作片”冠以一个名字，或许应该叫它《断背山上的女人》。

李三姐的体格、身高都和陈芙蓉旗鼓相当，不过胜在年纪轻、斗志旺、下手黑、体力久，她连挠带咬，最后打得陈芙蓉落荒而逃。李三姐的这些特点也体现到了后来对于于子凯的审问和批斗中，抱定“打死也不说”态度的于子凯受尽了各种非人非 GAY 的折磨。这个平安夜，于子凯能完整地存活下来，也算是个奇迹。

3

齐兵已经彻底愤怒。不是因为刘星又跟他说了分手，而是他想不通，自己的父母怎么会如此卑鄙。他们不知如何得知了齐兵仍旧和刘星来往的消息，一大早就派司机小王找到了刘星，跟她进行了长达几个小时的谈判。谈判的中心议题就是让她彻底离开齐兵——更确切地说，是让她离开滨海。

“不管你和齐兵已经到了什么程度，50 万，足够你完成各种情感和肉体上的修补。”

“嫌少？那 100 万！这可是你一辈子都赚不到的数目。”

“我不要钱，我也不需要修补。我只要齐兵。”

“好说好商量，谁的面子上都好看，撕破脸对你没有任何好处。你年纪还这么轻，出点什么意外多可惜。滨海几百万人，偶尔消失一个站街女，没有人会注意。就算注意，齐家什么实力你也该知道，滨海的蓝天变不了色。”

“我不怕你，我也不怕死。我只要齐兵。”

“我只要齐兵”，这就是刘星当时唯一的回答。利诱和恐吓的失效让小王气急败坏，却也无可奈何。于是他撤退，真正的主角登场。事实证明，齐兵父母亲自上阵还是威力巨大的。虽然齐父的政治教导没取得太大进展，但齐母的情感攻势收效显著。刘星抵挡不住齐母的眼泪，因为这眼泪是真实的。作为一个母亲，她有义务，更有权力为自己的孩子指出更正确的方向，尤其是在择偶问题上，而齐兵自己的选择让她伤心欲绝。齐母打向刘星的最后一颗子弹是：“我不能活了。”她的意思是说，齐兵如果坚持和刘星在一起，她就去死。

“您别说了，我和他分手。过些天我就离开滨海。酒吧是朋友的，朋友出门，我不能现在就这么走了。”

“我知道，你那个差点杀人的哥哥。谢谢你，你真是个好姑娘。”

刘星实在低估了齐家的实力，连这事都能调查得这么清楚。哭着来的齐母笑着回去了，小王再次赶来，给了她一张支票。刘星怕他多心，假装收下，转身就给撕掉了。

小王转身的时候撇了撇嘴：“有些东西，还真就是万能的。”

这次刘星和齐兵分手的决心比上次更坚定。如果说，上次她的离开是自欺欺人，是种逃避，那么这次她是真的想明白了。就像那首歌中唱的：“有一种爱叫作放手……”

可是齐兵挽留刘星的决心也比上次更坚定了。坦白地说，就算刘星做了他媳妇，在面对婆媳同落水该先救谁的问题时，他也绝对会义无反顾地救母亲；可是，他无法容忍父母今天那么下作和卑劣的行为，那么自私的、无情的、自以为是的爱。年过半百的父母在 23 岁的刘星面前，显得那么狭隘。所以这次，他宁可和家里彻底决裂，也要选择刘星。

齐兵不想再回家和父母进行无意义的争吵，他真的累了。他给母亲发了一条信息：我和刘星死也要在一起。拆散我们，我就死！让他感到意外的是，他既没有收到回复的信息，家里也没人给他打过电话。这个平安夜，齐兵感受到了久违的自由。刘星也是。

4

菅鹏举很紧张，他不敢大声喘气，不敢说话，连咳嗽都不敢。就在这黑漆漆的电影院里，他终于有了平生第一次和女孩单独约会的经历。菅鹏举抱着大桶爆米花，就像抱着炸药包，手一直在抖。这样的结果就是：才才吃到嘴里的，还没有他撒到地上的多。

才才把头探过来说："你别紧张，我又不吃人，咱们又不是看恐怖片。"

菅鹏举闻到一股清香，不禁心旌摇动，咽了半天口水才说："不，不是我紧张，是这爆米花，它，它自己往外跳。你看，又跳，又跳了……"

才才又趴在菅鹏举耳朵边上说了句："你真是第一次跟女孩子单独约会呀？"这一次菅鹏举手里的爆米花全都"跳"到了地上。

"我，我出去买。"菅鹏举说买就买，立刻行动。

他出去先喝了一大瓶矿泉水，又去了趟卫生间，稍稍稳定了一下情绪，这才抱着一大堆小食品走回了放映厅。一进门他忽然发现，自己不记得是哪个座位了。票还在才才手里！

菅鹏举在门口晃悠了十几分钟，眼睛才逐渐适应了黑暗。可偌大的放映厅，一个脑袋挨着一个脑袋，还是找不到究竟哪个是自己的座位。眼看时间一分一秒地流逝，难道就这样让自己的第一次约会泡汤吗？情急之下，菅鹏举鼓足了勇气，小声喊：“才才，才才……”

电影正演到激烈处，他的声音实在太小，就连他身边的人都没有反应。菅鹏举气急败坏地大声喊：“才才！”这次声音够大了，周围的人纷纷侧目，连前几排的观众都回头张望，可还是没有才才的动静。

菅鹏举终于豁出去了：“才才，你在哪里呀？我找不到你了！”

“再大点声才才就听到了。”

“才——”菅鹏举一低头，身边这个说话的不就是才才吗？

才才笑得直不起腰。菅鹏举有些生气，她是故意看自己出洋相啊！

“我是锻炼锻炼你，胆子总是这么小，怎么做我男朋友呀！”

不过还真别说，经此一喊，菅鹏举的胆量明显增大了，他真的不那么紧张了。又一听才才再次提到“男朋友”的称呼，虽然还没得到正式确认，但足以让他美上半天。就冲这句话，这次约会没白来。这个平安夜，过得值！

5

齐母一个接一个地打着电话，简直有些慌不择路了。可不管上级还是下级，不管领导还是百姓，这些平日里貌似关系融洽的人们，尽管语气亲切，但态度都很暧昧。一提到齐父的事情，要么说帮不上忙，要么假装听不懂。

“不要打了。树倒猢狲散，墙倒众人推。世态炎凉，大抵如此。”烟雾缭绕中隐现着齐父紧绷着的脸，身前茶几上的烟灰缸中已经堆满了烟头。

“老唐！对了，老唐呀！”

“老唐早就找过我了，这个事情就是他泄露给我的。他这个人，在这个关键时刻能这样子做，已经算是讲义气的了。”

“讲义气就得拉一把啊！”

“拉？你让他怎么拉？把自己也搭进去？我绝不能再拽他下水！”

“老齐啊老齐，这都什么时候了，哪还管得了那么多？！”

“妇人之见！大丈夫立足于世，敢作敢当！现在你知道怕了？小张、小王、小李他们来的时候，怎么没见你怕？让小王去吓唬那个叫什么刘星的，怎么没见你怕？”

“我……谁知道他们……他们都没安好心啊……”齐母瘫在沙发里，呜呜地哭了起来。

“哭哭哭！就知道哭！现在还没怎么样呢！明天只是谈话，组织程序你懂不懂？”

“对，我得给兵兵打个电话……”齐母又拿起了手机。

“别打！”齐父高声喊道，“这种事让孩子知道对他有什么好处？你真是晕了头了！”

“他下午发信息，说如果不让他和刘星在一起，他，他就死。那我们这个家就全完了……”

“随他去吧，现在这情况，你还指望娃娃会嫁过来吗？唉，他也不小了，也该有自己的天地了。我们这对当父母的，好高骛远、狭隘自私，不称职，不称职啊……”齐父眼角也溢出了泪水。

齐母抹了一把泪问：“老唐，老唐他有没有说，是什么性质的？”

“什么性质咱们自己还不知道吗？”

“那谈话还能有好吗？谈话不就是让你主动交代问题吗？呜呜呜……”齐母又哭了起来。

“你这句话总算是说对了。我也明白，组织就是这个意思。先党纪、后国法……”齐父的烟烧到了手指，他抖落烟灰，又换了一根点燃。

“呜呜呜……那怎么办，老齐，怎么办啊……”

“老婆子，别哭了。人在做，天在看……早晚会有这一天的，早晚会有的……连累了孩子，连累了孩子啊……”齐父站起身，拍拍身上的烟灰走进书房，“你统计一下现金和物品，一个也不要落。就是一个茶杯也要写进去！”

这个平安夜，齐父就在书房里写了一整宿交代材料。天亮的时候，他放下笔，几十年的从政生涯如轻烟薄雾般渐渐散去，只有每一个成长历程里的齐兵身影，在眼前更加清晰起来。他真的意识到，自己走错的路，不光是仕途……

6

尽管已过半夜，迪吧里依然人头涌动，热闹不凡。缤纷的灯光下，喧闹的音乐声中，一张张兴奋的脸孔在晃动，一个个蛇般的身躯在摇摆。平安夜属于这些狂欢的人们。

二楼贵宾台上，桂琳有些醉了。猜色子本是她的强项，可现在，她已经连输七八次了。

“我……我又输了。哈哈，没——关系，我干！再来，再来！”她双颊绯红，醉眼蒙眬，一直手支着桌子勉强抬起头来，另一只手试图摇色子，却把色子撒了一地。

“可拉倒吧，别喝了，别喝了。你多了！这家伙你瞅瞅，整一地。”

王怀刚站起身抢下了她手里的酒。

“不，不——行！王老板，你对我们‘亲爱的’这——这么支持，我今天必须陪你玩——个尽兴！”桂琳吐字都有些不清晰了。

“应该的，应该的。”

“你看，你在我们网——站做了广——告，又委托我们做这么大——型的庆典，还开出这么丰——厚的报——酬……”

“谁言寸草心，做人要感恩。人间正道是沧桑，回报社会王怀刚！一个成功的企业家吧，必须要懂得回报社会。你不能有俩破钱就装，装啥玩意儿？往上数三辈儿，都他妈一样的农民大老粗。上善若水，青春无悔；厚德载物，咱一起富。对不？我早就琢磨，春节期间整个大型公益演出活动，就是吧，一直没有找到合适的公司来运作。对了，这里两万块钱，一万块算定金，另一万你先收着，算礼物。”王怀刚拿出两摞钱塞进桂琳的包，“再说，今晚……今晚约你出来，主要是想和你好好谈谈，一起过平安夜，没想到，今天还是你生日！能为美女庆生，是我的荣幸啊！”

“王老板，这两万都算定金。我不——不要你的钱！”

“不行，一是一，二是二……”

“你不——用说了，我干了！”桂琳拎起桌上剩下的半瓶酒，仰起头一饮而尽。

“哎呀妈呀，你这是干啥？”王怀刚又去抢桂琳的酒瓶，“你也忒实在啦。用不着感谢我，是你们的公司确实很好！那家伙策划得太牛了！感恩的心，感谢有你。要没有‘亲爱的’，我怎么会遇到你？有缘千里来相会，谁想咱俩是一对……嘿嘿。”

“不好意思，我，我去——一下卫生间。”桂琳摇摇晃晃地站起身。

“我扶你！”

“你别——别扶我，我能，能行！”桂琳推开了王怀刚，脚步踉跄地拎起包去了卫生间。

手机有提示信息，一看，有个5分钟前的未接来电，是田迹墨。桂琳背靠着门接电话：“喂，姓田的，你现——在才想起来找我呀？早你干什么去了？你——你给我听，听着，合同签下来了。那是，必——须有力度。两万定金就在我手——里，看——到没？”桂琳一边说一边晃荡着手包，好像田迹墨真能看见似的。

“那暴——发户真大方，还总装文——化人，动不动就吟诗作——对的，就是驴唇总是对——对——对不上马嘴。哈哈，逗死我了！真好——玩。

“喝——喝多？我没有，你才喝多了呢！”桂琳照着镜子，自言自语着，“我就是要多，就是想——想多，我气——气死你！

“你来？你来干什么？请你不——要来。我，马上，马上就跟姓王的走——了，我们去吃喝玩乐！在哪儿？我就不告诉你我在哪儿！原来你也会吃醋呀？哈哈！快点回家吧，我可不敢勉——强你。我不打——扰你的眷恋，你也别来打——打扰我的浪漫。我的生日我做主！你快滚——滚蛋，陪你亲爱的张丹妃老婆去吧！”桂琳挂了电话。

“琳琳，不喝了。咱们走吧！”见桂琳出来，守在门口的王怀刚连忙扶起她。

“好，走走走啊走啊走，走到九月九……”

王怀刚把桂琳连推带抱地弄上了他的大悍马，问：“琳琳，咱们去哪儿？”

“你，你想要去——哪儿呀？”桂琳勉强睁开迷蒙的眼睛，“我告诉你，你可别打什么歪——主意……”

“不打，不打！坚决不打！”王怀刚“嘿嘿”一笑，欲言又止，“可咱们总得去个地方啊。”

“回——家！回我家！”

“你家在哪疙瘩啊？”

“‘亲——爱的’……”桂琳已经睁不开眼睛，声音微弱地回答。

王怀刚脸上一红，温柔地回应着：“我在呢，亲爱的。”

“我是说，‘亲爱的’公——司！在你个头啊在。”桂琳打了个酒嗝，甩着手包，胡乱地打着——轻飘飘地打在王怀刚的大秃头上。

王怀刚满脸喜色，像是十分受用。“哦，那啥，整误会了，我寻思喊我呢，呵呵。去你公司是不？好嘞！”

“亲爱的”锁着大门，看来史小舟和慕容竹也准备狂欢一夜了。桂琳掏出钥匙，钥匙却掉在了地上。王怀刚捡起钥匙，打开了门，刚要转身招呼桂琳，桂琳温软的身子已经倒在了他的怀里。王怀刚抱起桂琳上了楼。

7

田迹墨完全没有料到，这个平安夜他和桂琳会搞得这么不愉快。本来派对活动进行得一直很顺利，可没想到王怀刚半路又杀了出来。他自然是奔着桂琳去的，活动刚一结束，他就献上一大捧玫瑰花，巴巴地跟在桂琳后面嘘寒问暖。

“王总，我们的派对活动结束了，您来晚了，不好意思。”田迹墨彬彬有礼地说。

“哦，我不是来参加活动的。你这不是相亲派对吗，我又不是单身，来参加个啥。”

“哟，那恭喜您啊，找到意中人啦？”

“兄弟你啥记性啊，这不上回你给我整的嘛……”王怀刚看了看桂琳，一脸甜蜜地说。

“王总，我想你误会了吧。我上次说过，你们只是顺利牵手，说明你们有缘，但并不意味着她就是你女朋友了。是不是？琳琳。”桂琳抿着嘴躲在玫瑰后面笑着，没答话。

“我也没说她就是我女朋友了啊。今天平安夜，我借这机会约她出去谈点事，还不行咋的？是不是，琳琳？”

桂琳从玫瑰丛中探出头来，一本正经地说：“是！王老板，你说得对。”

王怀刚正向桂琳投去感激的目光，没想到桂琳接着说：“田总，我上次不是跟你说了么，王老板春节期间想举办一个盛大的公益演出活动，想委托咱们公司做策划和编导。反正今天工作也完成了，如果没有别人邀请我共度平安夜的话，那我就只好——”

“对对！田兄弟，你这老总可不能这么当，都下班了，员工私生活你还管咋的？再说，我也不是要害她！害人之心不可有，我俩只是走一走！我，我可是真心喜欢琳琳！”

“琳琳，有人邀请你，你忘了？”田迹墨挤眉弄眼。

“是么，我怎么不记得了？谁呀，谁这么胆大包天呀，还敢跟王老板抢？”桂琳故意歪着头，不看田迹墨。

“就是就是！谁呀谁呀？没想到俺还有情敌咋的？”王怀刚把夹在腋下的包拿到手里，好像随时会拿出那颗上次吓跑了所有人的大钻石。

“琳琳，你过来。”田迹墨可不敢跟王怀刚拼富，他把桂琳拽到一边，背身对着王怀刚说，“我。”

“你什么你，你怎么了？”

“我说，我邀请你。”

“大点声，我没听见！”

“好啦，别耍小孩子脾气。一会陪你去吃饭，然后，咱们去看电影吧。怎么样？”

“你为什么邀请我？”

“因为今天是……”

“不许说平安夜！”

“因为今天是你的生日。猪，生日快乐！”田迹墨从兜里掏出一个很小、很精致的礼品盒，打开里面是一瓶香水，“本来想一会儿吃饭时送给你的，不过既然说到这了，现在就给你吧。咱也送不起钻戒，只能给猪妞喷喷香水了！”

“哼！算你有良心，还记得我的生日。”桂琳喜出望外地收下了香水，心满意足地说，“看你可怜兮兮的，就答应你吧。不过，情书得先给我！”

“情书？什么情书？”

“别装傻！上次你答应得那么痛快，怎么，钱到手了就不认账啦？”

“我……”

“唉，算了，看把你为难的，本小姐姑且宽限你几日。不过，今晚，我可要吃大餐！”

“王老板，真不好意思，看来，今晚没办法和你谈了。要不，改天吧？”桂琳走到王怀刚面前，一脸歉意地把玫瑰花递给了他。

“这咋，啥意思？这花是给你的啊……”

“王总，这花你还是自己留着吧，下回……”田迹墨正说着，手机响了，他忙躲到一边去接电话。

“啊……那个派对还没……快结束了。什么事啊？什么？被骗了？你在家里待着怎么还能被骗？那你等我吧，我抽空回去一趟。”田迹墨神色沮丧地走回来，王怀刚还在跟桂琳纠缠不清。

桂琳一扭头，问田迹墨：“她吧？”

“嗯。”

“让你回家吧？”

“嗯。她说她……”

“别说了，我知道。”

“我……我尽量回来……”

“别回来了。你忙你的，我忙我的，咱们互不干涉。”桂琳打断田迹墨，拽着王怀刚就走，“王老板，咱们走。”

王怀刚大喜过望，屁颠屁颠地跟桂琳走了。

8

开车回家的路上，田迹墨心里很乱。一边是老婆，一边是初恋；一边是夫妻共享温情的平安夜，一边是重燃浪漫的生日宴。无论选择哪一边，都一定会伤害另一边；越是两边都不忍心伤害，越是会让事情变得更加复杂繁乱。他很清楚，一切都源于自己的不够坦荡和勇敢。

路过超市，田迹墨忽然想起了什么，进去买了一大堆柠檬、山楂、酸梨之类的水果和小食品，又随手捡了几个橘子。他问老板：“这橘子酸吗？”

老板一愣：“可甜了！新进的，您就吃好吧！”

“不是，我就要酸的。我媳妇怀孕了，最近就想吃酸的，那劲头好像就是一瓶陈醋都喝得进去！”

“哦……那你买就对了，这时节，橘子都挺酸的。买吧，您媳妇就吃好吧！看不出来啊，年轻人，对媳妇还挺体贴的！”

田迹墨拎着一大兜东西上了车。扪心自问，他不知道自己究竟是出于对张丹妃的体贴，还是对自己精神出轨的愧疚——潜意识里，他难道真的没有期待跟桂琳发生点什么吗？

刚一进家门，张丹妃就一头扑进了他怀里：“老公，对不起……”

“怎么了？别急，慢慢说。”

“我上网找工作，结果……”

听张丹妃说完，田迹墨来不及换鞋就冲进了卧室，上网检查了一番之后告诉张丹妃：“咳，我以为怎么了呢。别怕，这就是个网络诈骗陷阱，他充分利用了你们这些人想不劳而获的心理，做了一个假网站，然后伪装成卖家……跟你说你也不懂，反正老公能搞定就是了！”

“可是，钱已经转过去了呀？”

“没事，老公再想办法给你转回来不就好了。”田迹墨想，回头自己往上面打点钱就是了。

“哦，吓死我了，白白哭了一场。”见是虚惊一场，张丹妃喜形于色，“我以为一万多块钱打水漂了呢。”

张丹妃说完转身翻看田迹墨拎回来的大兜子：“太好了，我刚要出去买呢，但怕冷，地又滑，懒得动。老公，你太好了！”张丹妃高兴地喊道。

“多少？一万多？！你，你胆子还真大！”田迹墨霎时变了脸色，他以为也就三百五百的事。

“你不是说没事吗？”

田迹墨差点当场发作，但想了想又镇定了下来："哦，是，没事。你把银行卡给我，我处理一下，钱就能回来了。"

张丹妃把包好的橘子塞进田迹墨的嘴里："嗯。好。"

"就……就是这事？"超市老板没骗人，田迹墨酸得眼泪都流出来了。

"啊！就这事呀——唔，还有就是……今天，今天可是平安夜呀。你就不想陪我一起？那边活动不是已经结束了吗？"

"不清楚，让桂琳顶着呢。这样吧，我给她打个电话问问。"田迹墨一边拨号码一边拿出根烟，"你怀孕了，我去阳台抽。"

桂琳没有接听。"怎么不接电话呢？"田迹墨掐了烟头，回到卧室，顺手把手机扔到了床上。张丹妃正在衣柜里东翻西找。

"你干吗？"

"换衣服啊。对了，你吃饭了没有？以为你不回来吃，我刚才饿得不行，就先吃了。要不然，我先陪你吃饭吧？"

"我……我吃过了。"

"那……你陪我逛街去！"

"到处都是人。你挺着个大肚子，再把咱们儿子挤着怎么办？别去了。"

"看电影！电影院里总没人挤了吧……"

"都说了到处都是人，电影院也……"

手机响了。张丹妃从床上拿起来，看了一眼递给了田迹墨。——是桂琳。

田迹墨接过手机，假装很随意地一边踱着步往大厅走，一边说话，可是张丹妃亦步亦趋地紧紧跟着他，他只好把听筒用力地按在耳朵上。可是于事无补，这么近的距离，桂琳那么大的声音，张丹妃还是全听见了。

放下电话。田迹墨和张丹妃半天没说话。张丹妃背对着田迹墨，把翻找出来的衣服一件一件放回衣柜，眼泪一滴一滴落在衣服上："你去找她吧。"

"老婆，她……她喝多了……我……那个王老板是个粗人……"

"不用说了，我知道。你快去吧。"

9

田迹墨下楼的脚步很轻快，但心里却像灌了铅一样沉重。有好几次，他想转身回家，但真的不知道该如何面对张丹妃。这次的出走，与其说是赶去解救桂琳，更不如说是他无处可逃的逃离。

上了车，他给桂琳打了个电话，响了很多声之后，那边终于接了。

"田兄弟吧？我是王怀刚啊！哎呀妈呀，你可赶快来吧，我可受不了了！"

"什么受不了了？桂琳和你在一起吗？"

"在呢，她喝多了，胡言乱语的……"

"在哪儿？她在哪儿？你们在哪儿？"

"在你公司啊！"

田迹墨飞速赶往"亲爱的"。听到开门声，王怀刚急匆匆地走下来："你可算来了，兄弟呀，你可把我坑苦了你！"

田迹墨没理会他，三步并作两步地往楼上跑。王怀刚在屁股后面紧跟着："她把我当成你了，跟我这一顿说呀。又是什么田迹墨，你该死；又是什么田迹墨，你没有良心；又是什么迹墨迹墨，我想你……一会儿清醒了一看不是你，这家伙对我连踢带踹的，说要报警，说我耍流氓，我可啥都没干啊！这整的啥事，她成天想你还跟我相的哪门子亲啊！哎，不对呀，我听说，你结婚了呀？兄弟，我可跟你说，你这么干可不对啊……”

王怀刚没说谎，田迹墨走进桂琳房间的时候，她还在大呼小叫地喊着他的名字。

王怀刚朝床上一指：“你看，没骗你吧。那啥，也没我啥事了，我走了！”王怀刚刚转身要走，又转回桂琳身边，把盖在她身上的貂皮大衣拿起来穿上，然后对田迹墨说，“盖你的吧，这回！”说完转身走了。

田迹墨连忙脱了自己的皮夹克给桂琳盖上去。

“迹墨，迹墨……是你吗？”桂琳呻吟着睁开眼，双手胡乱地在空中抓着，“我好难受……”

“我在呢，我在呢！”田迹墨伸出手去握住桂琳的手。

“你好狠心，把我一个人丢下……”

“我没有，琳琳，我没有啊。我这不是好好地在这儿吗？”

“你知道吗，这么多年，我一直想着你，有一段时间总能梦到你，梦到和你在一起的日子……可是，总看不清楚你的脸……你总是留给我一个背影……”

“我去给你倒杯水。”田迹墨想要起身，却被桂琳用力地拉住了，指甲都深深地陷入了田迹墨的胳膊。

“别走，别走。你让我好好看看你，你变了没有？还是不是我的那个田迹墨？”

田迹墨百感交集地看着桂琳。她的脸色很苍白，眼睛里满是泪水。

“你别走，别丢下我。过去是我错了，都是我的错，我对不起你……”

“没有，不怪你。都过去了。”

“你不是我的了……再也不是了……”桂琳趴在田迹墨怀里失声痛哭，“如果再给你一次机会，你会不会跟我在一起？会不会？”

“会的。我一定会的，琳琳！”

桂琳笑了：“那我就再也不和你争吵，再也不故意气你，再也不离开你。让你甩也甩不掉，骂也骂不走……迹墨，我冷，抱着我好吗？抱紧我……我不想再失去你……我爱你，我一直爱着你……”

“琳琳，我也爱你，我也一直爱着你啊！”田迹墨在心中喊着，嘴唇翕动了两下，却没有发出声音。

“今天我过生日，三十岁啦！三十岁的老女人啦。”

“你不老，你永远是倾国倾城的桂琳。”

“你说谎！”

“没有，真的！”

“你就是说谎。过去我每次过生日，你都会吻我的，今天你没吻！你说谎！你嫌弃我变丑了，变老了，没人要了……”

“不，不！”

“那你吻我，吻我！迹墨……”桂琳仰着头，把嘴唇凑过来，闭着眼睛等待着。

田迹墨心里那个压抑了许久的火山终于爆发了。此刻，他仿佛又回到了两人初见的那个春天，回到了他们约会的高山顶上。他们一起看日出，一起唱着歌迎接晨曦，一起在朝阳的万丈光芒下欢呼、拥吻……

他俯下身，紧紧地拥抱着桂琳，轻轻地吻上她的额头、她的脸颊、她的唇。刚一触碰，他的热血就好像燃烧的烈焰一样滚烫，激情犹如岩浆一般喷涌而出。桂琳激烈地回应着他，两个身体疯狂地纠缠到了一起，被褥、衣物都被蹬到了地上……

突然，田迹墨从床上爬了起来，狠狠地打了自己一记耳光，腮上立刻有了五指的印记。他跑进卫生间，把头放到水龙头下猛烈地冲洗，蓦地发出了一声撕心裂肺的嘶吼："啊——"

田迹墨满头是水地跑回来，大声地喊着桂琳的名字，用力地摇动着桂琳的身体。"琳琳，你睁开眼，看着我，看着我！"桂琳缓缓睁开眼睛。

"听我说，你在听我说吗？看着我，听我说。"

"不要说了，我懂。你醒了，我也该醒了。"

"对不起。"

"该道歉的是我。你走吧。我要睡会儿。"

走出大门的时候，田迹墨泪如雨下。烈烈北风撕扯着他还袒露着的胸膛，疼痛如刀子一般刺进那颗小男人的心脏。

他身后的房子里躺着的，是曾经无数次出现在他梦里的爱人，是他一生都永远无法抹去的牵挂。他曾无数次地幻想昨日重现，时光倒流。如今，当命运给了他一次满足奢望的机会，在防线即将被彻底摧毁的那一刹那，他却又一次选择了逃离。

只有他自己知道，不是他足够君子，也不是不够渴望，只是不想亲手毁掉曾经的完美，不想破坏那段只属于两个纯真少年的青春记忆。在他的内心深处，桂琳不只是他的初恋，他的爱人，桂琳早已升华为一个图腾，一个象征着爱情的信仰。失去了信仰，田迹墨将万劫不复，堕入地狱。是的，逃，只因爱。

10

天色将明未明，远处一声响亮的鸡啼。桂琳收拾好行囊，在田迹墨的办公桌上留了一封信。

桂琳走出“亲爱的”大门，天空飘起了雪。她伫立门前，留恋地凝望着公司的牌匾。许久许久，直到站成了一座纯白的雕塑。

她走了。雪地里留下了一行浅浅的足印，孤独地延向远方。她再也没有回头。

迹墨：

既然你不肯写给我，那么就让我写给你吧——这最后的情书。当你看到信的时候，我已经离开。离开你，离开这座让我眷恋的城市。都说爱上一座城，是因为爱着这座城里的某个人；而我，却因为同样的原因离开了一座城。

没错，我们必须承认，似水流年里，那些青春岁月早已远去，曾经年少的风花雪月已是过往，再多的追忆也只能平添愁绪。

我要感谢你，在那个有梦的年代给了我全部的美好记忆，让我把最真、最纯的情感永远留在最初的季节。我会将散落在心间的树叶风干成书签，放在故事的最后一页。

也谢谢你昨晚表现出的理智，虽然那一刻有着无法遮掩的尴尬，但却让彼此清醒地感觉到现实的存在。是的，纵使有再多的无奈，我们也必须要真实地生活、理智地生活，甚至要隐忍地生活，只有这样，才能让美好在记忆里永恒。

迹墨，坦白地说，我这次的出现是有私欲的，对于这样的邂逅，说不期待发生什么只是自欺欺人。我也能明白你对我的感觉，你的挣扎，你的游离，你的逃避，你的纠结。作为一个曾经深爱过的恋人，我想对你说，你做出了一个正确的选择。身为一个男人，没有什么事比让自己的老婆和孩子过得幸福更重要了。

所以，我也必须做出正确的选择。迹墨，我是了解你的，你想要的爱不但要纯粹、无私，更不能违背道德。而我，亦然。我懂。祝福你。也祝福你的他们。

我爱，所以我在。

我走，因为我爱。

你永远的 琳琳

即日

三十三、我的情人你的劫

1

圣诞节一过，齐兵就已得知了家中发生的事情。滨海太小了，“人民银行行长犯了事”很快成了街头巷尾热议的话题。对齐兵来说，一切来得太突然，就像是今年这场最大的雪。

一夜之间，全都变了。齐兵再也不是那个顶着财势光环的官二代；齐父也从高高在上的领导变成了阶下囚；齐母已经流干了泪水，只能紧紧地、无声地依偎在儿子的肩膀上，除了那里，已经再也找不到她的栖身之所。

娃娃第一时间赶了过来。她在尽力疏通关系，好让齐家人能够尽早见上齐父一面。看到在场的刘星，她的目光没有躲避。

“以后代我照顾好大兵和伯母。”娃娃握着刘星的手真诚地说。

“我会的。”刘星紧紧牵着齐兵的手。

齐兵和刘星终于见到了父亲。几周不见，齐父苍老憔悴了许多，但是精神并不显颓废。

“爸，你瘦了。”

“有钱难买老来瘦嘛……”齐父还开起了玩笑，他凝视了齐兵半晌，“你也瘦了。刘星，是不是你没把我们兵兵照顾好啊？”

刘星没想到齐父忽然提到自己，上前一步，低头喊了声“伯父”。

“哎呀，这个孩子，你叫我什么？”

齐兵捏了捏刘星的手，刘星抬起头喊道：“爸”。

“这就对了嘛。爸爸过去对不起你们，孩子，委屈你们了。”

“爸，我辞职了。我和刘星办了一个乐队。”

“好！做你喜欢的事情吧，像个男人一样去战斗，爸爸相信你能做好！出了专辑，要记得带来给爸爸听哦！”

“爸，我和刘星……过去不懂事……”

“不，你们很乖，你们都是好孩子。这回你们的担子可不轻，要替爸爸照顾好你妈。”

“爸，我和刘星想今年结婚。您看，什么日子好？”

2

情人节到了，满城都是爱的气息。随便哪条街道，哪个角落，都能看到相依相偎的情侣。正是冬天最冷的时节，可是情侣们却比谁都温暖。这样的日子里，如果有适龄青年还在单身，简直就是一种侮辱。——尤其对田迹墨来说。

这一天，他很忙，很满足，也很幸福。短短四个月不到，“亲爱的”已经促成了几十对恋人，结婚庆典的预约更是已经满满地排到了六月份，光是今天，就有十二场婚礼。他的主持人队伍根本不够用了，没办法只好把史小舟这个“大姑娘”逼上了轿。

“师父，我能行吗？”

“废话！奇迹都是逼出来的，不是等出来的；主持都是练出来的，不是看出来的。我相信你不会丢师父的脸，砸‘亲爱的’招牌！”

顺利主持完毕，史小舟乐得什么似的回来了：“报告师父，掌声哇哇的，新人眼泪哗哗的，来宾笑得哈哈的！”

“哈，我就说嘛。下午没什么活了，给你放假吧！”

“不，师父，我现在革命积极性空前高涨，强烈要求上战场，当先锋，杀敌人，立战功，报效祖国，为‘亲爱的’争光！”

“哼，冲你这贫劲儿，这辈子就俩行当适合你干：要么当主持人，要么说相声去！”

“报告师父，我不喜欢郭德纲，他没有你帅！再说，我这贫劲儿也都是你教导出来的！”

“好啦，臭小子，你快去给你自己家那个‘亲爱的’争光去吧。今儿情人节，好好陪陪她。”

“哎呀，对了，我刚才还给她买了朵玫瑰呢。”史小舟小心翼翼地从裤兜里掏出来，放到鼻子前夸张地嗅了嗅，“真香真香！一朵玫瑰，就能把她美出鼻涕泡！”

田迹墨朝史小舟身后看着：“不能吧，慕容竹这么好糊弄？”

“切，那是——哎哟，哎哟哟……”史小舟一通惨叫，慕容竹用力揪着他的耳朵，“又拿塑料花蒙人，看我不收拾你！”

“老婆，轻点，让咱儿子看到多不好！”史小舟用手挡着慕容竹稍稍显形的肚子，说得跟真事儿似的。

田迹墨笑着看着远去的两人，无可奈何地摇了摇头。

3

“老田，忙吗？”吴大非和王玥两个人不知道什么时候来了，王玥挽着吴大非的胳膊，喊了声“田哥”。

田迹墨办公桌上铺了张大纸，他正伏案写着什么。“下午事不多，”田迹墨抬起头，“坐。”

“哎，怎么公司就你自己啊？光杆司令！”吴大非踱着步，在东面的书柜前站定，抽出一本书来随意翻着。

“情人节嘛，公司里都是年轻人，我给他们都放假了。今儿你们两口子怎么这么有空，来我这儿视察？”

“来找你帮个忙。”

“什么事？”

“我想报个夜校。你不是文化人嘛，这方面有关系没？”

“哟，怎么忽然爱学习了？开砖厂也要考上岗资格证吗？”

“咱们同龄人中，随便问起谁来，至少都是个大本。可一问到我，小学读了九年，还没毕业。太丢份儿了！”

“哦，就想要个文凭啊？上天桥底下买二斤萝卜，自己回去刻个‘美国家里待不下大学博士后’，不就得了。”

“我一板砖砸死你！”吴大非用书打了田迹墨后背一下，俯身过来斜眼看了看王玥，小声说，“不是那么简单，她逼的。总嫌咱满嘴粗话，肚子里没墨水。前几天我俩那个，她喊了两句英文，我愣没听懂。就听她说‘卖店’‘卖店’，我心说这事跟卖店有什么关系。后来我问她，把她问生气了，她说她喊的那个你们网站标志上都有，翻译过来就是‘亲爱的’。然后就逼着我读夜校。”

田迹墨哭笑不得：“人家那是 My dear，好不好？行，想进修很简单，不一定非要读夜校，也不用找人，直接报名就行。这样吧，前几天我刚给一个北京过来办学的机构做了建校庆典，我跟他们校长说一声，看能不能给你报个 MBA。”

“MBA？我就知道 NBA。这学校是学篮球的？”田迹墨和王玥一起大笑起来。

“小玥，怎么半天不说话呀？”

“你们哥儿俩聊得热闹，这都要学上篮球了，我不懂体育，也插不进嘴。”

“怎么，你俩打算什么时候办啊？”

“啥时候都行！这玩意儿，不就是个结婚吗，就是个仪式，反正该办的早就办完了。哎哟，哎哟，干吗呀你这是，我没说脏话你怎么也打人啊！”

王玥满脸通红，捡起角落里的扫帚对着吴大非的屁股就是一通暴打。

“前几天大兵过来了，说他和刘星打算六月份办，那时候他父亲差不多也该宣判了。要我说，你俩也凑凑热闹，你们一起得了，也省得到父母发言的时候，大兵父亲不在场，显得不圆满。”

“你说了算！哎哟，不是不是，老婆，我没说老田，我是说，你说了算！”

“田哥，那就有劳你啦，给我们用心点策划哦！”

“小玥，跟我客气什么！放心吧，在‘亲爱的’做庆典，男人一辈子都服老婆管！”

“哈，这口号我喜欢！哈哈！”

“老田，没你这么损的，我鄙视你！诶，你一直低头在这儿写什么呢？《生活真理报》，你还办报纸呀？这画可画得挺好看，你看这人，是你和张丹妃吧，这小孩是谁？”

“笨，我大儿子呗！字是我写的，画可不是我画的，是小北画的！”

“小北呀，怪不得！对了，菅子最近跟小北怎么样了？还有，还有才才？”

“怎么样了，我估计菅子自己都说不明白。你没看到满城出租车的电子屏上都打着两句莫名其妙的话吗？”

“啊，是是。那是菅子干的呀？那哪是莫名其妙，那就是骂人的话呀！”

“嘿嘿，我的主意！”

4

菅鹏举最近比较烦。他烦的不是生意上的事。广告做得还是不错的，元旦过后不到几天，李书歌和李光就被双双抓捕归案，他们诈骗的钱全部物归原主。出租车更换计价器的合同菅鹏举也拿了下来，单这一项做完就是一百多万的净利润。一千多台出租车已经完成了顶灯电子屏的安装使用，广告业务开展得顺风顺水。

他是为感情而苦恼。几个月前，他还在东南西北地四处找寻，天上一个、地上一个地到处相亲，为没人爱而苦恼；现在，却每天都在到底选择谁的问题上纠结。选择才才，对他关爱备至的妹妹小北肯定受伤；选择小北，如花似玉的才才就这么放了手，岂不可惜？听说最近几个月，小北的母亲和才才的父亲感情进展神速，那么她俩成为异父异母的姐妹也是不远的事。这一对姐妹，不管最终选了谁，以后都是要常见面的呀！

关键时刻，他只好请教田迹墨、齐兵、吴大非等人。可这帮损友意见又不统一：田迹墨力挺才才，吴大非支持小北，齐兵保持中立。得，最后主意还得他自己拿。

菅鹏举愁得头发又少了不少。小北整天在公司帮忙，一切都看在眼里。虽然口口声声叫着菅哥，俩人也从未有过任何表白以及恋爱的亲热举动，但她对菅鹏举的心意，就连瞎子都看得出来。让菅鹏举左右为难绝非她本意，但是爱情来了，并不是人能控制得住的。左思右想后，小北决定：逃！就让她来帮菅鹏举做出选择吧。

她给菅鹏举留了张纸条：哥，好好对我姐姐，好好对我爸爸妈妈，我去参加漫画大赛咯。

这算怎么回事呀？菅鹏举糊涂了。难道小北不像田迹墨他们说的喜欢自己，人家对自己根本没那个意思，都是自己自作多情呀？

菅鹏举又是投硬币，又是抓阄，折腾了好久也下不了决心。今天是情人节，眼看都要到中午了，到底约谁呢？

"喂，田哥，我，我可怎么办呀？"

"……如此如此，这般这般。她们两个谁先给你打电话约你，你就选择谁！"

"这……能行吗？"

"听哥的，没错！"

"好！"

于是，全城的出租车电子屏上都出现了这样两句实时滚动播放的"广告语"：

"你大爷的，那是咱爸！——草菅人命的菅。"

"传说中的铁头功，哥和你一起守空城！快回来吧！"

菅鹏举双手捧着电话，焦急地等待着。忽然，电话响了……

5

才才正积极地怂恿他爸去找小北的妈妈约会:“爸，今儿是情人节，你怎么也得向王阿姨表示一下呀！”健康体验馆的二楼，才才在阳台上擦着玻璃。

“别拿你爸爸开涮了！爸爸都多大年纪了，还玩你们年轻人那一套把戏！”才父盘着腿坐在床上，心不在焉地摆着扑克牌，“倒是你和小菅子，他没有约你吗？”

“菅子反应迟钝，哪懂什么浪漫？哎呀，您瞧您，我这说您呢，您怎么又说起我来了？但得夕阳无限好，何须惆怅向黄昏？爸，听我的没错，难道还等王阿姨主动来找您呀？哎呀，真来了，你快看！”才才伸手往楼下一指。

“哪儿呢？哪儿呢？”才父“扑腾”一下从床上跳了下来，连鞋都没穿，跑到窗口扒着窗户往下看，“死丫头，连爸爸你也骗！”

“出租车上下来的那个不就是嘛，爸爸您什么眼神呀？”

“唔，真的是……快点，我的鞋呢？”才父穿上鞋，慌忙下了楼，亲自去迎接了。

才才却仍旧趴在窗前:“咦？这出租车上的广告语……”

“这个死胖子。”两朵红云飞上才才的脸颊，她“扑哧”一声笑了。

6

第十一届“梦想杯”原创漫画大赛总决赛颁奖仪式在滨海举行。此次大赛由中国漫画家协会主办，滨海市文联、漫画家协会协办，多家知名门户网站、众多动漫公司和网络游戏公司联合赞助。无论是奖金额度、范围、规模、评委的知名度，都是历届之最。因此，此次大赛受到了国内诸多媒体和成千上万的漫画爱好者的追捧。

“本次大赛的金奖作品是——《微男时代》！该作品以清新灵动的笔法、润物无声的技巧、流畅幽默的风格、深刻朴素的内涵，讲述了一群三十而立的男女在城市里相爱与奋斗的故事。作品讴歌了爱情与时代的积极向上，谱写了生活与梦想的无限美好，表现了都市与人心的善良本真。下面，有请获奖者——”主持人故意停顿了一下，兰花广场数千人的会场鸦雀无声，所有人都屏息凝视，等待着结果的公布。

“——佟胜北上台领奖！”

所有人都欢呼起来。小北蒙住眼睛，一时不敢相信。“我获奖了！这是真的吗？妈妈，我获奖了！菅哥，我的梦想实现了！你们听到了吗？”小北狠狠掐了自己一把，疼得一咧嘴，“是真的！这是真的！”她开心地笑着，缓缓走上台。

小北依旧穿着红色运动衫、蓝色牛仔裤，背着大背包。唯一不同的是，她留起了长发。这让她看起来既有温柔秀气的女人味，又英气勃发，充满精神，再也没有人会把她当作假小子了。可她的长发为谁而留？那个人，此刻应该在和才才约会吧……

接过沉甸甸的奖杯和高达 20 万元的奖金，以及著名动漫公司的高薪聘书，小北灿烂的笑容中隐约有一丝遗憾。

“下面，我们用热烈的掌声，有请佟胜北发表获奖感言。”

“我……”小北站在台上，一时心潮起伏，感慨万千。她把目光投向远方……

等等！出租车上面的广告语是什么？近了，一辆出租车朝会场的方向一点点地驶近。“传说中的铁头功，哥和你一起守空城……”小北喃喃地读出声音。

“什么？”主持人没听懂。

不需要他懂，小北懂就足够了。“哦，空城，空城是我的另一部作品……”小北哭了。

7

张丹妃的孕期反应越来越强烈了。恶心呕吐倒还好，关键就是能吃能睡。家里随处可见各种酸口味的小食品和水果，卧室和厨房更是堆得满桌子、满地、满床都是。田迹墨说，这样就能保证她随时随地想吃就吃。

“咱们儿子的营养必须跟上，最好生出来下地就能跑，还得边跑边跨栏！”田迹墨躺在张丹妃身边，小心翼翼地抚摸着她的肚子。

“你过去不是让他学文吗，一出生就会说好几国外语，现在怎么改体育了？”张丹妃戴着耳机，又在做手工。

“文化人太多愁善感了，活得累啊！我算看明白了，什么思想啊、智商啊、金钱啊……统统不重要，只有身体才是革命的本钱，健康才是生活的财富，和谐才是幸福的来源！以后看到哪个小美女心里想追，可腿脚跟不上，那不让人家白白跑掉了呀？”

“哼，幸亏你腿脚不好，不然的话，是不是就去追桂琳了？”

“老婆，三十万年前的事情咱就别提了行吗？怎么动不动就穿越呀！”

“这笔账我先给你记着，给你个戴罪立功的机会。我现在是身子沉，打不动你，等咱儿子出来帮我收拾你！”

“嘀嘀嘀……”床头柜上手机里传来旺旺的声音。

“快递给我！”

“哎呀，这都快半夜了，怎么还有业务呀？”

“工作嘛，没办法。”

“老婆，咱别工作了行吗？睡会儿觉吧。”

“快拿来吧。”

“你这都怀着孕呢……”

“怀孕怎么了，怀孕就是借口了？这不还没到需要休产假的时候吗？不是田迹墨我就发现了，我上个班怎么就这么难……又不是我不愿意休息，这不是情况特殊吗？”

“呀？这话听着耳熟。”

“少拿怀孕说事！你看谁刚怀孕就不工作了？老公，这跟怀孕不怀孕没关系，这是一个上进心的问题。上进心懂吗？自尊、自强、自立，这是人在世界上生存的第一原则……”

“好你个臭老婆，记仇！拿我说过的话损我是吧？”

“田总的语录都是生活的真理，我能不背诵下来嘛……嘿嘿，老公，你看，货又被扫光了，供不应求啊。我带出来的这帮小丫头学员效率还是太低了。诶，你公司有没有在这方面有天赋的？”

“啊？你让我们的主持人到你这‘丹妃布艺’学针线活？”

“怎么，怕我挖你墙脚？我这‘丹妃布艺’是淘宝里首家皇冠级的纯手工布艺网店，来我这里工作可不算委屈她们呢！”

三十四、今日特色菜

1

六月，难得的好天气。滨海最豪华的酒店“巨无霸”张灯结彩，装饰一新，门外停满了各种车辆。

一楼正厅早就或站或坐地挤满了来宾，人声鼎沸，议论纷纷，众人不时朝正中央的舞台上张望着。舞台一侧，老刘和他的乐队严阵以待，弹奏着暖场的音乐；后面有一块关闭着的大屏幕，舞台中央空无一人。

远处的大钟响亮地敲了12下。婚礼不是定在12时12分举办么，怎么这么久还不见主持人，也不见新郎新娘露面？

后台的吴大非急得一边踱步一边搓手：“老田死哪儿去了？丹妃，快给他打电话呀！”

一旁的张丹妃挺着大肚子，还在耐心地帮王玥整理着婚纱：“打过了，没人接听。放心吧，他虽然平时不拘小节，但大事可不糊涂，耽误不了你们。诶，大兵，你这领结怎么打的，都要戴到嘴上去了！快让刘星帮你弄一弄！”

“我师父神出鬼没，这么久没现身肯定是想来个出人意料的惊喜！师叔，你别急，等着瞧好吧！”同样西装革履的史小舟气定神闲地照着镜子，又转向身边挺着大肚子的慕容竹问道，“哎，老婆，你看我帅不帅？”

“帅！帅呆了，酷毙了，简直……哎哟……”慕容竹一喊，所有人都围拢过来。

“怎么了？”史小舟更是连忙扶住慕容竹，“老婆，没事吧？”

慕容竹脸色一红：“还不是你儿子给闹的，他又踢我！”

史小舟搂着慕容竹的腰身单膝半跪，先用手轻轻抚摸着她的大肚子，又把耳朵贴上去，竖起食指放在嘴前“嘘”。听了一会，煞有介事地说：“我儿子说：‘我勒个去的，这里面太憋得慌了。’他等不及了，也要参加他老爸老妈的婚礼。老婆，你觉得怎么样？”

“这个小舟，跟你那老顽童师傅一个德行！”张丹妃见没事，长出了一口气，“你也是，你师傅张罗给大非、大兵和菅子他们办集体婚礼，你跟着凑什么热闹？竹子这都 8 个月了……”

“就是，满月、新婚一起办，多好！”刘星说完，大家都笑了起来。

“诶，说了半天，菅子他们怎么还不下来？”

“阁楼上补妆呢！”慕容竹叹了口气，“我这形象，再怎么化妆都不行了。竹子竹子，我这哪像竹子呀，分明是个大竹筒！”

“挺好的，挺好的，竹子，你很漂亮！”众人连忙七嘴八舌地好言安慰。正说着，于子凯和李三姐大模大样地走了进来。

“哟，于科长大人驾到，在下有失远迎，失礼失礼。爱，爱慕烧水！”吴大非说着问王玥，“怎么样老婆，我这知识没白学吧？”大家听了半天才明白他说的是“SORRY”，都禁不住乐了起来。

“大非同志很热情嘛，问好都能英汉结合了，进步不小。很好，继续努力！年轻人嘛，就是要有股子拼劲、闯劲……”于子凯背着双手，装出一副大领导的样子，“你们忙你们的，我就是简单地视察视察。准备得怎么样啦？各位新人。”

“当了个破科长，还是个副的，瞧把他嚣张的，死样吧！”李三姐撇撇嘴揶揄着，脸上却是掩饰不住的得意。

“领导讲话，下边的同志不要乱插话！有点纪律意识好不好？边去边去！”于子凯冲着李三姐吹胡子瞪眼睛。李三姐乖乖地住了嘴，看得大家面面相觑——这于子凯当了个副科长就农奴翻身做主人了？

大家正嬉笑，才才的父亲和小北的母亲推开了门：“田迹墨还没到？”才父看着手表，“这都几点啦？”

“没呢。”张丹妃歉意地低下头，拿出手机继续拨打，“这个该死的田迹墨，也太不靠谱了！最好的朋友们集体婚礼，他这个主持人也要迟到？不会的，不会的。”张丹妃一边打电话，一边自己嘀咕着。

“才伯伯，您和阿姨什么时候办呀？”史小舟瞄了一眼小北母亲，“要我说，也和我们一起算了！”

“这孩子，别乱说话！”才才父亲偷眼看着小北母亲，“这事，我说了可不算。”

“哎呀，老才，走，咱们还是再出去看看吧！”小北母亲一脸羞红，拽着才才父亲又焦急地出去了。

2

俩老人刚走到舞台前方，正踮起脚，手搭凉棚地四处张望，只见一个佩戴着“司仪”胸花的小伙子满头大汗地跑了过来：“您二位等着急了吧？不好意思，来晚了，来晚了！”

“呃，抓紧时间吧，来得及，来得及！”才父长出了口气。

“这老头、老太太怎么这么年轻？！”小李子嘀咕着，到老刘那儿操起话筒，走上舞台中央。

“请灯光师、音响师、后台各工作组人员立即做好准备，我们的金婚庆典即将开始！请各位来宾、亲朋好友安静一下。”

听到外面的喊声，菅鹏举三步并作两步，噔噔地从后台小阁楼里走了下来：“开，开始了？”众人从后台的门前探出头来。

“哎呀，不对呀，怎么是李小川？这个捣乱的小李子，他来干什么来了？”

“田迹墨呢？怎么临时换主持人了？”

“刚才他说的是不是‘金婚’庆典？是说的是金婚还是新婚呀，不是给弄错了吧？”

“糟糕！我师父可能被绑架了。”

“去去去，别瞎说！”

“怎么回事，怎么回事……”

“别管那么多了，还是按照预先彩排的来吧！”

看着在台上热场，逐渐进入状态的小李子，众人目瞪口呆，瞬间石化。

“小李子，小李子……”一个声音传来，既急切又清晰。

“嗯？谁在喊我？”

“往上看，这儿呢，这儿呢！”

小李子一抬头吓了一跳：田迹墨在高高的天棚顶上悬着呢！他身上绑着威亚，活像个蜘蛛侠。

“田哥，你怎么上天了？”

“上个屁天，你当我是二踢脚呀？小李子，这是我的场，你怎么跑来了？”

“金婚——金婚庆典啊！我，我主持！田哥，你不会又是来给我捣乱的吧？”

“金你个脑袋！看好了，‘亲爱的’集体婚礼庆典！”田迹墨往巨无霸酒店门口一指，“你也太记仇了，半年前的事你现在还来打击报复，臭小子！”

小李子顺着他手指的方向看去，果然有一个巨大的指示牌，刚才着急忙慌地跑进来没注意看。

“我晕啊，怪不得那俩老人那么年轻。我还琢磨呢，看着才 50 多岁，怎么可能是金婚……”小李子只觉得天旋地转，“田哥，这……对不起啊……你看我这……”

“没时间解释了。快，说两句好听的，把我引出来。快快快！”

“吉时已到，有请我市著名主持人，‘亲爱的’公司田迹墨闪亮登场！”

全场灯光熄，所有人笼罩在一片黑暗之中，一声惊呼之后，陷入沉寂。小李子连忙趁机下台。

3

三秒种后，背景屏幕忽然被点亮了，裸眼 3D 的画面异常逼真，伴随着轻柔舒缓的音乐，让人身临其境：璀璨的夜空群星闪烁；静谧的城市宁静安详；一个可爱的天使飞临人间，挥舞着洁白的翅膀在上空盘旋，忽然俏皮地一笑，对准镜头射出丘比特之箭。

此时，有两颗荧光的红心分别从大厅上方的左右两端缓缓靠拢过来。人们一声惊呼，因为那箭夹带着破空之音从屏幕里飞了出来，荧光闪闪地射向了舞台上方，正中两心交汇处，插着爱神之箭的两颗心徐徐落地。

画外音响起："亲爱的，是心与心的交融；亲爱的，是爱和爱的感动；亲爱的，是难忘那第一次相逢；亲爱的，是白头偕老、从一而终……"

荧光幻化成人形轮廓，和背景屏幕一起慢慢熄灭。聚光灯亮起，照着从天而降的田迹墨。四周鸦雀无声。

"每个人都有两次生命。一次是你呱呱坠地，一次是当你遇到了爱情。所以，当我吊着威亚高悬在半空时，我的内心没有丝毫恐惧，只是感到无尽光荣。神奇的爱神之箭，相信每个人都曾期待被它射中。感谢不断进步的时代，婚礼的浪漫可以借助高科技来证明；感谢五彩缤纷的生活，赐予我们每一个永恒的瞬间和难忘的感动；感谢各位来宾朋友们的光临，你们将与我一起见证，并共同祝福四对年轻人收获第二次生命！"台下掌声雷动。

"这四对年轻人既非凡，又普通。他们非凡，因为曾经历了难以想象的风雨、挫折；他们普通，因为每个人只要坚持，终将迎来爱的彩虹。这四对年轻人既小气，又从容。他们小气，因为舍不得让爱人掉落一滴眼泪；他们从容，因为生命的旅程，终点并不重要，重要的是路上的风景。这四对年轻人既专一，又多情。他们专一，因为我的眼里永远只有你——我的爱人；他们多情，因为他们深深爱着生命中的一切：相聚与离别、掌声和嘘声、阳光与阴影、欢喜和伤痛！亲爱的来宾朋友们，想不想知道他们的故事？"

"想！"

"请允许我隆重介绍第一对新人。"

4

按照事先彩排的程序，这边田迹墨在台上说完，后台的四对新人就要悄悄走上舞台，站在固定的位置上。

“快走，快走，到咱们上场了！”吴大非招呼菅鹏举。

“你……你们先去吧，我马上来！”

“师叔，你怎么这么啰唆呀，自己结婚也想迟到？”

“徒弟，我……你看看……刚才下楼步子迈大了，裤子……裤子扯开了……你快，快帮师叔想想办法。”菅鹏举捂着裆部，跷着脚，趴在史小舟耳朵旁说。

“啊？哈哈。裸婚裸婚，就是从你这起源的呀！现换肯定来不及了，我可不管咯。”另外三对恋人走了出去。

“怎么办哪？”菅鹏举急得够呛，可新娘子也束手无策，俩人满后台地转悠——总不能让菅鹏举光着屁股出去呀？

大屏幕再度亮起，上面开始沙画表演。聚光灯熄灭，音乐声配合着画面，时而舒缓柔情，时而热烈奔放。

屏幕上出现一个瘦高的男孩子，为一个哭泣的女孩子擦去眼泪。随后两人坐在海边，男孩子抱着吉他，对着大海和天边的落日弹唱。海鸥成群地飞翔，一抹白帆驶向远方……

“他们是如此不同。一个是富家子弟，一个是平民百姓；一个贵为公子，一个只是家庭的弃婴。但他们有着共同的音乐梦想，这梦想引着他们飞向缘分的天空！你是闯进我心扉爱的骑兵，我是你生命中永恒的流星！有请第一对新人：齐兵和刘星！”

聚光灯亮起，二人出现在舞台上。“请大家同时记住他们主创乐队的名字：冲破牢笼！”

掌声中，屏幕变化。高高垒起的砖垛，一个男人被掉下的砖块砸到了脚，一个女孩子哭着把他送到了医院。她给他唱儿歌，跳舞，还教他读拼音、学英文……

“他只会和砖块打交道，他以为他的生命注定像砖块一样冰冷；她只会和孩子打交道，她以为给孩子们的爱足以把所有的寂寞填充。直到他们相逢，他发现，自己也可以迸射出如火的热情；她发现，自己也需要男人博大的心胸。有请第二对新人：吴大非和王玥！”

聚光灯亮起，二人出现在舞台上。“特别介绍：吴总是一位私企老板，王玥是光荣的人民教师。”

掌声中，屏幕变化。屏幕上出现天安门，两个人相依相偎地一起观看升旗仪式。二人吵架，车流穿行，分别回到了自己的家乡，最后在滨海的街头深情地拥抱，女孩子很快怀了孕……

“他们相遇在北京，艰难的漂泊是共同的曾经；他们相爱在北京，用我的温柔抹去你流浪的尘埃，用你的坚强温暖我寒冷的心胸；他们分别在北京，你有你的家，我有我的梦；他们破镜重圆在滨城，原来，无法分割的你我，是命中注定！有请第三对恋人：史小舟和慕容竹！”

史小舟和慕容竹出现在聚光灯下时，众人边鼓掌边善意地笑起来：原来沙画上怀孕的女孩子和真实的慕容竹很像。

掌声中，屏幕变化。一个小胖子去相亲，数次无果。他四处烧香拜佛，哀求上天赐予他一个恋人。后来他遇到了两个姑娘，幻化为两个天使飞在他两旁。最后，他选择了其中一个，而另一个给他们送去了深深的祝福……

“最特别的要数这最后一对新人，尤其是我们的新郎官。他常说自己只露出肚子像猪八戒，把脸挡上像张国荣，这是他谦虚，其实他满腹诗书，聪明绝顶。他是年轻有为的商界奇才，也是我最好的弟兄！多年的单身生涯曾让他对爱情失去信心，直到有一天爱神终于降临！两个心地善良的女孩子同时喜欢上他，一个如玫瑰秀丽轻灵，一个如百合情深义重。小草如何选择春天，请看他最后的决定！有请第四对恋人——”

聚光灯亮起，下面竟然没人。掌声只维持了两秒就忽然停顿，有人哑然失笑，有人议论纷纷。田迹墨一时也蒙了：“这个菅子，这个时候你玩失踪？”

“哟，不知道二位新人是腼腆还是耍大牌，请灯光师给我们答案。向前，再向前一点！”

聚光灯徐徐拉长，一点一点地移向后台，一个穿着婚纱的侧影正焦急地冲后面的菅鹏举招手，像是在喊他“快点”。而正对着众人目光的菅鹏举弓着身，手里拿着刚从饭店里找到的一个纸板挡着裆部，一步一磨蹭地往前走着。

大家都笑翻了。聚光灯下看得清清楚楚，那纸板上写的竟然是——“今日特色菜！”

图书在版编目（CIP）数据

微男时代 / 田陌著．—南京：译林出版社，2015.5
ISBN 978-7-5447-5416-3

Ⅰ.①微… Ⅱ.①田… Ⅲ.①长篇小说－中国－当代
Ⅳ.①I247.5

中国版本图书馆CIP数据核字（2015）第066089号

书　　名　微男时代
作　　者　田　陌
责任编辑　陆元昶
特约编辑　孙　赫
出版发行　凤凰出版传媒股份有限公司
　　　　　译林出版社
出版社地址　南京市湖南路1号A楼，邮编：210009
电子信箱　yilin@yilin.com
出版社网址　http://www.yilin.com
印　　刷　三河市尚艺印装有限公司
开　　本　960×640毫米　1/16
印　　张　25.25
字　　数　190千字
版　　次　2015年5月第1版　2015年5月第1次印刷
书　　号　ISBN 978-7-5447-5416-3
定　　价　32.80元